KJB

Estelle Laure

Während ich vom Leben träumte

Aus dem Amerikanischen
von Sophie Zeitz

KJB

Für Chris – mit dir bin ich wach.

MIX
Papier aus verantwortungsvollen Quellen
FSC® C083411

Die amerikanische Originalausgabe erschien 2017
unter dem Titel ›But Then I Came Back‹ bei
Houghton Mifflin Harcourt Publishing Company, New York, USA

Dieses Werk wurde vermittelt durch die
Literarische Agentur Thomas Schlück GmbH, Garbsen

Hedderichstr. 114, D-60596 Frankfurt am Main
Lektorat: Carla Felgentreff
Satz: Pinkuin Satz und Datentechnik, Berlin
Druck und Bindung: CPI books GmbH, Leck
Printed in Germany
ISBN 978-3-7373-5327-4

Eine Einsamkeit, zehntausend Faden tief,
Trägt das Bett, auf dem wir liegen, mein Herz:
Trotz meiner Liebe wirst du springen müssen;
Unser Traum von Sicherheit muss vergehen.

W. H. Auden

Vorher

(November)

Du gibst dem Internet die Schuld an allem.

Mom hatte ihre beschwipste Limettentarte zum Nachtisch gemacht. Du hast keine gegessen, weil du schon satt warst, aber du hast den Tequila eingesteckt, der zum Rezept gehört, und ihn mit an den Fluss genommen. Du hast ihn gebraucht, um nachts den Hügel runterzuwandern, weil deine Lederjacke im November nicht warm genug war, aber du warst zu stur und zu dumm, um die Daunenjacke anzuziehen, die war dir viel zu hässlich. Winterschuhe hattest du auch nicht an. Nicht mal die Springerstiefel, du Idiot. Ballerinas. Ballerinas bei dem Wetter, Eden. Dafür hattest du den Tequila dabei, weil du seit sechs Wochen nicht mit Lucille geredet hattest, bis auf den Smalltalk bei Fred's, wo sie kellnert, und du euch beiden den Wiedereinstieg erleichtern wolltest. Aber dem Tequila gibst du nicht die Schuld.

Du gibst dem Internet die Schuld. Das Internet hat dich auf diese Seite gelockt, wo die Sache mit dem sagenhaften Supermond stand, den es nur einmal alle fünf Jahre gibt, und dass das Universum von dir verlangt, du sollst dich ändern.

Mach dich auf etwas gefasst, hieß es da. Wie eine Sturmwarnung an die Seele. Du konntest die Stimme praktisch hören, konntest den Wetteransager in seinem schlecht sitzenden Anzug vor dem Monitor stehen sehen, wie er unheilvoll mit den Armen wedelte.

Die Schicksalsapokalypse zieht mit hundertdreißig Stundenkilometern von Südwesten herauf, hörtest du ihn aufgeregt ankündigen. *Alle Bürger sind zu besonderer Vorsicht aufgerufen. Das Unwetter rast direkt auf uns zu, aber vor allem auf Eden Jones. Mein lieber Scholli, das Ding ist an dich adressiert, Mädchen. Das Amt für Sicherheit empfiehlt, hör sofort auf, dich wie ein Mensch zu verhalten, und schließ dich umgehend zu Hause ein. Am besten für immer.* Wärst du naiv genug, an ein Universum zu glauben, das mit den Menschen kommuniziert (was du nicht tust), ein Universum, mit dem sogar eine Unterhaltung möglich wäre (was du erst reht nicht tust), würdest du gern wissen, warum es in diesem unverständlichen Kauderwelsch von Planeten und Symbolen spricht und erwartet, die Leute würden es verstehen.

Erst hast du die Warnung des Internets ignoriert, weil Astrologie Schwachsinn ist, aber dann war die ganze Woche so ätzend, dass dir Zweifel gekommen sind. Du bist wegen des Monds sogar richtig paranoid geworden, was dich noch wütender auf das Internet gemacht hat, weil unsere Gedanken so viel Macht haben, dass allein das Lesen der Warnung die Gefahr heraufbeschwören kann. Und als Lucille dir dann schrieb, dass sie dich brauche, dachtest du, wenn du hingehst, würde alles vielleicht wieder auf den normalen gemütlichen Ätzpegel zurückgehen, statt dieses oberätzenden Extrems. Heimlich – so heimlich, dass du es dir selbst nicht eingestandst – dachtest du, du könntest dieses nichtexistierende, verwirrende höhere Etwas besänftigen, das mit dir spielte, indem du für Lucille da wärst, nachdem du zugegebenermaßen echt doof zu ihr gewesen warst, ausgerechnet als sie dich am meisten brauchte.

Dabei wolltest du eigentlich nie fies zu ihr sein. Früher hast du immer gesagt, das Einzige, was du wirklich hasst, seien fiese Mädchen, und du würdest niemals mit Absicht fies sein. Doch seit Lucille beschlossen hatte, dein Zwillingsbruder Digby – der, eigentlich so gut wie verlobt, neuerdings auf Abwegen wandelte – sei ihr Seelenverwandter, fiel es dir echt schwer, in ihrer Nähe zu sein, ohne Aggressionen zu kriegen. Und jedes Mal, wenn Digby dich vollheulte von wegen, dass er sie *und* Elaine liebe, und wie er sich zermartere, was richtig und falsch sei, und was er tun solle, hättest du Lucille am liebsten geschüttelt, bis ihr der Kopf ausgekugelt wäre.

Denn erstens mischt eine Frau, die auch nur ein bisschen Selbstachtung hat, sich nicht ins Drama anderer ein und ist erst recht nicht der Grund dafür. Zweitens ist Betrügen billig und widerlich. Und drittens war die Sache ein Interessenkonflikt, der nicht mal besonders originell war, und trotzdem das einzige Thema, über das noch geredet wurde. Am Anfang verfolgte man das schäbige Debakel noch (denn es ist ein Debakel), aber mit der Zeit wurde es einfach nur oll.

Und als sich dann dieser unheilvolle Supermond ankündigte, saßt ihr nachts auf dem flachen Stein am Fluss, auf eurem Felsenthron, wo ihr als Kinder gespielt habt. Eigentlich fühlst du dich immer noch wie die Königin, und der Fluss ist dein Reich. Die Flussbiegung, verborgen hinter den Felsen, den uralten Bäumen und dem alten Eisenbahnwaggon, ist dein Refugium. Die Weiden sind nackt in dieser Jahreszeit und von Eis überzogen. Sie sind deine Lieblingsbäume, denn sie wissen, wie man sich vor einer Dame verneigt, und auch, weil sie weinen, wenn man sie verletzt.

Lucille weinte auch, in Anorak und Mütze eingepackt wie ein dicker Schneeball, und das Eis in deinem Herzen schmolz, als sie so herumrutschte, auf der Lippe kaute, an den Fingernägeln und den Nagelbetten, die Beine übereinanderschlug und wieder nebeneinanderstellte, wie sie zappelte, die ganze Zeit zappelte, als würde sie sich mit jeder Zuckung für all ihre Unzulänglichkeiten entschuldigen.

Herz-in-der-Hand-Mädchen.

Du warst froh, dass du gekommen warst, um dich von deiner tiefen leidenschaftlichen Liebe zu deiner besten Freundin zu überzeugen, die zu vergessen so weh getan hatte. Aber du warst nicht ganz bei der Sache. Dein strudelndes Gehirn hörte nicht auf sich zu wälzen, rund um deine dumme, unbedeutende, kleinstädtische New-Jersey-Mittelmäßigkeit, den grauen, endlosen Weg deiner Zukunft. Auch die dritte Zigarette war keine gute Idee. Der Rauch strömte durch deine Lunge. Er tat weh, dein Kopf tat weh und dein Bauch, und du wusstest, du solltest mit dem Ketterauchen aufhören, aber du konntest nicht.

»Das mit dem Vortanzen tut mir echt leid.« Lucilles Stimme klebte dich an den Fels, als du gerade aufstehen und ihr sagen wolltest, dass du nach Hause gehst. »Aber du musst weitermachen«, sagte sie.

»Ja, ja.« Du versuchtest, den Gedanken an die Frau in New York zu verdrängen, die sich geschmeidig wie ein Reh zu dir gebeugt und dir den Albtraum deiner Zukunft ins Ohr geflüstert hatte. »Aber ich weiß jetzt, dass ich nie eine große Ballerina sein werde. Nur Feiglinge machen sich was vor.« Du sagtest es laut, weil du wolltest, dass auch Lucille es hört. »Stell dich deinen Dämonen. Sonst wirst du alt und depressiv und verwandelst dich in einen fremdgesteuerten Spießer, und deine einzige Sorge im Leben ist, wann du die Dose Limo gegen eine Dose Bier eintauschen kannst. Echt wahr.« Du zogst noch einmal an der Zigarette. »Sieh dich bloß um.«

Lucille kicherte, aber das Fernsehsesselszenario war nicht witzig. Es war sehr gut möglich. Sogar wahrscheinlich. Die Leute sitzen vor der Glotze und stehen nie wieder auf, weil es ihnen zu anstrengend ist. Auch wenn du es nie zugeben würdest, manchmal denkst du, es wäre viel leichter, sich ein einfaches Leben zu wünschen. Du träumst von dem Fernsehsessel und von einem abgestumpften, fügsamen Gehirn, statt dem, das du hast, das sich eher wie eine zappelnde Krake anfühlt als wie eine im warmen Wasser treibende Seekuh.

Du drücktest die Zigarette aus und stelltest dich auf die Zehenspitzen. Du strecktest dich, recktest die Arme in den Himmel, fragtest den Mond, ob er jetzt zufrieden sei, ob du genug getan hättest, um die Dinge umzukehren, um den Sturm abzuwenden, indem du ihm Respekt gezollt und deine Freundschaft mit Lucille wiederhergestellt hast.

Und das … war der Moment, in dem es passierte.

Deine Füße verloren den Halt, als wäre das die Antwort.

Du bist auf dem Eis ausgerutscht, hast noch versucht, das Gleichgewicht zu halten, aber es ging zu schnell.

Du wolltest Lucille rufen, dann ein Schlag, dein Kopf. Ein

grelles Rasseln. Schmerz. Du hast versucht zu kämpfen. Konntest nicht. Du warst schon im Wasser.

Du hast auf die Bewusstlosigkeit gewartet, aber sie kam nicht. Jedenfalls glaubst du, dass sie nicht kam. Steine schürften dir die Beine auf, Wasser drang in deine Lunge, schwerer als Rauch, aber genauso beißend.

Es war eine Krise, das wusstest du in deinem zappelnden Krakenhirn, aber es berührte dich nicht. Weil du nicht mehr du warst. Du warst nicht mal mehr in der Nähe. Nirgends. Du warst kein Mensch mehr. O nein. Du warst der Wind in den raschelnden Seiten eines Buchs, du warst ein wogender Ozean aus Gras. Du warst die Trauerweide, die weinende, jedes Schlaflied auf einmal summend, leise und schön und unendlich.

Schlaf nun selig und süß,

Schau im Traum s'Paradies.

Hey, aufpassen!

Ich erzähle dir das, damit du dich erinnerst.

Weil du schwerelos bist, und du musst dich erinnern, sonst vergisst du, wer du bist.

Eden Jones. Eden Austen Jones. Siebzehn Jahre alt. Tochter von John und Jane Jones. Zwillingsschwester von Digby Riley Jones. Beste Freundin von Lucille Bennett. Wohnhaft in Cherryville, New Jersey, in der nagelneuen Siedlung auf dem Hügel, wo deine Eltern ihr Traumhaus gebaut haben. Den Teppich und die Wandfarbe in deinem Zimmer hast du dir selbst ausgesucht. Du tanzt Ballett. Du sammelst Zitate von Leuten, die schlauer sind als du, auch wenn die meisten längst tot sind.

Du schreibst ihre Zitate auf und wiederholst sie laut, um sie in deine Seele zu stanzen. Du träumst von Ruhm. Was ist ein Name? Eine Rose, wie sie auch hieße, würde lieblich duften, es bedeutet nichts, nichts und alles, und es istdiregalganzegalbedeutetdirgarnichts.

Deswegen lässt du los.

So lieblich ist es, nichts zu sein als das Lied des Flusses.

Patient: Eden Jones

Glasgow-Koma-Skala

Augen öffnen: *keine Reaktion*	[1]
Sprache: *keine Antwort*	[1]
Motorik: *keine Reaktion*	[1]
Punkte gesamt:	[3]
Prognose:	*schlecht*

Lucille und ich tragen nur Unterwäsche.

Es ist Juni, und das Wasser ist kalt. Ich tauche bis zum Hals unter, obwohl wir allein sind, weil meine Mutter meine Unterwäsche immer noch in der Kinderabteilung kauft. Ich habe einen weißen Kinder-BH und eine mit Schmetterlingen gemusterte Unterhose an.

Ich bin dreizehn, Mom, sage ich ständig zu ihr.

Aber die Frau hört einfach nicht.

Lucille hat einen richtigen BH, den man hinten mit Häkchen schließt, statt ihn über den Kopf zu ziehen. Und er ist pink. Es ist sogar Spitze dran, weil ihre Mutter ihre Menschenwürde respektiert. Lucille hat Fleisch und Fett, die den BH ausfüllen, während ich wie ein menschlicher Kleiderbügel aussehe. Ihre Unterhose ist schwarz und sitzt hoch. Lucille sieht gefährlich aus, als könnte sie mit einem Kurvenzucken jemanden bewusstlos schlagen. *Bumm. K. o.* Als wir uns auszogen, um im Fluss zu baden, haben wir beide unsere Blöße mit den Händen bedeckt. In meinem Bauch hat es gebrodelt.

Ich sehe Lucille nicht, aber ich fühle sie, sie planscht neben mir im Wasser. Nein, planschen ist das falsche Wort. Sie planscht nicht, sie gleitet, zerschneidet das Wasser wie eine Klinge. Sie ist mit ihrer Familie von Los Angeles nach New

Jersey gezogen, als wir klein waren. Bevor ihre Tante starb und ihren Eltern unser Nachbarhaus hinterließ, ist sie mehr oder weniger am Strand aufgewachsen, weil ihr Vater Surfer war, sagt sie. Was immer sie dort getan hat, wir gehen das Wasser anders an. Ich und das Wasser, wir tanzen.

Wir müssen im flachen Wasser bleiben, weil meine Mom so … *grrr.* Ein Kontrollfreak ist, sagt Dad. Sie meint, wir würden ertrinken, wenn wir zu tief reingehen und von der Strömung erwischt werden, als würde uns der Sog bis aufs Meer hinausreißen. Als sie sagte, sie behielte uns im Auge, dachten wir, sie blufft, aber seit sie uns ein paarmal gestalkt hat wie ein perverser Spanner, gehen wir nicht mehr ins Tiefe, und sie lässt uns in Ruhe. Endlich.

Trotzdem suche ich mir am liebsten eine Stelle im Fluss, wo ich den Grund nicht berühre, weil ich im Wasser Ballett üben kann, ohne mir meine blasigen, zerbeulten Zehen anzuschlagen. Ich beklage mich nicht, weil die Schmerzen dazugehören, wenn man Tänzerin ist, aber das heißt nicht, dass sie nicht schmerzen.

Erste Position, zweite, dritte.

Man muss seine Zeit effizient planen, und ich habe vor, eines Tages die berühmteste Ballerina der Welt zu sein. Die Leute sollen sagen: *Anna Pawlowa? Mikhail Baryshnikov? Wer sind die? Eden Jones, die kann tanzen.*

Meine Eltern predigen Digby und mir, dass Effizienz und Fleiß die Schlüssel zum Erfolg sind. Im Sport, im Beruf *und* beim Zähneputzen. Ich betaste mit der Zunge meine Zahnspange und halte das Gesicht in die Sonne, bis meine Wangen spannen. Ich mag es, wenn sie glühen. Es dauert genau fünf

Sekunden, bis ich Sonnenbrand kriege, wegen meiner Haut, also ist es sinnlos, sich dagegen zu wehren, außer ich verbringe den Sommer in einem Kaftan wie meine Großmutter.

Ich will rösten.

Lucille spritzt mich nass, und es kitzelt wie Feenstaub.

Seit neuestem fluche ich. Es macht Spaß, deshalb übe ich an Lucille, schmecke das scharfe *s* auf der Zunge, das knackende *ck*. Und dann jage ich sie.

Sie schnappt sich mein Bein und zieht. Ich strecke die Arme in die Luft, nicht weil ich Angst vorm Untergehen habe, sondern weil wir uns im Leben genauso anmutig bewegen sollen wie auf der Bühne, im Training, in jedem Augenblick. Das sagt Madame.

Ich tauche unter.

Untertauchen. Ich liebe dieses Wort.

In Biologie, siebte Klasse, haben wir die Augen durchgenommen. Seitdem ist der Zauber für mich dahin, und ich zerlege sie in Einzelteile. Ich kann nichts dafür. Ich weiß nicht, ob sie das Fenster zur Seele sind, wie viele behaupten, auf jeden Fall sagen sie etwas aus. Als Lucille und ich uns an den Händen halten und Wasser treten, seziere ich ihre Augen, die mir so vertraut sind.

Iris: blau

Pupillen: erweitert

Wimpern: lang und dunkel

Lider: voll

Sclera: blütenweiß

Mehr …

Haut: gebräunt

Haar: blond

Lippen: wie ein Model (nervt)

Beine: lang

Busen: sichtbar vorhanden

Kurven: vortrefflich

Lucille: beste Freundin

Sie schüttelt den Kopf, und ihr Haar breitet sich aus wie ein Heiligenschein aus Algen.

Aber etwas stimmt nicht.

Wir sind schon lange unter Wasser, und Lucille verändert sich.

Ihr Gesicht wird länger und schmaler. Das Haar fällt ihr aus und treibt davon. Das sind nicht Lucilles Augen.

Iris: grünbraun mit blauem Rand

Pupillen: extrem erweitert

Wimpern: kurz und schwarz

Lider: voll

Sclera: fast verschwunden

Haut: braun

Haar: flaumige Stoppeln

Lippen: dünne Oberlippe

Beine: muskulös

Busen: nicht erwähnenswert

Kurven: keine

Name: unbekannt

Das Mädchen mit den tätowierten Engeln auf den Armen, das Mädchen, das nicht Lucille ist, öffnet den Mund, als wollte sie etwas zu mir sagen. Blasen steigen zur Oberfläche. Dort will ich hin. Ich trete mit den Beinen, aber sie packt mein Handgelenk.

Sie lässt mich nicht los.

Eine Blüte wächst aus ihrem Mund. Schwarz, eine Wasserpflanze, die davontreibt.

Ich will nach oben. Zur Oberfläche. Raus.

Ich strampele mich frei, sehe zu ihr zurück. Je höher ich steige, desto tiefer versinkt sie. Ich erreiche die Oberfläche, strecke die Faust in die Nacht, in meinen verlängerten Körper, und lande in meinem Zimmer.

Jetzt.

Ich weiß, dass ich im Jetzt bin und nicht in der Vergangenheit, weil ich die Plakate an der Wand und die Ballettschuhe im Regal sehe, alle Paare, seit ich acht war, bis zum letzten Jahr. Außerdem sehe ich mein Buch auf dem Nachttisch. Das Tagebuch auf dem Schreibtisch. Die Fotos von Lucille und mir an der Pinnwand. Ich weiß, dass in der Schreibtischschublade eine Schachtel mit Zitaten ist, leere Tagebücher, die ich gekauft habe, um sie zu füllen, und ganz hinten Fotos von Aufführungen, die ich mir nie ansehe. Teile von mir.

Ich will ins Bett, unter meine weiche Decke, alles verschlafen.

Aber in meinem Bett ist kein Platz, weil Digby und Lucille da sind, ihre Köpfe ein Dickicht aus blond und rot. Ich drängele mich zwischen sie, will sie auseinanderzerren und aufwecken, aber ich falle durch sie hindurch und lande auf dem Boden. Ich versuche es immer wieder. Wenn ich auf ihnen lande, entsteht eine Art zähflüssiges Kräuseln, aber am Ende schlafen sie weiter.

Bin ich ein Geist?

Das wäre cool. Wahrscheinlich auch traurig, aber ich wäre eine verdammt gute Heimsuchung. Ich würde die Leute das Fürchten lehren.

Es ist wichtig, der Realität ins Auge zu sehen, aber dafür muss man erst mal wissen, was die Realität ist. Zum Beispiel muss man wissen, ob man ein Mensch ist, also versuche ich es noch einmal, auch wenn mir langsam langweilig wird. Ich schreie ihnen ins Gesicht, hüpfe auf dem Bett herum. Ich wäge ab, suche Hinweise auf das Jenseits oder andere geisterhafte Erscheinungen. Halb rechne ich mit meiner Großmutter auf der Fensterbank, Zigarette im Mund, die mir zwischen zwei Zügen erklärt, es sei an der Zeit, ihr ins Licht zu folgen.

Aber da ist kein Licht. Auch keine Großmutter. Nur diese halbe Version von mir, und Digby und Lucille.

Ich hocke am Fußende meines Betts, lege das Gesicht in die Hände. Ich bin nicht müde, nicht hungrig. Nicht mal sauer. Ich bin gar nichts. Ich wünschte, ich hätte mein Telefon dabei.

Mein Bruder schläft mit offenem Mund und schnarcht bei jedem dritten Atemzug. Als ich die beiden lange genug angestarrt habe, dass in der Zwischenzeit mehrere Zivilisationen aufgestiegen und versunken sein könnten, und gerade überlege, wie ich ganz hinüber ins Reich der Toten komme, wacht Lucille auf, als würde sie aus weiter Ferne zu Bewusstsein schwimmen, ihr aschblondes Haar verknotet, die Wangen zerknittert von den Kissenfalten, die Augen halboffen, blinzelnd. Sie lächelt mich träge an, noch voller Schlaf.

Langsam nähere ich mich ihr, will sie nicht erschrecken,

weiß nicht mal, ob sie mich sehen kann. Ich will sie fragen, ob ich tot bin. Ich bin ganz nah und versuche, sie zu umarmen, aber ich gleite durch sie hindurch, gleite durch den Boden, und bevor ich weiß, was los ist, bevor ich mich umstellen kann, bin ich bei meiner Mutter, als wäre der Moment mit Lucille einfach zerflossen.

Meine Mutter ist angezogen und liegt mit dem Gesicht nach unten auf ihrer Kaltschaummatratze, auf taubenblauen Laken. Erst denke ich, sie schläft, aber sie weint in ihr Kissen, ein hohes Wimmern. Sie schluchzt meinen Namen. Sie hat ein Foto von mir in der Hand, den Rahmen habe ich in der Grundschule gebastelt, so ein hässliches hellgrünes Holzding. Auf dem Foto habe ich Zöpfe, Sommersprossen, ein strahlendes, schiefes Lächeln, die Zähne kreuz und quer. Als Mutter vermisst man wahrscheinlich jede Version seines Kindes, jeden Tag, den man mit ihm hatte, und jeden Tag, denn man nie haben wird.

Also muss ich tot sein.

Ich weiß nicht, wie ich mich dabei fühle, aber ich weiß, dass es mir nicht gefällt, meine Mutter so traurig zu sehen, so verzweifelt über meine Abwesenheit. Ich lege mich auf ihren schlanken, harten Körper, decke sie mit mir zu. Aber wenn ich mich frage, ob es schlimm ist, tot zu sein, selbst mit meiner gebrochenen Mutter in den Armen, gibt es nur eine Antwort.

Nein.

Plötzlich bebt Mom, als hätte sie meine Gedanken gehört, als hätte jemand den Defibrillator angeschmissen, immer wieder, und sie krallt sich mit einer Faust in die Laken und macht Geräusche wie ein Tier. Gleich ist sie am Ende.

Ich blinzele.

Stille.

Ich bin nirgendwo, im leeren Raum, umgeben von Weiß.

Eine tintenschwarze, samtige Knospe sprießt aus den Linien meiner blassen Hand. Als sie aufblüht, entfaltet sie onyxschwarze Blütenblätter, und aus der Mitte quillt etwas Gelbes, Klebriges, wie Tautropfen, die vor mir wegschweben, als gäbe es keine Schwerkraft, nichts, was sie hält.

Stimmen flechten sich um mich, eine, die mir vertraut ist. Ich erkenne Reggie, meinen ältesten Freund. Er gibt mir Tipps für die Suche nach dem perfekten Badeanzug. Bloß keine sexy brasilianischen Modelle, sagt er, mit meinem traurigen mageren Hinterteil. Dann fällt mir ein, wie ich heulte, als wir fünf waren und nicht in dieselbe Kindergartengruppe kamen, und Reggie heulte auch, und wir machten einen riesigen Aufstand, bis uns die Leiterin am Ende doch zusammensteckte.

Ein Blütenblatt löst sich von der Blüte und schwebt nach oben, eine Spur von Panik.

Die Stimme meiner Mutter, tief und zitternd.

Aber ich liebe deine Füße, weil sie über die Erde und über den Wind und über das Wasser gingen, bis sie mich fanden.

Pablo Neruda.

Ich verliere drei weitere Blütenblätter.

Mich überfällt eine chaotische Angst. Vor mir sehe ich ein ganzes Leben der Erinnerungen mit meiner Mutter, und ich kann sie nicht ignorieren.

Eden Jones spannt und zwickt wie eine Zwangsjacke, als der Rest der Blüte von meiner Handfläche schwebt und verschwindet.

Endlich spricht meine Lucille. Sie zittert nicht. »Wach auf, Eden«, sagt sie. »Du wirst aufwachen.«

Und das tue ich.

Piep.

Überall Schläuche. Sie kriechen aus meiner Kehle, aus meinem Bauch. Sie pumpen und fiepen. Irgendwas aus Plastik oder Gummi steckt in meiner Nase, und das gleiche Zeug bohrt sich von außen in meinen Hals wie ein parasitärer Wurm.

Ich stecke in einer Matrix aus Maschinen. Leute in Blassblau hasten hektisch um mich herum, als ich um mich schlage. Ich kann nicht anders. Es ist zu laut, alles scheppert und kreischt.

»Lieber Himmel«, höre ich eine Frauenstimme. »Halleluja, sie ist wach! Ich wusste es. Ich wusste, dass sie zurückkommt!« Sie lacht. Vielleicht weint sie auch. »Aus dem Weg«, ruft sie. »Macht Platz.«

»Eden?« Es ist Digby. »Eden! Eden, Eden, Eden!« Vielleicht weint er auch. »Bist du«, sagt er, »bist du wirklich …«

Ich will das Zeug loswerden, alles soll aus mir raus. Ich bin ein umgestülpter Strumpf, in mich verknotet, die Eingeweide außen. Ich will sagen, keiner soll mich anfassen, sie sollen weggehen, aber als ich den Mund aufmache, kommt nichts raus.

»Halt still«, sagt eine der Blauen, dieselbe Stimme, die vorher gerufen und gejubelt hat. »Halt still, Eden Jones.« Sie kennt meinen Namen. Sie weiß, wer ich bin. Ihre Stimme ist fest, nüchtern, bodenständig. »Du tust dir weh, wenn du nicht stillhältst. Du brauchst die Zugänge für die Medikamente und die Nahrung, bis du stabil genug bist, dass man alles ordentlich entfernen kann.« Sie rückt die Schläuche zurecht, die zwicken und piken. Ich strampele wie ein Baby, wehre mich, obwohl ich weiß, dass es nicht gut ist, dass es nichts bringt. Ich will beißen, irgendwas, alles.

Blau kommt, nimmt mein Gesicht in beide Hände und schaut mir tief in die Augen, so dass ich ihren schwarzen Eyeliner und ihre sorgfältig geschminkten rosa Lippen sehe. »Ich weiß, es ist verwirrend und macht dir Angst, Schätzchen. Aber du musst dich entspannen. Du hast überlebt.« Sie lässt mein Gesicht los. »Du hast es geschafft. Jetzt beruhige dich. Beruhige dich. Wir passen auf dich auf.«

Ich berühre den Schlauch an meinem Hals.

»Versuch, noch nicht zu reden. Dein Körper braucht Zeit, um sich an seine Aufgaben zu erinnern. Er hat viel vergessen, Schätzchen.« Sie lächelt, und ich sehe, dass sie gütig ist und so schön. Ich gebe nach.

»Eden.« Wieder Digbys Stimme. Mein Zwillingsbruder. Sein Grün sticht ihr Blau aus, und hinter ihm Lucille, die meine Hand nimmt.

»Bleib bei uns«, sagt Blau wie zu einem ungezogenen Welpen. »Deine Leute sind hier. Du hast großes Glück, Mädchen.« Blau lässt mich los, ich liege still, und als sie sicher ist, dass ich nicht mehr zappele, tritt sie einen Schritt zurück, ohne mich aus den Augen zu lassen.

»Dir geht's gut.« Es ist eine Frage und eine Antwort. Digby

verschränkt die Finger mit meiner freien Hand. »Na ja«, sagt er, »so weit. Ich meine, dir geht's wieder gut. Du hattest einen Unfall.« Sein Mund klappt zu, dann klappt er wieder auf. Er sieht aus wie ein Fisch. Als ich lächele, springen meine Lippen auf und brennen, als hätte jemand mit einer Rasierklinge hineingeschnitten. Ich rolle mich zusammen wie ein Embryo. Ich brauche Wasser.

Wasser.

Wasser, der Fluss, Schwimmen, mein Zimmer, meine Mutter, die Blumen. Ich habe etwas verloren. Da ist Wasser, jetzt, salzig auf meiner Haut. Es rinnt mir über die Schläfen, ins Haar.

Digby sieht sich um, als bräuchte er Hilfe. Blau nickt, ich sehe es, dann fummelt sie an Schläuchen und Beuteln und Knöpfen herum.

»Eden.« Digby redet ganz bedächtig. »Hör zu. Du lagst im Koma.«

Die Decke ist in Quadrate unterteilt, und die Quadrate sind in Quadrate unterteilt und so weiter.

»Du warst einen Monat weg. Verstehst du, was ich sage?«

Ich nicke. Aber einen Monat wie? Und wo? Der Ort dazwischen, zwischen dem Wasser und hier, eine Dreiviertelstunde, eine Stunde vielleicht, höchstens ein Tag. Oder? Mein Kopf fällt ins Kissen zurück. Baumwolle auf nackter Kopfhaut.

»Als du ins Krankenhaus kamst, haben sie dir ein Loch in den Schädel gebohrt, um den Druck zu senken«, sagt er. »Du bist auf den Kopf gefallen. Deswegen haben sie dir die Haare abrasiert. Nicht schlimm. Bleibt ja nicht so.«

Wenn man die Augen auf eine bestimmte Art zusammenkneift, drehen die Deckenquadrate Pirouetten.

»Keine Angst, Eden«, sagt Digby. »Du bist immer noch hässlich.«

Lucille schlägt nach ihm.

Blau sieht ihn warnend an, dann kommt sie ans Bett und wischt mir mit etwas Kühlem über die Augenwinkel und die Stirn. Sie schnaubt und seufzt und stellt sich als Rita vor.

»Mach den Mund auf, Liebes.« Sie reibt gestampftes Eis über meine Lippen, meine trockene Zunge, das Innere meiner Wangen. Noch nie in meinem Leben hat sich etwas so gut und so richtig angefühlt wie diese Kühle.

»Eden.« Digby bohrt den Finger ins Innere seines Ärmels, was er nur macht, wenn er nervös ist. »Verstehst du, was ich gesagt habe? Dass du im Koma lagst?«

Ich nicke wieder und schlucke. Doch meine Kehle will nicht.

»Mann.« Er lässt den Kopf zwischen den Armen hängen. »Ich weiß nicht, wie ich das machen soll.«

Lucille streichelt meinen Arm in kleinen Kreisen. Da ist so viel Schmerz. Hauptsächlich innen.

»Sie sagen, diesmal bleibst du wach.« Lucille schnieft. »Das ist toll, oder? Es ist ein Wunder.«

Ja, toll.

»Vor drei Wochen hast du auch geblinzelt, und wir haben gedacht, du wachst auf, aber du bist nicht aufgewacht«, sagt Digby. »Das war ziemlich schlimm.«

»Du bist in den Fluss gefallen«, erklärt Lucille. »Weißt du

noch? Du bist ausgerutscht. An unserer Stelle. Ich konnte dich nicht halten. Es ging so schnell. Tut mir leid.«

»Lucille hat dich gerettet«, sagt Digby. »Sie ist in den Fluss gesprungen und hat dich rausgezogen. Sonst wärst du …«

Er streicht Lucille eine lose Strähne hinters Ohr. Ihre Ohren werden knallrot. Rennwagen-Valentins-Feuerwehr-Rot.

»Sag das nicht«, erwidert sie. »Ich hab's dir erklärt. Sie war ja nur meinetwegen dort …«

Er gibt ihr einen lautlosen, flüchtigen Kuss, der reicht, um mir klarzumachen, dass ich mir den Zwischenort und die beiden in meinem Bett nicht eingebildet habe. Es war echt. So echt wie das Krankenhaus, die schrecklichen grellen Lampen, die hässliche rosa Bettdecke.

Lucilles Hälfte der Beste-Freundinnen-Kette, die wir mit zehn gekauft haben, leuchtet auf ihrer Haut, die silbernen Kreolen-Ohrringe, ihre graublauen Augen, und Digby mit Haar wie meinem, schwarzer Kapuzenjacke, grünem T-Shirt, schwarz gestreifter Mütze auf dem Kopf. Alle guten Farben.

Mir tun die Arme weh, die Beine, der Hals. Nur die Füße nicht. Ich reibe sie aneinander. Keine Blasen, keine Beulen. Sie sind glatt und weich.

Ich werfe die Decke ab und setze mich auf, aber mir wird sofort schwindelig, und ich sinke ins Kissen zurück.

»M-mh.« Rita schüttelt den Kopf und deckt mich zu wie ein kleines Kind. »Keiner kippt um, solange ich Dienst habe, also bleib bei uns, Liebes.« Sie sieht mich so durchdringend an, dass ich mich frage, was für ein Leben sie führt. Hat sie Kinder? Sie sieht aus, als könnte sie in meine Klasse gehen.

Jung. Am Ende sagt sie: »Du musst ganz langsam machen. Du hast sieben Kilo abgenommen, dabei warst du vorher schon so dünn. Du hast einen Monat lang keinen Schritt getan und kein Wort gesprochen. Außerdem hattest du eine üble Gehirnerschütterung. Also bleib ganz ruhig.«

Ich will zurück an den Ort mit der Blume, wo nichts war. Keine Sorgen. Keine Not. Kein Körper, kein Leben, das ich bewältigen muss, und keine Menschen.

»Die Ärzte sind auf dem Weg«, sagt sie. »Alles ist gut.«

Ich will meine Mom. Ich will meine Mom.

»Mom ist unterwegs«, sagt Digby, als hätte er mich gehört. »Sie und Dad sind nur kurz was essen gegangen.« Er fummelt an seiner Mütze herum. »Es ist das erste Mal seit dem Unfall, dass keiner von ihnen hier ist.« Es ist eine Entschuldigung. »War ja klar«, sagt er.

Mein Herz wird langsamer und pocht widerwillig gegen meinen Brustkorb.

Ich holte tief Luft und lauschte dem alten Gehämmer meines Herzens.

Ich bin, ich bin, ich bin.

Sylvia Plath.

Die dumpfen Schläge vibrieren in meiner Brust, den Hals hinauf und setzen sich hinter meinen Augen fest.

Ja, ich bin. Ich bin wieder auf der Erde, ein mickriger Mensch. Weißt du, woher ich das weiß?

Weil nichts so weh tut wie das Leben.

Ich will meine Augen nicht mehr zum Aufsein zwingen. Sie sind zu schwer.

Also schließe ich sie.

Patient: Eden Jones

Glasgow-Koma-Skala

Augen öffnen: *auf Ansprache*	[2]
Sprache: *vereinzelte Worte*	[3]
Motorik: *Beugen bei Schmerz*	[3]
Punkte gesamt:	[8]
Prognose:	*unbestimmt*

Das versinkende Mädchen liegt im Zimmer nebenan.

Ich brauche einen Moment, bis ich sie wiedererkenne. Kahler Kopf. Tätowierte Engel. Da weiß ich, dass sie es ist. Wir sind die einzigen beiden Komamädchen. Der Rest der Station sind uralte Leute in Rollstühlen. Die meisten hatten einen Schlaganfall, schlaffe Gesichter, manche sabbern. Das Krankenhaus ist so klein, es gibt keine Kinderstation, jedenfalls keine neurologische, also werden wir hier alle zusammengewürfelt.

Außer ihr. Sie liegt da wie Schneewittchen in ihrem Sarg. Hinter Glas. Spiegelglatt. Ich weiß nicht, wie sie heißt, also nenne ich sie Vasquez. *Alien* ist einer meiner Lieblingsfilme, und Vasquez ist meine Lieblingsfigur. Sie ist eine knallharte Soldatin mit Maschinengewehr, die einzige Frau bis auf Ripley, und sie tötet das Ding. Sie hat keine Angst vor ätzenden Monstern. Sie hat vor gar nichts Angst.

Meine Vasquez hat schwarzes Haar, flaumige Stoppeln, die auf ihrem schönen ovalen Schädel sprießen. Nicht jeder kann Glatze tragen, aber ihr steht sie. Außerdem hat sie eine Narbe mit ungefähr einer Million Stichen auf der Stirn, aber ansonsten ist ihre Haut von einem kühlen Braun, bis auf die Stellen, wo die Flügel der tätowierten Engel unter dem Krankenhausnachthemd hervorblitzen.

Damit das klar ist, ich weiß, dass sie nicht wirklich Vasquez ist. Mein Hirn greift nur nach allen Strohhalmen, um mich zu unterhalten. Ich darf nicht fernsehen, keinen Computer benutzen, nicht mal telefonieren. Die Ärzte sagen, ich brauche Zeit. Eine nichtstimulierende Umgebung. Bis es mir bessergeht. Bis ich nicht mehr verwirrt bin.

Ich erinnere mich kaum an meine Verwirrung. Nur dass es sich angefühlt hat wie eine Art Hochgeschwindigkeitsalbtraum. Die Schwestern sagen, es hat ungefähr eine Woche gedauert. Zwischendurch habe ich meine Eltern für verdeckte CIA-Agenten gehalten, die im Krankenhaus waren, um mich zu töten. Außerdem jagten lose Erinnerungsfetzen durch meinen Kopf. Wie ich als Zweijährige fast an Spinatsuppe erstickt bin, wie ich die Treppe runterfiel, mit der Hand eine Weihnachtsbaumkugel zerbrochen habe. Unangenehme Erinnerungen aus meiner frühen Kindheit, ich weiß nicht warum. Jetzt kann ich darüber lachen, aber währenddessen hat es mir Angst gemacht, wie ein Computer, der beim Rebooten willkürlich Dateien öffnet. Ich glaube, jetzt bin ich wieder normal.

Gestern, als ich an Vasquez' Zimmer vorbeiging (mit »Gehen« meine ich, ich bin wie eine uralte Frau mit einem Rollator vorbeigeschlurft), saß ein Junge an ihrem Bett. Glänzendschwarzes Wuschelhaar, ein rotgrünkariertes Flanellhemd mit weiten Jeans und Arbeiterstiefeln, muskulöse, sehnige Unterarme. Das ist alles, was ich erkennen konnte, ohne die Nase an die Scheibe zu drücken wie ein Psycho. Was ich gern getan hätte.

Ich taufte ihn Hudson, nach Vasquez' Kumpel. Ich stelle mir die beiden verschwitzt und mit Stirnbändern vor, im Überlebenskampf gegen die Aliens, die sie nicht besiegen können, weil sie in ihnen leben. Vielleicht hat das Alien seine Eier in Vasquez' Gehirn gelegt. Vielleicht hat sie deswegen die Narbe, liegt deswegen im Koma.

Natürlich erfinde ich das alles über Vasquez und über Hudson, ihren Kumpel, und die unterschwellige romantische Spannung zwischen beiden. Vielleicht liege ich vollkommen falsch. Vielleicht trägt sie in ihrer Freizeit weiße Spitzenkleider und rosa Wildblumen im Haar, und am Wochenende macht sie Picknick am See. Mit ihm. Vielleicht stehen sie auf Kitschromantik.

Aber das glaube ich nicht.

Vasquez zu bespitzeln ist sowohl die praktische als auch die naheliegende Option, denn auf der Neuro-Intensivstation haben die Zimmer Fenster, damit die Patienten (wir) leichter zu beobachten sind.

»Bist du so weit, Liebes?«

Es ist meine Mutter.

Wie lange steht sie schon da? Wie lange habe ich durchs Fenster gestarrt? Zeit ist auch nicht mehr das, was sie mal war. Ständig entgehen mir Dinge.

Mom schiebt mich sanft an, hakt sich bei mir unter. Sie findet meine Faszination für Vasquez nicht gut, das weiß ich, aber ich werde ihr die Sache auf keinen Fall erklären. Jedes Mal, wenn ich vor Vasquez' Zimmer stehen bleibe, holt Mom hörbar Luft, als müsste sie sich zusammenreißen, um Geduld zu bewahren.

Hudson ist heute nicht da, was echt schade ist, weil es

schwer ist, jemanden zu entschlüsseln, den man nicht beobachten kann. Der Stuhl ist leer. Arme Vasquez. Ganz allein.

»Komm«, sagt Mom. »Der Arzt will, dass du trainierst.«

Sie meint, ich muss gehen üben, aber in Wirklichkeit muss ich üben, ein Mensch zu sein. Früher war ich darin besser.

Tschüs, Vasquez. Ich winke, auch wenn ich zur Antwort nur ein Piepen bekomme.

Mom runzelt die Stirn (sie runzelt viel die Stirn in letzter Zeit).

Ich tätschele ihren Arm. Weiter. Zur Blutabnahme.

Unsere Wanderungen von Station zu Station haben Folgendes ergeben:

- Ich bin stolze Besitzerin einer Critical-Illness-Myopathie, was heißt, dass ich ständig müde bin.
- Und einer Gehirnerschütterung, was heißt, dass ich reizbar bin.
- Außerdem muss ich nach der vierwöchigen Intubation eine Schlucktherapie machen, weil mir Sprechen und Essen schwerfallen.
- Dazu habe ich geschädigte Nerven in den Beinen, was zu einem leichten Humpeln führt, das bleiben kann, aber nicht muss.
- Das heißt Physiotherapie.
- Jeden Tag.
- Und der Bonus: Ich bin nur noch Haut und Knochen. Ich meine, buchstäblich. Ich bin so klapperdürr, dass ich beim Umziehen die Augen zukneife. Mein Anblick ist verstörend, vor allem, weil ich früher immer dünner und

dünner und leichter und leichter sein wollte. Erst jetzt weiß ich, was übrig bleibt, wenn alles Weiche weg ist. Nicht viel. Echt nicht viel.

Wir schlurfen am gerahmten Bild einer Vase vorbei, einem Gartenbild und einem Gänseblümchen, bei dem wir links abbiegen. Als wir vorbeigehen, wird das Gänseblümchen schwarz. Doch ich kriege weder einen Schreck noch Panik, weil es nicht das erste Mal ist, dass Blumen so was machen. Außerdem bin ich viel zu müde für Panikattacken. Vielleicht sind bei mir einfach ein paar Drähte verheddert. Vielleicht bin ich noch nicht ganz wieder da. Seit ich aufgewacht bin, sehe ich überall diese schwarzen Blumen. Sie verfolgen mich.

Bei einer Gehirnerschütterung ist alles möglich, sagen sie. Immerhin habe ich einen satten Schlag auf den Kopf bekommen. Wer weiß, was passiert, wenn man sich die grauen Zellen quetscht. Aber da ist eine kleine Stimme, die mir einflüstert, dass es nicht daran liegt. Die mir einflüstert, dass ich den Wahnsinn aus dem Tod mitgebracht habe, dass die schwarzen Blumen so echt sind wie alles andere, das ich sehen und anfassen kann. Am besten ignoriere ich die Stimme, denke ich. Am besten würge ich sie ab.

Vor mir schwebt ein Blütenblatt zu Boden. Ich trete darauf, nehme den Stift aus der Tasche und schreibe etwas auf.

Buch, schreibe ich. Dann ein Fragezeichen.

Da ich immer noch nicht viel sprechen kann, ist der kleine Notizblock mein Draht zur Welt.

Mom sieht den Zettel an, dann sieht sie mich an, zieht mit

der freien Hand ihren hässlichen Schal enger um den Hals. Das Ding habe ich für sie gemacht, als ich versucht habe, Lucille im Handarbeiten nachzueifern. Es war sofort klar, dass ich beim Stricken zwei linke Hände habe.

»Sie sind in deinem Zimmer, Liebes«, sagt Mom. »Deine Bücher.«

In meinem Krankenhauszimmer steht eine Auswahl meiner Lieblingsbücher von zu Hause, in einer lila Tüte mit der Aufschrift *Cherryville Farmers' Market.* Beim Anblick der Tüte überfällt mich eine fiese Art von Heimweh. Aber die Auswahl der Bücher ist gut. Ein paar meiner alten Herren. Steinbeck, eine Prise Faulkner, Cormac McCarthy. Und dann meine Lieblingsdamen. Anne Sextons Gedichte, Alice Hoffman, Anne Tyler, Patti Smith und Toni Morrisons *Song of Solomon,* ein gebundener Seufzer, auf Papier gebannt. Normalerweise wäre das genug, um mich zu beschäftigen, aber ich schaffe es einfach nicht, Interesse aufzubringen.

NAHTODERFAHRUNGEN, schreibe ich. In Großbuchstaben. Mom starrt mich verständnislos an, also unterstreiche ich es.

»Warum willst du so was lesen?« Moms Griff um meinen Arm ist fest, dabei gehen wir nicht einmal. Angeblich stützt sie mich, aber in Wirklichkeit ist es eher sie, die gestützt werden muss. Mom ist nicht sie selbst, seit ich aufgewacht bin. Sie ist neben der Spur. Normalerweise ist sie voll auf Zack und immer auf Achse und hat keine Zeit für Albernheiten. Die eiserne Lady. Aber das war einmal. Jetzt ist sie schreckhaft, als würden sie ständig Geräusche verfolgen, die niemand sonst hören kann.

»Bitte«, flüstere ich. Ich muss mehrmals schlucken. Das Sprechen fühlt sich immer noch so an, als müsste ich den Muskel eines Phantombeins anspannen. Es ist viel leichter, die Sätze aufzuschreiben.

»Du willst ein Buch über Nahtoderfahrungen? Wirklich?«

Aus dem Schwesterzimmer zieht der Geruch von Kaffee und Desinfektionsmitteln.

Ich nicke.

»Warum interessierst du dich dafür? Hast du etwas gesehen?«

Ich zucke die Schultern. Mom ist Atheistin. Ich auch. War. Jetzt weiß ich es nicht mehr, und genau das ist es. Ich will herausfinden, was andere Leute erlebt haben. Leute wie ich.

Aber das werde ich auf keinen Fall mit ihr besprechen.

Ich fasse mir ans Herz.

»Weißt du«, sagt meine Mutter und sieht mich an. »Unser Gehirn macht alles Mögliche, wenn wir das Bewusstsein verlieren wie du. Wenn das Gehirn in Gefahr ist, kämpft es. Dann siehst du vielleicht Bilder, Licht ...« Sie bricht ab.

Bestimmt hat sie recht. Aber wie erklärt man Vasquez? Wie erklärt man so was?

»Du kannst mir alles sagen«, sagt sie. »Ich meine, wenn du etwas erlebt hast. Du kannst mit mir darüber reden, wenn du möchtest.«

Ich schüttele den Kopf.

»Später, meine ich. Wenn du deine Stimme wiederhast«, sagt sie. »Das ist keine kleine Sache, Eden. Du hattest einen sehr, sehr ernsten Unfall. Ich will nicht, dass du Angst hast, über etwas zu reden, über das geredet werden muss.«

Ich habe keine Angst.

Sie hat Angst.

Ich berühre ihre Wange mit dem Handrücken und hoffe, sie versteht den Wink und hört auf nachzufragen. Dann nicke ich zum Ende des Flurs.

»Aber«, sie zögert, als wir weiterschlurfen, »wenn du wirklich so ein Buch lesen willst, kann ich dir bestimmt eins besorgen.«

Die Automatiktür öffnet sich, und auf der anderen Seite steht Hudson, die Arme voller weißer Blumen. Nelken. Sie riechen nach Zucker. *Er* riecht nach Zucker, wie eine gefährliche Süßigkeit. Er hat Augen wie die Erde, die diese Blumen hervorgebracht hat. Einen schiefen Mund. Volle Lippen. Raue Hände. Dasselbe rotgrünkarierte Flanellhemd wie gestern. Als er vorbeigeht, bin ich erschüttert von seinem Gesicht. Ich weiß nicht, was ich mir vorgestellt hatte, aber nicht das.

Er sieht mich auch an. Was sieht er? Ein rothaariges Mädchen mit kahlen Stellen? Ein sommersprossiges, hinkendes Skelett in Kapuzenjacke und schlabbernden schwarzen Leggings? Hat er bei mir auch durchs Fenster gesehen, als ich halbtot war, statt halblebendig wie jetzt? Hat er mir auch einen Namen gegeben?

Mit einem energischen Zischen schließt sich hinter mir die Tür.

Ich spende Blut.

Mom sagt, ich soll mich auf einen Punkt konzentrieren und durch die Nase atmen, wenn sie zustechen, damit ich nicht umkippe. Der Punkt, den ich mir aussuche, ist ihr angespanntes Gesicht, zart wie Seidenpapier, als könnte ich sie mit einem Hauch wegpusten.

»So ist's gut, Liebes«, sagt sie. »Sieh mich an. Sie einfach mich an.«

Als wir auf dem Rückweg an Vasquez' Zimmer vorbeikommen, sind die Vorhänge zu. Der Anblick des hellen Grüns hinter der Scheibe macht mich so müde, dass ich nur noch in mein Krankenhausbett fallen will, oder lieber in mein Bett zu Hause, von dem ich nicht mal zu träumen wage, seit ich aufgewacht bin. Ich will in mein Bett, mir das glatte Baumwolllaken übers Gesicht ziehen und erst wieder aufwachen, wenn ich mehr bin als nur Schmerz.

Aber so soll es nicht sein.

Nachmittags geht die Post ab auf der Station, und jetzt ist es halb zwei. In meinem Zimmer wartet Madame, meine Ballettlehrerin, seit ich fünf war, Gründerin von Cherryville Dance und ehemalige Tänzerin beim Manhattan Ballet mit einem hervorragenden Ruf. Ihr kastanienbraunes Haar ist wie immer zum

Dutt hochgesteckt, die elegante Kleidung maßgeschneidert und in neutralen Farben, das Parfüm blumig und leicht. Neben ihr sitzt Digby, der aussieht, als würde er am liebsten im Boden versinken. Ich kann ihn verstehen. Madame macht diesen Ort noch ungemütlicher. Noch erdrückender. Nicht weil sie so streng ist oder so was, sondern weil Madame so gut in dieses drittklassige Krankenhaus passt wie ein Einhorn ins Einkaufszentrum.

Sie hat mir eine in glänzendes Silberpapier gewickelte Schachtel mitgebracht, die sie mir auf den Schoß legt, als ich sie ihr nicht abnehme. »Ein verfrühtes Weihnachtsgeschenk«, sagt sie.

Dann kommt Sally, um meinen Blutdruck zu messen, und sieht sich um. Sally ist freundlich zu allen, die kommen, aber nicht herzlich, auch wenn sie vor sich hin summt. Ich glaube, ihr ist es lieber, wenn es ruhig und geordnet zugeht, wenn ein oder höchstens zwei Besucher da sind. Wahrscheinlich liegt es daran, dass bei ihr zu Hause immer alle Kinder und Enkelkinder um sie herumtoben.

Madame beginnt zu reden, vom Tanzen, von Hingabe, von nötigen Opfern, und Sally zieht die Brauen hoch und schnaubt vernehmlich, als sie sie hört, aber ich weiß, dass Madame es nicht böse meint. An der Art, wie sie mich mustert, an ihren flatternden Lidern, sehe ich, dass sie versucht, sich auf diese neue, schwache Version von mir einzustellen. Aber es ist nicht nur das. Unsere Beziehung war schon vor dem Unfall angespannt. Es gab Unstimmigkeiten.

Ich wünschte, mein Ausflug auf die andere Seite hätte die Erinnerung an die Fahrt mit Madame nach New York ausgelöscht, denn manchmal sorgen zeitlicher Abstand und eine neue Perspektive dafür, dass man erkennt, was für ein Idiot man war.

Ja. Das.

An dem Tag war mir schwindelig vor Aufregung, weil ich zu einer Trainingsstunde mit dem Bolschoi eingeladen war. *Dem Bolschoi.* Das war mein Schicksal, meine Bestimmung, wenigstens der Anfang. Davon war ich fest überzeugt. Das Bolschoi kommt fast nie nach Amerika, aber Madame hatte eine Freundin, die einen außerordentlichen Auftritt in New York vereinbart hatte, also waren sie ein paar Tage in der Stadt, und Madame hat das Ganze arrangiert.

Ich hatte mich tagelang wie ein dummes Huhn aufgeplustert.

Natürlich würde das Bolschoi mein Talent erkennen. Natürlich würden sie sagen, ich müsste nicht mal Koffer packen, wir würden New York sofort verlassen und auf Welttournee gehen. Sie würden mir alles neu kaufen, eine Garderobe, die meinem Talent entspräche. Meine Mutter würde weinen, mein Vater würde in die Garage verschwinden, meine Freunde und ich würden zusammen heulen. Trotzdem. Das Bolschoi würde mir eine Chaiselongue besorgen, auf der ich trauern könnte. Irgendwann würden alle verstehen, welchen Druck wahre Größe bedeutet und warum ich gehen musste.

Fast werde ich rot, wenn ich daran denke, aber die Scham sitzt tiefer, in meinem Brustkorb, nicht im Gesicht. Und das ist gut so, denn sonst würde ich mich selbst entzünden.

Madame und ich nahmen den Zug nach New York. Alle Stationen der natürlichen Flugbahn meines Lebens lagen auf einer klaren, effizienten Strecke. Ich musste nur Kurs halten. Aber was tut man, wenn die Linie sich ohne Vorwarnung bewegt?

Denn als ich beim Training ankam, probten die Tänzer Schritte, die ich noch nie gesehen hatte, geschweige denn ausgeführt. So exakt, so präzise. Ich stolperte, tapste, schämte mich zu sehr, um meine Unfähigkeit zuzugeben. Irgendwann, als ich schmachvoll schwitzte und keuchte, flüsterte Madames Freundin mir ins Ohr, dass ich gerne zusehen dürfe, bis sie etwas übten, das auf meinem Niveau wäre. Ich warf einen Blick zu Madame, dann rannte ich raus und lief allein zur U-Bahn.

Nie waren meine Beine so lang gewesen. Nie hatte ich mich so klein gefühlt. In den Tagen danach ignorierte ich Madames Anrufe, und dann … der Fluss. Wäre ich wirklich ein Wunderkind, wie sie behauptete, hätte der Ausflug nach New York mir ein Meer der Möglichkeiten eröffnet. Vielleicht ein Sommer am Bolschoi, vielleicht mehr. Es ist grausam, dich selbst zu sehen, dumm und grün hinter den Ohren, wie du herumstolzierst, dich für etwas Besonderes hältst, ja, fest überzeugt davon bist, nur um festzustellen, dass du nichts kannst und ein Niemand bist, dass alles, was du dir eingebildet hast, deiner Phantasie entsprungen ist und nichts mit der Realität zu tun hat. Du bist ein Kleinstadtmädchen mit Kleinstadttalent, das große Träume träumt wie jeder andere traurige Durchschnittsteenager auf der Welt. Und wenn du das siehst, wenn du es klar siehst und akzeptierst, dann schrumpft das Universum zusammen wie ein Luftballon.

Das ist das Ende.

Und jetzt sitzt Madame an meinem Bett, plaudert mit meiner Mutter, meinem Bruder, über nichts. Das Wetter, *Peter Pan*, die vielversprechenden neuen Ballettschüler, die – im Vertrauen gesagt – mir niemals das Wasser reichen können. Mit keinem Wort erwähnt sie den schrecklichen Tag beim Bolschoi in New York, und sie hält meine Hand, um mir zu zeigen, dass sie mir vergibt oder wenigstens Mitleid mit mir hat. Ich versuche, hier bei ihr zu sein, aber ich spüre, wie ich verschwinde, rückwärts durch die Laken, die Matratze, den Boden, den Keller, bis zum Mittelpunkt der Erde. Glücklicherweise erwartet keiner von mir, dass ich rede.

Ich weiß nicht, ob ich je wieder tanzen werde. Ob ich kann, ob ich will. Aus Protest oder Zustimmung, ich weiß nicht was, schicken meine Beine Elektroschocks durch meinen Körper, die mich vor Schmerz zusammenzucken lassen. Ich ziehe die Decke enger um mich, kralle die Finger in meine Ellbogen.

Endlich geht Madame. Der Schmerz lässt nach.

Kurze Zeit später platzt Reggie herein, verschwitzt vom Sport, mit einem verwelkten Blumenstrauß, wahrscheinlich aus dem Mülleimer seiner Mutter, den er in eine zerdrückte Coladose gesteckt hat. Er reißt Witze, dann sagt er, ich sei eine echte Spaßbremse, seit ich nicht mehr sprechen kann, und drückt ein paar fette Tränen raus, worauf er und Digby abhauen, um ein paar Körbe zu werfen.

Nach wenigen Minuten drifte ich weg.

Die Ärzte sagen, meine Genesung hängt davon ab, dass ich ausreichend Nahrung zu mir nehme, und als ich aufwache, erwartet mich ein grüner Smoothie. Ich bekomme alle zwei Stunden einen. Das Trinken dauert. Äußerste Konzentration.

Ich habe schreckliche, ewig lange, erstickte Hustenanfälle, die so schlimm sind, dass es mir fast lieber wäre, gar nichts zu essen. Aber ich habe auch schrecklichen Hunger.

»Gut gemacht, Schätzchen«, sagte Rita, als sie das leere Glas abholt. »Ich hab mir Sorgen gemacht. Manchmal verlieren die Gehirnerschütterungen ihren Appetit, aber du kommst wieder auf die Beine.«

Die Gehirnerschütterungen. Guter Name für eine Band. Die schlechteste Band der Welt.

»Danke, Rita«, krächze ich.

Um diese Uhrzeit, wenn es auf der Station ruhiger wird, sind die Krankenschwestern die, die am meisten Krach machen. Um sieben ist Schichtwechsel, dann wird Sally von Rita abgelöst, und die beiden quatschen.

Ich höre aufmerksam zu, deshalb weiß ich, dass Rita frisch geschieden ist und eine Affäre mit einem Pfleger namens Alex hat, aber die beiden können sich nur selten sehen, weil sie ständig Nachtschicht hat, und wenn sie frei hat, arbeitet er. So erfahre ich auch alles über Sally und ihre Kinder. Sie hat sechs, und obwohl die meisten davon erwachsen sind, wohnen alle noch bei ihr, so dass immer viel los ist, vor allem bei ihrem Sohn Jake. Er lässt ihr graue Haare wachsen.

Aber das ist nicht alles. Jetzt, nach der Besuchszeit und vor der Schlafenszeit, habe ich Vasquez für mich allein, habe Raum, über ihr Leben nachzudenken, während ich vom Flur aus zusehe, wie die Maschine für sie atmet. Natürlich könnte ich fragen, was passiert ist. Ich müsste nur den Mund aufmachen. Ich könnte nach ihrem Namen fragen, woher sie kommt und was passiert ist. Aber ich will nicht fragen, weil sie hier, so, mir gehört, und wir sind fast gleich.

Hinter den Vorhängen liegt ein beiges Zimmer. Es summt und rasselt wie ein lebendiges Wesen. Ich muss an die Eingeweide einer Schlange denken, die sich um ihre Beute zusammenziehen, muskulös und tödlich.

»Geh ruhig rein.« Sally erschreckt mich.

Ich habe nicht gesehen, dass sie da steht, mich beobachtet, mit dem Regenschirm in der Hand und einem absurden blaugrünen Tuch um den Kopf.

»Feierabend?«, flüstere ich, und meine Kehle kratzt, aber immerhin.

»Wie man's nimmt. Jetzt fängt der zweite Teil des Tages an.«

Draußen regnet es. Das Prasseln kitzelt verschwommen im Hintergrund.

»Geh ruhig rein.« Sie zwinkert mir zu. »Rede mit ihr. Erzähl ihr, was du heute erlebt hast. Was du willst. Oder nichts.« Sie tippt mir an die Wange und hält mir die Tür auf. »Wir sehen uns morgen, in alter Frische.«

Ich bin zum ersten Mal in Vasquez' Zimmer. Es fühlt sich an, als würde mich ein Fließband zu ihr tragen, nicht als würde ich mühsame Schritte machen. Ich gleite an ihr Bett. Die Maschinen pumpen. Ich setze mich in Hudsons Stuhl. Ihr nahe zu sein macht mir Angst, als könnte ich geblendet oder durch eine Art Portal gezogen werden. In eine andere Dimension geworfen. Es ist, wie in die Sonne zu blinzeln. Blumen stehen auf den Tischen zu beiden Seiten des Betts. Sie sind majestätisch und beugen sich zueinander, als wären sie ins Gespräch vertieft.

»Hallo«, sagte ich zu Vasquez. »Ich bin Eden. Deine Komakollegin. Nett, dich kennenzulernen.«

Piep, piep, piep.

Ich räuspere mich.

»Erinnerst du dich? Wir haben uns im Wasser getroffen.« Ich sehe nach, ob wir auch wirklich allein sind. »Also, wo bist du gerade?«, frage ich dümmlich. »Kannst du mich hören?«

Sie hat weiße Kruste im Mundwinkel. Ich will sie wegwischen, aber ich habe kein feuchtes Tuch, also lasse ich es und versuche, nicht hinzustarren.

»Ich habe nie über das Leben nach dem Tod nachgedacht«, sage ich vorsichtig und muss meine Stimme zwingen, die Worte zu flechten. »Wenn man tot ist, ist man tot. Ist doch klar. Meine Eltern haben gesagt, alles andere sind Märchen. Aber was ist das dann, Vasquez, der Ort mit den Blumen? Er ist doch echt, oder? Weil du hier bist, und du warst auch dort, also muss er echt sein. Bist du immer noch dort?« Meine Lippen zittern. Ich warte, bis es aufhört. »An dem Ort dazwischen?«

Vasquez antwortet nicht.

»Du hast es gut«, sage ich schließlich. »Ich beneide dich.«

Eine Woche später,

am 19. Dezember, ist unser Geburtstag.

Heute werden Digby und ich achtzehn, und wir feiern im Krankenhaus. Es ist vier Uhr nachmittags, also schlägt keiner über die Stränge oder so was. Die Gäste kommen direkt aus der Schule oder von zu Hause, werfen die Jacken in die Ecke und machen sich über die Süßigkeiten her. Sally schenkt meinen Eltern Kaffee ein und mir einen Shake. Vanille, so harmlos wie das Fest.

Parker, Reggie, Digby, Lucille, Wrenny, meine Eltern und ich. Alle, die mir wichtig sind, in einen Raum gestopft. Mom hat einen Bluetooth-Lautsprecher mitgebracht und Digby eine Playlist, aber als die Musik lief, spürte ich den Rhythmus im ganzen Körper wie unangenehme Stromschläge, und meine Muskeln wurden steif. Die Musik war zu laut, zu schnell.

Also hören wir jetzt nichts mehr außer Stimmengemurmel.

Digby und Lucille in der Ecke, eingekocht und ineinander verschlungen, zu zweit auf dem Sessel, sie wie ein Mini-Pudel auf seinem Schoß, das Haar im Pferdeschwanz und dauerrot im Gesicht, die Kleider verrutscht, als wollten sie abhauen, seine Finger an ihrem Ohr, ihrer Taille, ihrem Bauch, dann wandern sie weiter, auf der Suche nach der nächsten Stelle.

Ihr Anblick macht mich seekrank und ist mir vor meinen

Eltern peinlich, die sich intensiv mit dem Dekor des Krankenzimmers beschäftigen, Wren zwischen sie gekuschelt, wie es sich für unsere Wahlfamilie gehört.

Es ist schwer, Digby und Lucille nicht anzustarren, so wie sie strahlen, aber starren ist unhöflich, und ich nehme es ihnen übel, weil das Zimmer so klein ist, wo soll man sonst hingucken?

»Jemand sollte einen Eimer Wasser holen«, sagt Reggie und setzt sich neben mich. »Schämt euch, Leute.«

Parker macht es sich hinter Reggie bequem, mampft ein Riesenstück Kuchen und stiert vor sich hin. Er hat blonde Locken, glänzendes, seidiges Mädchenhaar, das er neuerdings in einem Knoten auf dem Kopf trägt. Außerdem lässt er sich den armseligen Flaum am Kinn wachsen. Er trägt immer sein Basketball-Sweatshirt. Komisch, was man über die Leute so weiß. Zum Beispiel, dass Parker Welpen liebt und Vegetarier geworden ist, nachdem er einen Film über die Lebensmittelindustrie gesehen hat. Er hat tagelang geheult. Was würde passieren, wenn Reggie aufhörte, für sie beide zu reden? Hat Parker irgendwas zu sagen?

»Ich halte das nicht mehr aus.« Reggie nickt in Richtung des ächzenden Sessels. »Wir sollten sie so lange einschließen, bis sie sich auf die Nerven gehen, damit wir endlich alle wieder zur Tagesordnung übergehen können. Ja, ich bin für die Liebe, aber die beiden sind Porno.«

Ich rühre mit dem Strohhalm in meinem geronnenen Milchshake herum.

»Soll ich dir ein Stück Torte in den Mixer werfen?«, fragt Reggie. »Bringt Unglück, wenn du deine eigene Geburtstagstorte nicht probierst.«

»Das gilt bei Hochzeiten, nicht bei Geburtstagen«, entgegne ich. »Ich hab keinen Hunger.«

Die Geburtstagstorte besteht aus drei Schichten Vanillecreme und ist mit unseren Namen verziert. Natürlich hat meine Mutter sie selbst gebacken.

Letztes Jahr hat sie eine Ballettschuhtorte für mich und eine Basketballtorte für Digby gebacken, als wären wir sieben und würden uns immer noch über unsere Hobbys definieren. Die heutige Torte riecht nach Butter und Zitrone. Sie riecht nach zu Hause.

»Na schön«, sagt Reggie, »vergiss den blöden Kuchen. Aber krieg nicht gleich schlechte Laune.«

»Ich habe keine schlechte Laune.«

»Hast du ein Problem, weil du jetzt alt bist?«

Ich bin drei Monate älter als Reggie.

»Quatschkopf«, krächze ich.

»Jedenfalls bin ich froh, dass du von deinem Trip runtergekommen bist«, sagt er. »Du warst wie jemand, der schlechte Drogen genommen hat und denkt, er könnte fliegen.« Er beißt in die Torte. »Irgendwie witzig.« Dann greift er sich an die Brust. *»Nein! Nein! Sie wollen mich holen! Die Blumen wollen mich holen!«*

Flashbacks.

Ich, schreiend.

Ich, wie ich versuche, meinen Eltern von den Blumen zu erzählen, von Vasquez und den schwarzen Blüten unter Wasser.

»Ich brauche frische Luft«, sage ich.

Ich wusste, dass er da sein würde,
und das ist echt seltsam.

Hudson steht auf dem stillen Flur vor Vasquez' Fenster, an der Stelle, wo sonst ich stehe. Vielleicht bin ich mit übersinnlichen Kräften aus dem Dazwischen zurückgekehrt, mit einem sechsten Sinn. Das wäre fast so toll, wie ein Geist zu sein. Ich versuche, das Bild an der Wand mit Willenskraft dazu zu bringen herunterzufallen. Nichts passiert.

Schade.

Wenn ich es mir recht überlege, kommt Hudson fast immer zur gleichen Zeit. Jetzt. Also … na gut, doch kein sechster Sinn.

»Was machst du hier?«, fragt er.

Ich zucke so heftig zusammen, dass er lacht. Es klingt hohl und fremd.

»Ganz ruhig.« Er hebt die Hände. »Ich wollte dich nicht erschrecken.«

Ich schlurfe in seine Richtung, und die Stimmen meiner Familie und Freunde verklingen hinter mir zu einem dumpfen Summen. Je näher ich Hudson komme, desto weniger weiß ich, warum ich auf ihn zugehe, statt abzuhauen. Ich meine, ich kenne ihn überhaupt nicht. Dann stehen wir nebeneinander und sehen durch die Scheibe. Keine Veränderung bei Vasquez. Sie schläft. Schneewittchens vergiftetes Apfelstück steckt immer noch in ihrer Kehle.

»Wir haben zusammen Hausaufgaben gemacht.« Er nickt in ihre Richtung. »Jeden Tag.«

»Oh«, sage ich.

»Ja. Wir haben beide Jobs, aber abends nach der Arbeit ist sie immer vorbeigekommen, oder ich bin zu ihr gegangen. Dann haben wir Musik gehört und so, und uns gegenseitig abgefragt.«

»Cool«, sage ich.

»Sie hat heute Geburtstag«, sagt er.

Ich bin sprachlos. Ich meine, so richtig sprachlos.

»Achtzehn«, erklärt er. »Sie hat sich so darauf gefreut.« Er lächelt. »Sie war immer sauer, weil ich im September Geburtstag habe. Jedes Jahr.« Jetzt lächelt er wieder, und ich sehe sie vor mir, Vasquez, wie sie ihm zum Geburtstag gratuliert und ihn dabei knufft.

»Ich weiß nicht, was ich ohne sie machen soll«, sagt er. »Kennst du das, wenn man beim Lernen Kaugummi kaut, dann muss man auch in der Prüfung Kaugummi kauen? So geht es mir mit ihr, nur bei allem Möglichen. Ohne sie weiß ich einfach nicht, wo es langgeht. Wir hängen schon so lange miteinander rum.«

Das verstehe ich. Mir geht es mit meinen Freunden auch so.

Er verzieht das Gesicht. Ich will ihn fragen, wie viele Freunde er hat. Will fragen, ob er wirklich so einsam und verloren ist, wie er aussieht.

»Warum bist du hier draußen?«, frage ich stattdessen. »Und nicht bei ihr im Zimmer?«

»Weiß nicht«, sagt er. »Irgendwie schaffe ich es heute nicht, die Tür aufzumachen.« Seine Lippen zittern, und er hat Tränen in den Augen. Er legt die Hand an die Scheibe. »An manchen Tagen ist es so. An manchen schaffe ich es nicht mal ins Krankenhaus.«

Ich will ihm die Hand auf den Arm legen, ihn trösten, aber bevor ich was Dummes tun kann, taucht Lucille mit einem Stück Torte auf einem blasslila Pappteller auf. Sie kommt auf mich zu, aber als sie Hudson sieht, verzieht sie sich wieder.

»Tut mir leid«, sage ich.

»Ist das dein Zimmer?«

Ich seufze. Der Seufzer ist lauter als gedacht, aber danach geht es mir viel besser.

»Meine ganze Familie ist da«, sage ich. »Sie ist meine beste Freundin … die Freundin meines Bruders. Wie man's nimmt.«

»Ist das seltsam für dich?«, fragt er.

»Also«, sage ich, »danke, dass du fragst. Es *ist* seltsam. Vor allem, weil wir Zwillinge sind. Die Tatsache, dass mein Zwillingsbruder meine beste Freundin vögelt, bringt automatisch gewisse Interessenkonflikte mit sich, oder?«

Er zuckt die Schultern. »Vielleicht. Kommt drauf an, wie du damit umgehst.«

»Ja«, sage ich. »Jedenfalls sind heute alle hier, weil ich Geburtstag habe. Ich meine, wir. Also, ich und mein Bruder. Auch.«

Ich muss es laut sagen um zu begreifen, wie unglaublich schräg es ist, dass Vasquez und ich am selben Tag Geburtstag haben. *Das* ist seltsam. So richtig seltsam.

»Du hast auch heute Geburtstag?« Er runzelt die Stirn und fährt sich durchs Haar. »Im Ernst? Heute?«

»Ja«, sage ich. »Achtzehn. Juhu.«

Toll, Eden. Ganz toll, du blöder Trampel.

»Juhu.« Er versucht zu lächeln. »Herzlichen Glückwunsch.« Dann sieht er wieder durch die Scheibe, während ich von einer Mischung aus Schuldgefühlen, Scham und Traurigkeit gepackt werde. »Echt verrückt. Derselbe Geburtstag.«

»Das schlägt alles, oder?« Jemand sollte mir den Mund zukleben. Ich wünschte, ich hätte meine Stimme nicht wieder.

»Stimmt.« Hudson sieht mich von der Seite an, als würde er mir nur glauben, weil er Lucille und den blasslila Teller gesehen hat.

»Willst du ein Stück Torte?«, frage ich. Das Gespräch wird mir zu verrückt. »Meine Mutter hat sie selbst gebacken. Sie backt echt gut. Du kannst mein Stück haben. Ich kann sowieso nicht …«

»Nein, danke«, sagt er. Er winkt ab, und ich rieche Grün an ihm, wie Chlorophyll, sauber. »Wenn sie an ihrem Geburtstag keine Torte essen kann, will ich auch keine.«

»Als jemand, der auch kürzlich im Koma lag, muss ich dir sagen, dass das der falsche Ansatz ist«, widerspreche ich. »Du brauchst meine Geburtstagstorte nicht zu essen, aber überleg mal. Wenn du sie wärst und sie du, würdest du nicht auch wollen, dass sie irgendwie feiert?«

Er sieht mich verwirrt an.

»Na gut, das war ein bisschen verschachtelt.«

»Ein bisschen.«

»Trotzdem. Was ist ihr Lieblingskuchen?«

»Schoko«, sagt er, ohne zu zögern. »Die Schoko-Käsesahnetorte aus dem italienischen Restaurant, in dem sie kellnert. Sie haben sie nur ihr zuliebe auf die Karte gesetzt. Ich glaube nicht, dass irgendwas daran Italienisch ist. Aber sie hat sie überredet, damit sie immer ein Stück haben kann.«

»Dann besorg ihr welche. Das würde sie wollen. Ich an ihrer Stelle hätte es gewollt. Dass du für mich Torte isst. Wenn ich es nicht könnte.«

Er lehnt sich an die Wand und sieht mich so lange an, dass ich ihm fast einen Vogel zeige. Irgendwas, um die Spannung und seinen Blick zu lösen.

»Ja«, sagt er nach so langer Zeit, dass ich vergessen habe, worüber wir geredet haben. »Vielleicht.«

Aus

Fast tot: Wahre Geschichten aus dem Jenseits

Ich bin gestorben, als ich als Kind in Maine vom Dach meines Elternhauses stürzte. Da war ich acht Jahre alt. Es war dumm, hinaufzuklettern, aber mein großer Bruder Tommy und ich wollten unbedingt den Kometenhagel sehen. Er war geschickt. Ich nicht. Das Haus hatte drei Stockwerke.

Ich brach mir das Genick. Am besten erinnere ich mich, wie meine Sinne abschalteten, einer nach dem anderen. Es war wie ein sanftes Verschwinden. Erst das Gehör, dann der Geruchssinn, dann spürte ich nichts mehr. Als Letztes ging das Sehen, dann war alles weiß.

Ich wurde aus meinem Körper geschleudert und schwebte. Als ich wieder zu mir kam, wurde noch ein paarmal alles weiß. Am Ende wurde ich mit einem unangenehmen Ploppen wieder in meinen Körper gezwängt. Der Schmerz war wieder da. Daran erinnere ich mich gut. Mehrere Monate in einem Ganzkörpergips. Noch mal laufen lernen wie ein Baby.

Ich hatte Glück, dass ich nicht vom Hals abwärts gelähmt war. Für irgendwas muss die Sache gut gewesen sein. Wenn jemand einen geliebten Menschen verliert, versuche ich, ihn damit zu trösten. Dass es danach keinen Schmerz mehr gibt. Schmerz gibt es nur vorher. Egal, was sonst noch kommt, so viel könnt ihr mir glauben.

Marty Conescu, 72, Handwerker im Ruhestand

Drei Tage nach meinem Geburtstag
bin ich hier raus.

Der Neurologe macht sich Notizen. Er ist mein behandelnder Arzt, seit ich aufgewacht bin, und er ist klein, hat haarige Yeti-Arme und trägt keinen Ehering, was bei den meisten Leuten nicht viel heißt, aber bei ihm schon, glaube ich. Ich wette, er wohnt in einem Haus ohne Möbel, nein, in einer Wohnung, und in seinem Auto werden die Türen mit Spanngurten zugehalten, weil er keine Zeit hat, sie reparieren zu lassen, denn er arbeitet immer im Krankenhaus und schafft es nicht in die Werkstatt. Ich wette, er hatte mal Freunde, nicht viele, aber ein paar, doch jetzt hat er keine mehr, was in Ordnung ist, weil er richtig gut in seinem Beruf ist, weil er Gehirne operiert und ständig Menschen rettet, und das hält ihn innerlich am Leben.

Wenn man anfängt, sich Geschichten über Leute auszudenken, ist es schwer, damit wieder aufzuhören.

Der Arzt reicht mir das dritte Glas, das Sally gerade für mich angerührt hat. Ich versuche, es ihr nicht übelzunehmen. Das hier ist das schleimigste, widerlichste bisher. Schlucktherapie. Schluckfolter.

»Du kannst dich aufs Bett setzen«, sagt er. »Das ist bequemer.«

»Nein danke«, sage ich.

Er nickt abwesend, die Einzelheiten interessieren ihn nicht. Oder er hat sich daran gewöhnt, dass ich immer das Gegenteil davon tue, was er sagt.

Querkopf, nennt mich mein Vater.

Ich habe Fortschritte gemacht. Das Trinken fühlt sich nicht mehr an, als würde es mich umbringen, außerdem funktioniert meine Stimme besser, und die Welt fühlt sich nicht mehr an wie brutales, hässliches Stroboskoplicht.

Ich betrachte den Pappbecher vor mir, starre in das blasige, zähflüssige Rosa. Künstliche Kirsche mag ich am wenigsten. Außer Banane und Ananas (igitt), die völlig inakzeptabel sind, was ich den Schwestern hinreichend klargemacht habe.

»Lass dir Zeit«, sagt der Arzt. Er wirft einen Blick auf seine Armbanduhr, silbernes Gehäuse mit schwarzem Armband und römischen Ziffern.

»Bringen wir es hinter uns«, sagte ich und versuche, nicht an den zähen Schleim zu denken, der mir die Kehle herunterkriecht. Ich beginne mit kleinen Vorschlucken, und dann schaffe ich ein paar richtige Schlucke ohne Erstickungsanfälle.

»Seht sie euch an!« Sally klatscht in die Hände.

»Im Leben geht es um die kleinen Siege.« Zumindest wollen sie mir das hier einreden.

»Meine kleine Wunderpatientin.« Sally wirkt so stolz, als hätte sie den Horrorschleim selbst getrunken.

»Ausgezeichnet.« Mit einem schönen Füller notiert der Arzt in schwarzer Tinte die Fakten. »Ich mache deine Entlassungspapiere fertig, und dann kannst du nach Hause zu deiner Familie.«

Er sieht mich erwartungsvoll an.

»Sollen wir die Verhaltensregeln gleich besprechen?«

Ich vergesse immer, dass ich jetzt achtzehn bin und lauter Dinge allein entscheiden kann, die ich vorher nicht allein entscheiden konnte.

»Schießen Sie los«, sage ich, als Sally mir ein Glas Wasser bringt.

»Kleine Schlucke«, mahnt er. »Denk immer daran, dass man sich an dünnen Flüssigkeiten leichter verschluckt als an zähen.«

Ich nicke. Das sagen sie mir jedes Mal, wenn ich etwas trinke.

»Na schön«, sagt er. »Ein paar Regeln, Miss Jones. Es ist ganz wichtig, dass du ausreichend Kalorien zu dir nimmst, was bei einer Flüssigdiät nicht ganz einfach ist. Das heißt täglich sechs der Shakes, die wir dir verschreiben, in zweistündigen Intervallen, egal wie viel feste Nahrung du zu dir nimmst. Sei kreativ. Mix dir die Smoothies und Säfte, auf die du Lust hast. Im nächsten Schritt Kartoffelbrei, zerdrückte Karotten und so weiter. Arbeite dich nach oben. Es dauert eine Weile, aber es lohnt sich. Frustration gehört zum Prozess, und es wird nicht ewig dauern.«

»Essen wie im Altersheim«, sage ich. »Habe verstanden.«

»Genau«, sagt er. »Auf ein normales Gewicht zu kommen ist die oberste Priorität. Es braucht Zeit, aber –«

»Beharrlichkeit ist der Schlüssel zum Erfolg«, sage ich.

»Richtig. Du kommst fünfmal die Woche zur Physiotherapie hierher, sechs Wochen lang, dann sehen wir weiter. Mal schauen, ob du bald wieder tanzen kannst, was?« Er schaut mir kurz in die Augen. »Ich habe gehört, du warst ein großes Talent.«

War.

»Wie du weißt, kann eine Kopfverletzung Depressionen nach sich ziehen, Angstzustände, Schwindel, Appetitlosigkeit, Dissoziationen …«

»Hurra«, sage ich.

»Ja. Na ja.« Er reicht mir eine Visitenkarte. *Marlene Gat,* steht darauf, mit ein paar Nummern und einer E-Mail-Adresse. »Ich empfehle dir, einmal die Woche zur Gesprächstherapie zu gehen. Nach einem Trauma wie deinem ist emotionale Unterstützung wichtig. Wir haben tolle Mitarbeiter. Ich habe mit deinen Eltern gesprochen, und sie finden die Idee auch gut. Ich glaube, Dr. Gat ist genau die Richtige für dich. Die Termine mit ihr würden auch hier im Krankenhaus stattfinden.«

»Warum schicken Sie mich dann überhaupt nach Hause?«, frage ich. »Ich könnte mein Lager im Putzschrank aufschlagen. Oder in Ihr Sprechzimmer einziehen. Sie könnten mir ab und zu was zu essen reinschmuggeln.«

Er sieht von seinen Aufzeichnungen auf.

»Das wäre nicht förderlich«, sagt er. »Es ist wichtig, dass du dich wieder in dein Leben einfindest. Du bist so weit wiederhergestellt, dass wir dich entlassen können, und Weihnachten wirst du auch bei deiner Familie verbringen wollen.« Er nimmt die Brille ab, wischt sie sauber, setzt sie wieder auf. »Es ist wirklich eine Art Wunder, Eden, wie schnell du wieder auf die Beine gekommen bist, und wir wollen dieses Wunder nicht unnötig stagnieren lassen. Das Wichtigste ist, dass du dich schonst. Deine Genesung wird noch eine Weile in Anspruch nehmen, wahrscheinlich länger, als dir lieb ist. Geh es langsam an. Halt inne und riech an den Blumen am Wegesrand, wie man so sagt … Ich empfehle dir, eine Weile zu Hause zu bleiben, bevor du wieder zur Schule gehst. Wie ich höre, sind deine Lehrer bereit, den versäumten Stoff mit dir nachzuholen, damit du mit den anderen den Abschluss machen kannst. Und noch etwas: keine unnötigen körperlichen Anstrengungen ohne die Zustimmung deines Physiotherapeuten.«

Kein Tanzen.

»Sally«, sagt er dann. »Würden Sie mir bitte Mrs. Wesleys Karte holen? Sie ist die Nächste.«

»Natürlich«, sagt sie. »Bin gleich zurück.«

»Mir ist aufgefallen«, sagt der Arzt, als Sally draußen ist, »dass du Zeit nebenan verbringst.« Er nickt in Vasquez' Richtung. »Das ist sehr gut«, sagt er. »Sehr hilfreich.« Er sieht zum Schwesternzimmer und dann wieder zu mir. »Wir wissen noch nicht warum, aber die Gegenwart von Menschen scheint bei der Genesung von Komapatienten eine wichtige Rolle zu spielen. Menschliche Nähe. Es ist sehr nett, das für jemanden wie sie zu tun.« Er späht über die Brille, und ich frage mich, was er mit *jemandem wie sie* meint. »Weißt du«, sagt er dann, »es ist viele Jahre her, aber ich lag selbst mal sieben Tage im Koma. Meine Familie war rund um die Uhr an meinem Bett, bis ich wieder aufwachte. Meine Mutter, mein Vater, meine Schwester. Wahrscheinlich haben sie mir damit geholfen zurückzukommen.«

Das ist eine unerwartete Wende. Komapatient wird Komaarzt. Als würde man den Bock zum Gärtner machen.

»Sie haben gesagt, Sie sind *zurückgekommen*«, sage ich. »Von wo genau meinen Sie?«

War er im Dazwischen? Wie sah seines aus? Vielleicht ist das Dazwischen maßgeschneidert auf die Erinnerungen und Besonderheiten jedes Einzelnen. Hat er auch was von drüben mitgebracht?

»Das erzähle ich dir ein anderes Mal.« Er hält mir die Hand hin, als Sally mit einem Stapel Klemmbretter hereinkommt. »Na dann, viel Glück, Eden Jones. Du kannst dich jederzeit melden, wenn irgendwas ist.«

Alles in mir protestiert, zieht sich zusammen. Ich will nicht, dass er geht.

Als er weg ist, klopft Sally mir auf die Schulter.

»Wir nennen ihn Spock«, sagt sie. »Hochintelligent, aber kein Funke von Humor. Dabei ist er gar nicht so trocken, wie er wirkt.«

Ich umarme sie fest, so fest, dass sie unwillkürlich die Hände hebt, als müsste sie sich wehren. Aber dann gibt sie nach und nimmt mich in die Arme. »So«, sagt sie irgendwann und tätschelt mir den Rücken, damit ich loslasse. »Ich weiß nicht, warum sich alle solche Sorgen machen. Deine Kraft hast du wieder. Du bist so weit.«

Ich folge ihr auf den Flur und stütze mich mit dem Ellbogen auf die Theke des Schwesternzimmers, während sie Saft und Stampfeis holt, um mir noch einen Krankenhaus-Slushie zu machen. Dann lässt sie sich auf ihren Yogaballstuhl fallen, der echt albern aussieht, aber ein Gottesgeschenk ist, wie sie immer wieder lautstark verkündet.

»Wie geht es Jake?«, frage ich nach einem köstlichen Schluck Apfeleisbrei.

Jake ist Sallys Sohn, der immer in Schwierigkeiten steckt. Sally mag seine Freundin nicht. Sie heißt Rhonda. Sally sagt, sie kiffen, und Rhonda trägt bauchfreie T-Shirts mit superkurzen Hotpants, dabei weiß jeder, dass man entweder das eine oder das andere anziehen kann, aber nie beides gleichzeitig. Und dann stellen sie in Jakes Zimmer alles Mögliche an, während die anderen Kinder und Enkel zu Hause sind und versuchen, so zu tun, als wäre nichts. Ihre Tochter Tina hält Sally auf dem Laufenden.

Sie wippt auf dem gelben Yogaball. »Ich arbeite nur so viel, damit ich nicht ständig an die verdammten Blagen denken muss und an die Tatsache, dass sie groß sind und trotzdem nicht flügge, und da kommst du und fragst nach Jake.« Ihre Worte passen nicht zu ihrem zärtlichen Ton. »Der Junge ist verkorkst. Ein hoffnungsloser Fall. Ich habe zu Tina gesagt, wenn diese Rhonda da ist, darf er die Zimmertür nicht zumachen. Wenn er vor der Ehe aktiv werden will, dann soll er sich eine eigene Wohnung suchen und selbst Miete zahlen.«

»Genau«, sage ich.

Sie nimmt eine Krankenakte in die Hand, schlägt sie auf, schiebt die Papiere herum und schlägt sie wieder zu. Meine Schuld. »Was meinst du, bist du bereit für das echte Leben, Kleines?«

Mom, Dad, Digby, Lucille. Gleich sind sie da, um mich abzuholen. In der Tasche zu meinen Füßen sind meine Sachen, auch die rosa Decke, die ich am Anfang so scheußlich fand, aber irgendwie ist sie mir ans Herz gewachsen, und jetzt lasse ich sie mitgehen. Mein Zimmer sieht wieder aus wie jedes andere Krankenhauszimmer. Keine Unordnung. Keine Lebenszeichen. Ich bin erst vor zwei Minuten ausgezogen, und schon ist jemand drin und desinfiziert alles.

»Ist es das?«, fragte ich. Ich zupfe an den falschen Geschenken unter dem falschen Weihnachtsbaum auf dem Tresen herum. »Das echte Leben?«

»Echter wird's nicht, soweit wir wissen«, sagt sie. »Aber ich sag dir eins. Wenn man in diesem Teil des Krankenhauses arbeitet, muss man ständig darauf gefasst sein, dass jemand stirbt. Glücklicherweise meistens ältere Leute.« Sie blickt zum Himmel. »Aber als Krankenschwester versuchst du, die einzelnen Patienten nicht zu nahe an dich herankommen zu lassen. Du lernst Leben und Tod kennen, und zwar gut. Und wenn dann so ein Mädchen wie du hier landet, wunderschön und das ganze Leben noch vor sich, und erst weißt du nicht, ob sie es schafft oder nicht, aber dann schafft sie es, dann willst du, dass sie das Allerbeste draus macht, weil, Gott weiß, nicht alle kriegen eine zweite Chance.«

»Je größer die Macht, desto größer die Verantwortung«, sage ich.

»So ungefähr.«

»Bloß kein Druck«, sage ich.

»Ach«, sagt Sally. »Was weiß ich schon? Oh!« Sie greift unter den Tisch. »Fast hätte ich's vergessen. Wir haben was für dich.«

Dann reicht sie mir ein Päckchen in rotem Geschenkpapier mit Zuckerstangenmuster. Es fühlt sich weich an.

»Es ist von uns allen, aber besonders von Rita und mir.«

Ich klemme mir das Geschenk unter den Arm. Öffnen will ich es nicht hier, sonst würde der Reißverschluss, der von meinem Brustbein zum Steißbein führt, aufgehen, und alles würde rausfließen. Schön wäre das nicht.

»Ich wollte dir keine Angst machen, Kleines. Vor der echten Welt. Du wirst das Schiff schon schaukeln«, sagt Sally. »Da draußen.«

Heute trägt sie einen Kittel mit Schildkröten.

»Ich weiß, dass ihr euch ohne mich hier langweilt«, sage ich schließlich, »aber ihr müsst einfach das Beste draus machen.«

Sie zieht die Brauen hoch.

»Ist gut, Sally. Gib ruhig zu, dass ich das Licht deines Lebens war. Ich meine, außer Jake.«

»Na ja«, sagt sie und klemmt sich die Fingerspitzen in einer Aktenklammer ein, »kann schon sein. Allerdings hattest du einen unfairen Vorteil, weil alle anderen im Koma liegen. Dass ich am liebsten mit dir rede, hat nichts mit deiner Person zu tun.«

»Ich wusste es!«, rufe ich, als Mrs. Weesley, die Schlaganfallpatientin von zwei Türen weiter, mit ihrem Rollstuhl vorbeifährt, ihr Kopf in einem unbequem wirkenden Winkel steckengeblieben. Ich sehe auf die Uhr über Sallys Kopf. »Wie viel Zeit habe ich noch, bevor sie kommen?«

»Sie müssten jede Sekunde hier sein«, antwortet Sally. »Dein Vater sagte, sie sind unterwegs.«

Die Fahrt von Cherryville dauert zwanzig Minuten. Ich stelle mir vor, wie die ganze Gruppe in Moms Kombi sitzt,

Reiselieder singt und Reisespiele spielt. Mein flauschiger Hund Beaver Cleaver, kurz BC, sitzt zu Hause in seinem Korb und klopft mit dem wedelnden Schwanz den Boden ab. Er weiß immer, wenn was Aufregendes passiert. Er wird schon auf mich warten.

Ich weiß selbst nicht, warum es sich so weltbewegend anfühlt, das Krankenhaus zu verlassen. Ich war nur zwei Wochen wach, auch wenn ich, wenn man das Koma mitzählt, sechs Wochen hier war. Das Problem ist, abgesehen von der Riesigkeit der Welt, die mir in meiner relativen Winzigkeit panische Angst einjagt: Ich will Vasquez nicht allein lassen. Was soll sie ohne mich hier machen?

Das Gleiche, was sie die ganze Zeit gemacht hat, Eden. Gar nichts.

»Bin sofort wieder da.« Ich schlürfe den Rest des Apfelsafts und nickte zum Ende des Flurs. »Pass auf, dass mir keiner der Komapatienten die Tasche klaut.«

»Du kannst dich auf mich verlassen«, sagt Sally.

Wenn man nicht gut gehen kann, wird man sich plötzlich aller Knochen und Gelenke bewusst, all der Neuronen, die gefeuert werden müssen, um einen einzigen Schritt zu tun. Sally sieht mir wahrscheinlich nach, als ich davonhumpele, steif wie der Blechmann aus dem *Zauberer von Oz.* Ich erinnere mich, wie ich früher beim Grand Jeté durch die Luft flog, als wäre es ein anderer Mensch gewesen. Es muss so sein, denn jetzt kreischt mein Körper bei jedem Zentimeter, den ich das Bein vom Boden hebe, bei jedem Drehungsgrad der Hüfte. Nicht quälend wie am Anfang, als ich aufgewacht bin, aber merklich, fühlbar.

Früher konnte ich fliegen, und es war mir nicht genug. Am liebsten würde ich in die Vergangenheit reisen und mir selbst ein paar Ohrfeigen verpassen.

Vor Zimmer 210, Vasquez' Fenster, bleibe ich stehen und starre hinein, wie es mein Brauch geworden ist.

»Du schon wieder.«

Hudson steht auf einmal direkt neben mir.

»Kennst du sie oder so was?«, fragt er. »Ich meine, warum stehst du hier? Ich dachte, ich kenne alle, die sie kannte. Kennt. Kannte.«

»Wir haben uns im Koma kennengelernt«, sage ich. »Haben uns am Fegefeuer die Hand geschüttelt.«

Er runzelt die Stirn.

»Nur Spaß«, sage ich. »Aber irgendwie habe ich das Gefühl, wir würden uns kennen. Komaschwester?«

Er nickt, akzeptiert meine Antwort und dreht sich wieder um.

Ob ich sie kenne?, will ich sagen. *Natürlich kenne ich sie. Sie ist Vasquez. Knallhart, selbstbewusst, mit ihrem eigenen Stil, immer auf der Suche nach neuen Underground-Bands, macht selbst heimlich Musik, aber sie träumt davon, Musiker zu promoten. Bis jemand aus Eifersucht mit einem Messer auf sie losgegangen ist und sie gestürzt ist und sich den Kopf am Bühnenrand angeschlagen hat, weshalb sie jetzt hier ist. Stimmt doch, oder?*

Aber ich halte ausnahmsweise die Klappe und mustere ihn, während er wie hypnotisiert geradeaus starrt.

Hudson träg eine armeegrüne Jacke über einem schwarzweißkarierten Flanellhemd und hält einen in Zeitung gewickelten Strauß weiße Rosen im Arm wie ein Baby. Er hat die Kälte mit reingebracht und erinnert mich daran, dass es ein Draußen gibt. Er riecht frisch, aber nicht waschpulverfrisch. Wieder dieses Grün. Echtes natur-, bäume-, erde-, blätterfrisch.

Ich schlucke.

»Dein Starren ist irgendwie aggressiv«, sagt er, und dabei fallen üppige schwarze Blütenblätter von der Decke und schweben zwischen uns auf den Boden.

»Dein Ton auch«, entgegne ich, als die Blätter im Boden verschwinden.

Noch etwas über Rothaarige: Wenn sie rot werden, können sie es nicht verbergen.

»Tut mir leid«, sagt er. »War nicht böse gemeint. Es ist nur alles so seltsam zurzeit, und du auch, aber nimm es nicht persönlich.« Er tritt von einem Fuß auf den anderen. »Bist du in der Highschool?«, fragt er dann.

Aha. Er versucht, Smalltalk zu machen.

»Zwölfte Klasse. War ich jedenfalls. Ich weiß nicht genau, was ich jetzt bin. Vielleicht bin ich draußen.«

»Ich auch. Also, nicht draußen. In der Zwölften.« Er stolpert über die Worte und wird ebenfalls rot. Ich bin froh, dass ich nicht die Einzige bin, die peinlich ist.

»Ich komme heute raus«, sage ich. »Ich meine, hier raus.«

»Klingt, als kämest du aus dem Knast.«

»Das Essen ist besser.«

»Dir schmeckt Krankenhausessen?«, fragt er.

»Es riecht gut.«

»Im Ernst?«

»Du hast leicht reden«, sage ich. »Ich darf noch nicht essen. Ich sterbe vor Hunger.« Ich lache nicht. Weil es nicht lustig ist.

»Warst du schon mal im Gefängnis?«, fragt er nach einer Sekunde.

»Was?«

»Du hast gesagt, das Essen ist besser als im Knast. Warst du schon mal im Gefängnis?«

»So aufregend ist mein Leben nicht«, sage ich. »Und du?«

»Nicht persönlich. Und verkauf dich nicht unter Wert. Du hast einen Zwillingsbruder, und du lagst im Koma«, sagt er und zählt an den Fingern ab. »Das ist aufregend.«

»Kann sein. Aber jetzt bin ich wach.«

Glaube ich jedenfalls.

»Und jetzt bist du draußen.«

»Ja, einfach so. *Puff!* Als wäre ich nie hier gewesen.«

»Zieh dich warm an«, sagt er. »Es ist kalt draußen. Eiskalt. Windig und kalt, nicht einfach nur kalt.« Er schüttelt ganz leicht den Kopf, als hätte er eine innere Auseinandersetzung. »Sorry«, sagt er. »Ich bin kein großer Redner.«

»Ach«, sage ich und denke, wie niedlich. Dass er es gesagt hat und dass es so ist. Doppel-niedlich.

Er geht zur Tür.

»Warum sind deine Blumen immer weiß?«, frage ich.

»Weil wir die züchten«, sagt er. »Meine Eltern haben einen Blumenladen in der Stadt.«

Ich nicke.

»Der Laden heißt Flower Power.« Er nimmt das Bündel in den anderen Arm. Er hält es wirklich wie ein Baby. »Meine

Stiefmutter mag nur weiße Blumen. Sie hat den Blumenstand im Krankenhaus. Mein Vater macht den Laden. Ich arbeite immer da, wo sie mich brauchen.«

»Ich weiß.« Er sieht mich scharf an.

Ich habe ihn gesehen. Bei meinen Wanderungen zum Foyer, die ich eigentlich nicht machen sollte, aber die ich mir nicht habe verbieten lassen.

»Ich meine, ich stalke dich nicht oder so was. Ich habe dich am Stand gesehen.«

»Ich habe dich auch gesehen«, gibt er zurück. »Nächstes Mal kannst du ruhig hallo sagen.«

»Vielleicht.«

»Statt so zu tun, als würdest du mich nicht kennen.«

Ich lächele. »Du hast auch nichts gesagt.«

»Ich hole mir nicht gern einen Korb«, sagt er, aber ich höre ihm an, dass er in seinem Leben noch keinen Korb gekriegt hat. »Außerdem warst du zu weit weg. Ich kann nicht ständig quer durchs Krankenhaus nach dir rufen.«

Mein Gesicht fühlt sich an, als würde es jeden Moment in Flammen aufgehen.

Er legt die Hand auf Vasquez' Türknauf, will reingehen, aber dann zögert er. »Wie heißt du eigentlich?«, fragt er. »Du hast mir nie deinen Namen gesagt.«

»Eden.« Ich halte ihm die Hand hin.

Er nimmt sie, aber er schüttelt sie nicht.

»Hallo, Eden«, sagt er.

»Und wie heißt du?«

Eigentlich will ich es fast lieber nicht wissen. Sobald er mir sagt, dass er nicht Hudson heißt, löst sich alles, was ich mir über ihn und Vasquez ausgedacht habe, in Luft auf, und mir bleibt nichts als die Wahrheit übrig.

»Joe«, sagt er, und statt zu schrumpfen, wachse ich, weil er ein echter Joe ist, weil Joe der perfekte Name für ihn ist.

»Und sie?«

»Sie heißt Jasmine.«

»Jasmine?«

»Auf dem Papier. Niemand nennt sie so«, sagt er. »Alle nennen sie Jaz.«

Das ist besser. Treffender.

Was ist passiert? Woher hat sie die Narbe? Seid ihr verwandt? Ist sie deine Freundin? Warum kommen ihre Eltern nicht? Seit wann ist sie hier? Wie geht es ihrem Gehirn?

Klappe, Eden.

Wahrscheinlich könnte ich Rita oder Sally fragen. Wahrscheinlich könnte ich jeden auf der Station fragen, und alle würden mir etwas über sie erzählen. Über Jasmine. Über Jaz.

»Wir halten Händchen«, stelle ich fest.

»Na und?«, fragt er, aber er wird rot und lässt meine Hand los.

Trotzdem bewegt er sich nicht, auch nicht, als die Schwingtür aufgeht und meine Familie sich auf uns stürzt. Er sieht aus, als hätte auch er noch Fragen.

»Hast du deine Tasche?« Dad sieht frisch gebadet und blankgeschrubbt aus, er schwebt in einer Wolke aus Kaschmir und Seifenduft.

»Schwesternzimmer.« Ich zeige hin. »Sally hat sie.«

»Bist du fertig, mein Schatz?«, fragt Mom. »Bereit für zu Hause?«

Wenn ich an zu Hause denke, denke ich an unser altes Haus, meine Patchworkdecke, die alten Poster und die knarrenden Dielen, wo ich nur an die Wand klopfen musste, und Lucille oder Wren haben geantwortet. Erst dann fällt mir ein, dass wir zum neuen Haus zurückfahren. Das saubere marmorgeflieste, das nach dem Erfolg meiner Eltern riecht.

»Klar.«

Joe hört aufmerksam zu und zuckt zusammen, als meine Mutter mich in die Arme nimmt und drückt.

Auch Lucille umarmt mich, vorsichtiger. »Wie aufregend«, sagt sie. »Du kommst nach Hause! Juhu!« Dann sieht sie Joe an. »Hallo. Ich bin Lucille.«

Ich weiß nicht warum, aber ich will nicht, dass sie ihn ansieht oder mit ihm redet.

»Joe«, sagt er.

»War der Arzt schon da?«, fragt Mom, als wäre Joe gar nicht da. Anscheinend hat sie eine ihrer manischen Episoden.

»Ganz ruhig«, sage ich. »Er holt nur die Papiere.«

»Hat er mit dir über die Therapie gesprochen?« Mom und Lucille tauschen Blicke.

Joe verschwindet in Jaz' Zimmer und winkt mir zu. Richtig so. Verdufte aus Crazytown, so schnell du kannst.

»Das ist privat«, sage ich zu Mom, als die Tür zu ist. »Und ich habe keine Lust, darüber zu reden.«

»Sieh an, so aufsässig heute«, sagt Mom. »Dann rufe ich den Arzt später an.«

Ich seufze viel und laut in ihre Richtung.

Digby ist bei mir, dann auch Dad mit der Tasche. »Alle herhören, Familie: Ich habe keine Lust, mit jemandem von euch über meine Psyche zu reden, okay? Ich bin müde. Ich will nach Hause zu meinem Hund. Und es geht mir gut.«

Was ich nicht sage, ist, dass Jasmines Fenster inzwischen von sich windenden Blumen überwachsen ist, so dicht, dass ich nicht mehr hineinsehen kann.

»Naaa gut, Prinzessin«, sagt Digby. »Bist du bereit?«

Mein Vater hält mir den Arm hin, und ich schiebe die Hand durch und lehne mich an ihn.

»Ja«, sage ich. »Ich bin bereit.«

Aber das stimmt nicht.

Während

(Januar)

Ich sollte Kerben in die Wand ritzen wie in Gefängnisfilmen.

Strich. Montag. Strich. Dienstag. Strich. Strich. Strich. Zweieinhalb Wochen nach dem Krankenhaus, fast fünf Wochen, seit ich aufgewacht bin.

Heute ist Lucilles kleine Schwester Wren mit Kochen dran, deshalb nimmt Digby mich mit zu Lucille. Wren darf aussuchen, was sie kocht, solange Lucille sich die Zutaten leisten kann. Digby hilft ihr, und manchmal gibt Mom ihm eine Tüte Lebensmittel mit. Sogar Lucilles Chef Fred steuert etwas bei.

Sie tun es, weil Wrens Schulpsychologin sagt, Erfolgserlebnisse und ein sicherer Raum seien wichtig für sie, ein Zufluchtsort, da das Verschwinden ihrer Eltern eine Verletzung dieses Orts dargestellt habe. Im Sinne von: Früher haben sie sich zu Hause sicher und geliebt gefühlt, egal wie unzuverlässig ihre Eltern in Wirklichkeit waren. Und auch wenn Wren und Lucille erfahren mussten, dass Sicherheit eine Illusion ist, ist es wichtig, diese Illusion wieder aufzubauen, damit sich alle Beteiligten normal verhalten können, obwohl sie die tiefe dunkle menschliche Wahrheit kennengelernt haben und nicht mehr verleugnen können. Nämlich, dass sich von einer Sekunde zur anderen alles verändern kann, ohne Vorwarnung, und man trotzdem irgendwie weiterleben muss. Wenigstens, sagt Digby, bekommen sie Hilfe, sind Teil einer Gemeinschaft und so weiter. Sie schaffen das schon, egal was passiert. Sie haben viele Menschen, die ihnen beistehen, die bei ihnen sind.

Digby redet viel, was gut ist, weil ich mich immer noch nicht richtig daran gewöhnt habe, draußen in der echten Welt zu sein. Das Krankenhaus war ein geschlossenes System aus Beton, wo all meine Bedürfnisse gestillt wurden. Die Rolle hat jetzt unser Haus übernommen. Draußen braut sich ein Sturm zusammen, wütende Wolken, ein bösartiger Wind, der Digbys Truck durchschüttelt, als wir den Hang hinunterrumpeln, und die ganze Welt zittert.

Deshalb, fährt Digby fort, ohne auf mein Schaudern zu achten, kochen und essen sie einmal in der Woche bei Lucille und Wren, statt jeder bei sich oder alle bei uns. Ich drücke die Wange an die Tür und denke an die dunkle Wahrheit, von der Digby redet, die auch ich kennengelernt habe. In einem Moment war ich an einem vertrauten Platz, und eine Sekunde später war ich fast tot, und seitdem fühlt sich nichts mehr richtig an. Genauso muss es für Wren und Lucille gewesen sein. An einem Tag waren sie ganz normale Kinder mit Eltern, und einen Wimpernschlag später – so lange, wie es dauerte, als ihr Vater ihrer Mutter die Hände um den Hals legte und sie fast erwürgte – war alles vorbei, und seitdem ist nichts mehr, wie es war. Sie hatten keinen Einfluss auf die Sache, die ihr Leben verändert hat. Sie haben es sich nicht ausgesucht. Das haben wir gemeinsam. Wir alle müssen mit Versionen derselben Sache fertigwerden.

Ich bewege mich erst, als Digby meine Tür aufmacht, und ich fast rausfalle.

»Alles klar bei dir?«, fragt er.

»O ja«, sage ich. »Erste Sahne.«

Ich sehe nicht zu unserer alten Haustür nebenan, dem Schaukelstuhl auf der Veranda, wo früher unsere Hollywoodschaukel hing, dem Geländer zwischen beiden Häusern, wo Lucille und ich uns als Kinder Briefchen und Bücher hinterlegten.

Die Hälfte des Doppelhauses, die wir früher bewohnt haben, versinkt, als wäre sie auf Treibsand gebaut – jedenfalls fühlt es sich so an. Das Holzhaus wirkt alt und staubig, egal wie sauber es ist, weil es hundertfünfzig Jahre auf dem Buckel hat (1874 steht auf einer Plakette, ich übertreibe nur ein bisschen). Meine Eltern hat es früher in den Wahnsinn getrieben, dass, egal wie viel wir auf unserer Seite renovierten, man immer das Gefühl hatte, beim nächsten Windstoß würde alles in sich zusammenfallen. Deswegen sind wir ausgezogen, haben das neue Haus gebaut. Aber sobald ich durch Lucilles und Wrens Haustür trete, umfängt mich etwas, das so vertraut ist wie mein Name, so süß, dass ich Zahnweh bekomme.

Nur dass Lucille alles umgeräumt hat.

Das Wohnzimmersofa steht jetzt an der Wand, statt wie früher in der Mitte. Der Fernseher ist weg, an seiner Stelle hängt eins von Lucilles Bildern, ein blau-oranger Strudel, aus dem man nicht schlau wird, und der Couchtisch, auf dem sich früher die Zeitschriften und die Fernbedienungen stapelten, ist frei bis auf eine kleine silberne Vase mit einer einzelnen roten Rose. In der Ecke steht ein Ständer mit einer Gitarre neben einem Sitzsack, und auf dem Boden liegt ein sauberer Teppich mit weichem Flor, während im Hintergrund Indie-Musik nach

Digbys Geschmack läuft. Räucherstäbchen brennen, und auf dem Herd köchelt ein Eintopf. Es riecht nicht mal wie früher, so … ich weiß nicht, nach Gras, weil Lucilles Eltern heimlich Joints rauchten, und Pfannkuchen mit Ahornsirup, die Laura backte, wenn sie high war.

Ich bin platt. Digby und Lucille haben das Regiment übernommen. Sind richtig eingezogen. Haben Lucilles und Wrens Eltern so vollständig exorziert, dass bis auf die Gitarre nichts übriggeblieben ist.

Wren scheint daran gewöhnt zu sein, nicht traumatisiert. Sie arrangiert die Salatteller. Eine Gurkenscheibe hier, eine Tomate da, alles sorgfältig angeordnet. Digby macht Obstsalat. Mein Machobruder schnitzt Melonenbällchen.

Immer, wenn ich mich umdrehe, stoße ich gegen irgendwas.

So seltsam sich alles anfühlt, ich muss das Beste daraus machen. Seit ich aus dem Krankenhaus gekommen bin, sind meine gesellschaftlichen Optionen beschränkt, oder besser: nicht existent. Ich kann nicht schon wieder mit meinem Vater Rommé spielen oder mit meiner Mutter Tee trinken, kann keine Minute länger bei ihnen nach Hinweisen auf bleibende Schäden suchen. Ich kann auch nicht mehr im Bett liegen und meine Tanzposter anstarren oder meine alten Ballettschuhe, oder noch ein Netz-Tutorial ansehen, wie man Eyeliner aufträgt oder die perfekte Reinigungsmilch auf Kokosnussbasis herstellt. Außerdem war ich an Weihnachten kaum bei Bewusstsein. Nicht mal von der Silvesterparty am Times Square im Fernsehen habe ich viel mitbekommen, und als der Zeitball unten war und das neue Jahr einläutete, stieg ein Meer schwarzer Blüten vom Boden auf, mit dem ich aus dem Zimmer schwebte, hinauf in mein Bett, durch die Nacht und den nächsten Tag und die nächste Nacht.

Die Zeit rast, rast, besonders, wenn ich stillstehe. Außerdem war ich nirgends außer im Krankenhaus, seit ich draußen bin – bei der Physiotherapie, und um an Jasmine Vasquez' Bett zu sitzen, während sie verblüht. Mir ist klar, wie armselig das ist, deswegen bin ich heute hier und versuche, ab morgen wieder zur Schule zu gehen. Ich bin bei Bewusstsein, und ich entwickle mich *gut.* Das und mein Betteln haben meine Eltern überzeugt.

Wren pult den Kern aus einer Avocado. Digby deckt den Sofatisch, läuft auf Befehl zwischen Küche und Wohnzimmer hin und her. Lucille rührt rhythmisch im Eintopf.

»Ihr seid wie eine Kuckucksuhr«, sage ich. »Wo zur vollen Stunde die Holzfigürchen mit Musik raus- und reinlaufen.«

»Was?«, fragt Digby. Alle erstarren und sehen mich an.

Das meine ich.

»Ach, nichts«, sage ich. »Schon gut.« Ich stehe in der Ecke und trinke kühles Wasser in winzigen Schlucken, während sie über alltägliche Dinge sprechen.

»Du musst morgen nach der Schule dein Projekt für den Wissenschaftswettbewerb aufbauen«, sagt Lucille zu Wren.

»Ich weiß.« Wren ordnet Avocadoscheiben zu Blumen an und drapiert sie auf dem Blattsalat. »Du musst mich nicht daran erinnern.«

»Ich arbeite bei Fred, also holt Digby dich ab.«

»Ja, ich habe bis sieben Training. Dann komme ich zur Turnhalle«, sagt er. »Und gratuliere dir zum ersten Preis.«

»Ganz bestimmt.« Wren hält inne und sieht von ihrem Salat auf. Plötzlich wirkt sie so jung, so klein, wie sie wirklich ist, nicht so tapfer und groß und zuversichtlich wie sonst. »Seid ihr sauer, wenn ich keinen Preis gewinne?«

»Aber nein!«, sagt Lucille. »Natürlich nicht.«

»Auf keinen Fall«, sagt Digby. »Ich verstehe auch nicht, warum sie den blöden Wissenschaftswettbewerb ausgerechnet am ersten Tag nach den Ferien machen. Das ist irgendwie bescheuert.«

»Weil wir in den Ferien an unseren Projekten arbeiten sollten«, erklärt Wren. »Nur dass wir keine Zeit hatten.«

»Dein Projekt ist so spitze!« Digby zeigt auf Wrens Tabellen. »Die Wirkung des Wetters auf die Laune? So was von cool. Tut mir nur leid, dass wir nicht kommen können. Und Mrs. A. muss zum Arzt. Schlechtes Timing.« Er widmet sich wieder seinen Aufgaben. »Aber ich will nicht, dass du im Dunkeln allein unterwegs bist.« Sein Gesicht wird ernst. »Ich hole dich ab. Versprochen.«

»Okay«, sagt sie. »Aber du musst nicht paranoid werden. Ich bin zehn. Ich kann auch laufen.«

»Wren!«, sagt Lucille.

»Ich meine ja nicht, dass ich es mache«, entgegnet sie. »Ich meine nur, dass ich könnte, und es wäre kein Problem.«

»*Vielleicht* wäre es kein Problem«, berichtigt Lucille sie.

»Nichts ist sicher«, sage ich.

Es wird wieder still, auf eine laute Art.

»Alles klar bei dir, Eden?«, fragt Digby etwas gereizt.

»Ich meine, vom existenziellen Standpunkt aus«, erkläre

ich. »Wenn man es genau nimmt, ist nichts sicher. Alles könnte sich jederzeit auflösen.«

Lucille beißt sich auf die Lippe und rührt weiter.

»Du bist eine echte Stimmungskanone, Eden«, sagt Digby. Er knallt die Teller auf den Sofatisch und stellt jeweils eine Suppenschüssel darauf. Der Grund, warum wir nicht am Esstisch essen, sind Wrens Poster, Marker und Pappmodelle.

»Parkers Eltern fahren übers Wochenende weg«, bemerkt Digby nach einer endlosen Minute.

»Schon wieder?«, fragt Lucille.

»Sie sind eben verliebt.« Digby küsst Lucille auf den Scheitel. »Zweiter Frühling oder so was. Parker glaubt, sein Vater macht irgendwas wieder gut. Jedenfalls fahren sie in letzter Zeit ziemlich oft übers Wochenende weg.« Digby schiebt sich eine Kirschtomate in den Mund. »Umso besser. Party jedes Wochenende, bis sie wieder anfangen zu streiten.«

»Juhu.« Ich höre selbst, wie flach meine Stimme klingt. »Bierpong und Fassstand für alle.«

»Na und?«, sagt Digby. »Noch ein paar Monate, dann ist alles vorbei. Dann sind wir erwachsen und sehen nie wieder, wie Parker in seinen eigenen Garten kotzt. Dann sind wir ganz mit uns beschäftigt.«

Lucille hört auf zu rühren und sieht Digby an, lächelt versonnen. Weil er *wir* gesagt hat. *Uns.* Lucille ist nicht mehr allein. Ich kann nicht anders. Ich verdrehe die Augen.

Nach einem Jahrtausend des betörten Anhimmelns trägt Lucille den Topf ins Wohnzimmer und holt das Brot aus dem Ofen. Wir versammeln uns. Ich hoffe, sie hören nicht, wie meine Knochen knacken, als ich mich zu einer Form zusammenfalte, die an den Sofatisch passt.

»Freitag, ja?«, sagt Digby.

»Ja«, antwortet Lucille. »Fred gibt mir frei«, sagt sie zu mir. »Ab jetzt habe ich freitags frei. Das heißt zwar, ich muss mittwochs arbeiten, aber …«

»Unter der Woche habe ich sowieso Training«, beendet Digby ihren Satz. »Das ist es wert. Damit wir am Wochenende einen gemeinsamen Abend haben.«

»Klar«, sage ich. »Ich verstehe.«

Ich war nur einen Monat weg, oder? Weil sie wirken, als wären sie seit fünfzig Jahren verheiratet. Ich starre in den Eintopf. Die Chance eines peinlichen Erstickungsanfalls liegt bei neunzig Prozent. Ich habe noch einen Shake in der Tasche. Wäre es unhöflich, wenn ich ihn raushole? Oder ich kaue die Karotten in kleinen Bröckchen und lasse das Rindfleisch weg, dann müsste es gehen, dann wäre das Risiko zu ersticken nicht ganz so hoch.

»Und ich?«, fragt Wren. »Was mache ich, wenn ihr bei Parker seid?«

»Ich kann auf sie aufpassen«, schlage ich vor. Für eine Party bin ich sowieso noch nicht bereit. Hundert Leute aus der Schule? Das ist schon in der Schule hart genug. »Ich würde lieber bei Wren bleiben.«

»Nein!«, sagt Lucille.

Ich versuche, nicht verletzt zu sein, aber es ist verletzend. Früher habe ich immer auf Wren aufgepasst, und jetzt vertraut Lucille mir nicht mehr.

Digbys Mund, den er weit aufgerissen hat, um Essen reinzustopfen, klappt zu.

»Versteh das nicht falsch, Eden. Mrs. A passt auf Wren auf«, sagt Lucille. »Das ist alles. Wir haben schon einen Babysitter. Das meinte ich.«

»Ich bin aber kein Baby«, sagt Wren und bestreicht ein Stück Brot mit Butter. »Ich brauche keinen von euch.«

»Außerdem wäre es schön, wenn du mit zur Party kommst.« Digby isst weiter. »Willst du nicht alle wiedersehen?«

Ich zögere. Wie sage ich »nein, bloß nicht«, ohne negativ zu klingen?

»Alle wollen dich sehen«, erklärt Digby. »Sie vermissen dich. Wir vermissen dich.«

Ich zerquetsche ein Stück Kartoffel zu einem noch kleineren, flacheren Stück, prüfe es im Mund, schiebe es nach hinten, schlucke vorsichtig.

»Mist«, sagt Lucille. »Ich habe den Mixer vergessen. Ich habe ihn extra für dich rausgeholt.« Sie nimmt mir die Schüssel weg, und ich höre ein Surren. Dann bringt sie mir den Eintopf als braunen Matsch zurück. »Ich habe ihn dir püriert«, erklärt sie stolz.

»Danke«, sage ich.

»Oh.« Als Wren die deprimierende Version meines Abendessens sieht, schiebt sie die Lippe vor. »Tut mir leid, Eden. So sollte mein Kochabend überhaupt nicht werden.«

Ich koste, während alle starr vor Unbehagen zusehen. Noch einen Löffel, mehr schaffe ich nicht. Ich weiß nicht, ob es an der Textur liegt oder an meiner Psyche.

»Meine Schuld«, sagt Lucille finster. »Ich habe Eintopf vorgeschlagen. Ich dachte, es wäre leichter für dich.«

»Ist es auch«, sage ich. »Leichter als vieles.«

Ich sehe ihre schockierten, bekümmerten Gesichter.

»Kein Problem«, sage ich. »Für den Notfall hab ich meinen guten alten Shake in der Tasche. Keiner muss verhungern.«

»Diese Shakes sind widerlich.« Digby schaudert. »Sie schmecken nach Plastik und Depression, als hätte jemand, der nie Schokolade gegessen hat, versucht, künstliche Schokolade herzustellen.«

»Hör auf, Dig«, sagt Lucille. Dann zu mir: »Soll ich dir einen Smoothie machen oder so was? Das Zeug sieht wirklich aus wie Hundefutter.«

»Schon gut«, antworte ich. »Wirklich.«

»Wie lange dauert es noch, bis du wieder normal essen kannst?«, fragt Wren.

»Ich trainiere.« Ich spiele mit der Gabel herum. »Es wird schon besser. In kleinen Schritten.« Ich wiederhole, was Dr. Patel gesagt hat, mein Physiotherapeut.

»Also gut.« Lucille lässt die Schultern hängen. »Beweis erbracht. Ich hab's verbockt. Tut mir leid.«

»Hey«, sage ich, »alles ist gut. Es macht mir nichts aus. Ich darf wieder ein Baby sein.«

Ich denke an die zähflüssigen, schmierigen Test-Shakes, zu denen Spock mich im Krankenhaus gezwungen hat. Alles ist besser als das Zeug.

Aber etwas in mir zittert, wandert von meinem Bauchnabel in die Kehle. Es sagt mir, ich gehöre nicht hierher, das ist nicht mehr mein Platz. Und es scheint, als würden Digby und Lucille und Wren es auch spüren, denn den Rest der Mahlzeit nehmen wir schweigend ein.

Reggie wartet in der Einfahrt.

In Jeans und Daunenjacke, groß und kräftig, mit abstehenden Locken. Ich sehe Parker auf Reggies engem Rücksitz, wie er auf seinem Telefon herumtippt. Er steigt nicht aus.

»Ich habe eine Theorie, Red.« Reggie spricht mich wie immer mit meiner Haarfarbe an und schüttelt Digby durchs Fahrerfenster die Hand, Homie-Style ums Handgelenk, während ich aus Digbys Pick-up klettere.

»Was für eine Theorie?« Nach dem unbequemen Abendessen ist mein Humpeln besonders ausgeprägt, und ich schleppe mich zu Reggies Auto. Es ist knallrot, wie um die Tatsache wettzumachen, dass es drei Nummern zu klein für Reggie ist.

»Nach einem langen, harten Koma braucht ein Mädchen ein bisschen Spaß«, erklärt er. »Ich meine, Koma ist echt krass. Die ganzen Ärzte, den Tod vor der Nase.«

Digby sitzt immer noch im Truck. Ich warte, dass er den Motor abstellt, aber er tut es nicht.

»Klingt doch logisch«, fährt Reggie fort, »oder was meinst du?« Er stupst mich an. »Wir fahren nach Philly. Bestimmt spielt in irgendeiner miesen Spelunke eine Band. Hast du deinen Ausweis noch?«

Ja, habe ich. Parker, Digby, Reggie und ich haben letztes

Jahr, als Parkers vorbestrafter Cousin zu Besuch war, viel zu viel Geld für gefälschte Schülerausweise ausgegeben. Lucille natürlich nicht. Sie würde niemals das Gesetz brechen. Wir können unsere Ausweise zwar nur außerhalb der Stadt benutzen, weil uns hier jeder kennt, aber auch egal. Ich kämpfe gegen meine schlechte Laune, versuche, meine Stimme geschmeidig und süß klingen zu lassen, statt harpyenschrill, wie sie sich anfühlt. Reggie steht zwischen mir und meinem Bett, und ich weiß nicht, wie ich ihm klarmachen soll, wie gefährlich das ist.

Ich denke an den Abend bei Lucille, an die vielen ähnlichen Veranstaltungen, die mir bevorstehen.

»Ich bin müde, Reggie«, sage ich. »Ich brauche eine Mütze Schlaf. So etwa zwölf Stunden. Morgen ist Schule.«

Ich bin nicht normal müde. Ich bin seelenmüde.

Schlafen! Träumen, vielleicht ...

Ich stehe jetzt schon so gut wie bewusstlos vor ihm.

»Na und? Ich bin heute um halb fünf aufgestanden, weil ich Training hatte«, entgegnet er. »Morgen früh das Gleiche. Unser Trainer hält nichts von Ferien. Also keine faulen Ausreden. Da höre ich nur blabla.«

Ich zucke zusammen. Wäre ich noch ich, müsste ich morgen auch so früh aufstehen, um vor der Schule zum Ballett zu gehen. Das Leben in der Schule wäre nur das Füllmaterial, das die zwei wichtigen Teile des Tages verbindet. Die Tanzstunden.

»Geh mit Reggie«, sagt Digby. »Im Ernst. Warum nicht?«

»Weil ich heute schon aus war. Weil ich überhaupt nicht ausgehen sollte. Ich soll mich schonen. Mich auf meine Resozialisierung vorbereiten. Damit ich in anderen Dingen versagen kann.«

»Du bist der geschonteste Mensch, den ich je gesehen habe«, sagt Digby. »Du bist seit über einem Monat wach, und du schlafwandelst immer noch.«

»Vom Arzt verordnet«, murmele ich. »Er hat gesagt, ich soll es langsam angehen lassen.«

Reggie und Digby kommunizieren über meinen Kopf hinweg, hauptsächlich durch Augenbrauenzucken, als würde ich es nicht mitkriegen, als wären sie subtil. Das machen sie ständig, und langsam geht es mir auf die Nerven.

»Hört auf!«, schreie ich, als ich es nicht mehr aushalte. »*Du* hast Reggie angerufen, weil du ein schlechtes Gewissen hast, damit sich andere um mich kümmern und du freikriegst«, sage ich zu Digby. »Du hast Reggie herbestellt, also tu nicht so, als wäre ich blöder, als ich bin.«

»Herbestellt?« Reggie wirft die Hände in die Luft. »Spinnst du? Ich bin mein eigener Herr. Ich treffe meine eigenen Entscheidungen. *Herbestellt* …« Er öffnet die Wagentür. »Können wir jetzt fahren? Mir ist zu kalt für so was. Guck!« Er zeigt auf Parker. »Ich habe ihn extra nach hinten gesetzt.«

Reglos starre ich in den Wagen.

»Ich muss zurück zu Lucille«, sagt Digby langsam. »Ihr beim Aufräumen helfen.« Er sieht weg. »Wir wollten einen Film sehen. Oder so was. Ich glaube, es tut dir nicht gut, so viel Zeit bei dem Komamädchen zu verbringen oder mit unseren Eltern oder ständig zu schlafen. Du machst überhaupt nichts mehr.«

»Ich atme.«

Am liebsten würde ich Digby aus dem Wagen zerren und auf ihn eintreten, bis er bewusstlos ist, aber ich bin zu schwach. Genauso gut könnte ich einen Berg verprügeln.

»Fahr zu Lucille.« Ich scheuche ihn weg. »Hopp. Schnell. Schaut einen Film. Hilf Wrenny mit ihrem Wissenschaftsprojekt, spiel Stiefvater. Oder Stiefschwager? Im Ernst, Dig, was bist du eigentlich? Wenn du es weißt, sag mir Bescheid.«

»Böse«, murmelt Reggie.

Ich muss husten, als versuchte das Monster, von dem ich besessen bin, aus meinem Hals zu klettern. Reggie klopft mir auf den Rücken.

»Reg dich ab, Red«, sagt er. »Die Wut tut dir nicht gut.«

»Du willst mir bloß ein schlechtes Gewissen machen, weil ich ein Leben habe.« Digby redet leise und starrt immer noch in die andere Richtung. »Du bist bloß neidisch.«

»Selber«, gebe ich zurück, auch wenn es Quatsch ist. Worauf sollte er neidisch sein?

»Na toll, du bist echt erwachsen«, sagt er.

»Und du bist kurz davor, dir eine zu fangen«, zische ich. »Hau bloß ab, Digby.«

Ich bin nicht neidisch. Das ist das falsche Wort.

Du hast einfach ohne mich weitergemacht, will ich sagen.

Digby rührt sich nicht, die Arme vor der Brust verschränkt. Typisch Mann. Verlang das Gegenteil, und er macht, was du willst.

»Fahr bloß nicht von einer Klippe«, sage ich. »Echt.«

»Was zum Teufel ist mit dir los?« Digby legt den Rückwärtsgang ein. *»Echt.«*

»Hey, hey.« Reggie öffnet die Beifahrertür. »Kein Grund für einen unnötig verletzenden Geschwisterstreit. Viel zu anstrengend.« Er schubst mich in den Wagen.

Aber sanft.

So fühlt es sich also an,
jung und lebendig zu sein.

Ich stehe in einem Club, weil Reggie gesagt hat, wir müssten raus aus der Komfortzone. Am Anfang hatte ich Angst, weil ich so lärmempfindlich bin, aber sobald der Türsteher mich durchgewunken hatte, wusste ich, dass alles gut wird. Die Musik ist ein dumpfes Wummern, kein Messer in meinen Ohren.

Reggie und Parker stehen auf Live-Bands, wie Digby, aber ich bin immer lieber in Clubs gegangen, auch wenn ich in dem hier noch nie war. Normalerweise ist das meine Komfortzone. Das Tanzen. In einer Welt der Bewegungen verschwinden. Laute Musik. Dröhnende Bässe.

Heute Abend ist es voll und heiß hier, was guttut nach dem kalten Winterwetter. Aber bald schwitze ich so stark, dass ich fast eingehe. Ich bin erschöpft. Ich müsste mit den Armen wedeln, Leuchtsticks schwenken oder mir Zöpfe machen und mich mit schimmernder Körperbutter einreiben. Wahrscheinlich würde es mir bessergehen, wenn ich mich auf den Wahnsinn einließe.

Reggie und Parker stehen rechts und links neben mir wie Bodyguards und passen auf, dass mich niemand anrempelt. Die Leute sind in unserem Alter, das Gipfeltreffen der gefälschten Schülerausweise, und weil die Ferien fast zu Ende sind, scheint jeder, der morgen zur Schule muss, hier zu sein.

Ich kippe meinen dritten leuchtendblauen Jello-Shot, trinkbaren Wackelpudding mit Schuss, mein neuer Lieblingsdrink, weil er nicht schwer zu schlucken ist. Kein Röcheln, kein Ertrinken. Er rutscht mir einfach die Kehle runter und wärmt mich von innen.

Dann lasse ich die Hüften kreisen, die knacken, weil sie schlecht geschmiert sind. Obwohl ich nur Jeans und ein Trägerhemd anhabe, bin ich schweißnass. Am DJ-Pult steht eine Frau mit Maske, irgendein Anime-Charakter mit rosafarbenem Haar, und sie ist gut. Sie nimmt den Vibe der Menge auf, hat den richtigen Instinkt, kennt den Zeitpunkt, wann sie die Bässe aufdrehen, die Spannung steigern muss. Es war einmal vor langer Zeit eine Version vor mir, die jetzt auf die Bühne geklettert wäre, auf dem Lautsprecher getanzt hätte. Diese Version ist ein Geist, der zwischen den zuckenden Leibern umherschwebt. Sich bestens amüsiert, während ich nur dastehe.

Ich versuche, die Musik zu fühlen, positiv zu denken, nach vorne zu blicken. Wirklich. Aber ich sehe bloß billigen Glitzer und Betrunkene, von denen manche auf cool und unnahbar machen und andere so verzückt sind, dass ihnen die Augen in den Höhlen nach hinten rollen, aus purer Freude, dass ihnen alles so egal ist.

Und genau das ist das Problem, Eden Jones.

Dir ist nicht alles egal.

Parkers Situation zum Beispiel.

»Hey«, rufe ich ihm ins Ohr. »Was ist mit deinen Haaren passiert?«

»Was?«, schreit er zurück.

»DU HAST EINE ECHT BEKNACKTE FRISUR! WARUM TUST DU DIR DAS AN?«

Er tätschelt den Knoten auf seinem Kopf, streicht sich über den Bart und sieht mich finster an.

»Und das da.« Ich zeige auf seinen Kinnflaum. »Vielleicht kannst du dir den abfackeln.«

»Die Mädchen stehen drauf.« Trotzig trinkt er einen Schluck Bier. Natürlich von einer Mikrobrauerei.

»Ja, klar«, sage ich. »Im Mittelalter vielleicht.«

»Weißt du was?«, sagt Parker. »Seit dem Unfall bist du echt ätzend.«

Es tut weh, aber aus weiter Ferne.

»War nicht böse gemeint. Ich wollte dir nur helfen. Aber wenn du meinst«, sage ich. »Dann bleib eben bei deinem bescheuerten Look. Holzfällersex soll wieder total in sein.«

Reggie geht dazwischen, mit einem frischen Drink für sich und einem Jello-Shot für mich.

»Komm, Red, wir gehen frische Luft schnappen.« Er führt mich durch die Menge, raus auf den Bürgersteig. Meine Ohren klingeln vom Lärm im Club und der plötzlichen Stille auf der Straße und von der köstlichen, gesegneten Kälte.

Ein Mann stolpert vorbei, einen Schlafsack auf dem Rücken, der einen Hund an einem Seil führt. Er sieht uns nicht an, und ich frage mich, ob er vielleicht so was wie die Blumen ist, seine Bewegungen sind so langsam und geschmeidig, und sein Hund ist so gehorsam und brav. Der Mann wirkt nicht echt. Er sieht aus, als hätte ich ihn von drüben mitgebracht, eine wandelnde Schattenpuppe.

»Hast du den Typen gerade gesehen?«, frage ich Reggie und zeige zu der Ecke, hinter der der Mann gerade verschwindet, sein Hund im Gleichschritt hinterher.

»Was?«, fragt Reggie und sieht sich um. »Welcher Typ?«

»Keine Ahnung«, sage ich. »Schon gut.«

Reggie legt den Arm um mich, und ich trinke mein Glas aus und lehne mich an ihn. Er ist weich, trotz all der Muskeln.

»Du kannst mit Parker nicht so reden«, sagt er. »War zwar ganz witzig, aber der Kleine ist empfindlich.«

»Ich dachte, er wäre so ein Supersportler? Ist er nicht ein moderner Gladiator oder so was?«

»Er ist im Herzen Poet«, sagt Reggie, »und eine Kanone auf dem Footballplatz.«

»Na ja, ich bin auch empfindlich«, gebe ich zurück, »vor allem gegen Modesünden.« Dann lache ich und schlage mir dabei den Kopf hinter mir an der Mauer an.

»Aua, Red! Pass auf deinen Schädel auf.«

»Hast du eine Kippe?«, frage ich. Ich habe lange nicht ans Rauchen gedacht, aber jetzt steht mir der Sinn nach allen möglichen Lastern.

»Ich bin Sportler«, schnaubt Reggie. »Schäm dich, dass du gefragt hast.« Er reibt mir den Hinterkopf. »Man sollte meinen, mit deiner Verletzung wärst du ein bisschen vorsichtiger. Das war echt ernst.«

»Ich meine es auch ernst. Hast du eine Schere dabei? Ich schneide ihm den doofen Dutt einfach ab.«

Dann muss ich plötzlich, ich weiß nicht warum, den Kopf in die Hände legen.

»Alles klar, Red?«, fragt Reggie. »Bist du in Ordnung?«

Seine weiche Jacke reibt an meiner Wange, und ich erinnere mich daran, wie ich ihn gefragt habe, ob er mich heiratet, als wir vier waren, und er mich weggeschubst hat, und ich ihn gezwickt habe. Jetzt sind wir in der zwölften Klasse und haben so viel zusammen erlebt. Reggie hat mir im Krankenhaus vorgelesen. Ich habe es gehört.

Ich nehme sein Gesicht in die Hände, und dann küsse ich ihn, und seine Lippen sind weich, aber sie sind einfach nur da und bewegen sich nicht.

»Was soll das?«, fragt Reggie, als ich den Kopf zurückziehe, und ich sehe ihm an, dass es ihm schwerfällt, sich nicht den Mund abzuwischen. »Jetzt weiß ich, dass bei dir ernsthaft eine Schraube locker ist.«

»Ich liebe dich, Reggie«, sage ich, und ich hasse den weinerlichen Klang in meiner Stimme. »Ich will, dass du das weißt. Weil das Leben kurz ist. Ich will auf keinen Fall, dass dir das nicht klar ist.«

»Okay, gut zu wissen, dass du noch ein Herz hast«, sagt er und schiebt mich weg. »Ich liebe dich auch, du Freakshow. Wie eine *Schwester*.«

»Du musst nicht so tun, als wäre es total eklig.« Ich trete einen Schritt zurück. »Das ist unter der Gürtellinie, Sir.«

»Nein, *du* warst unter der Gürtellinie. Und es *ist* total eklig.« Er trinkt einen Schluck von dem Cocktail, den er unter der Jacke mit rausgeschmuggelt hat. Das ist eins der Dinge, die ich an Reggie liebe. Er steht auf süße Drinks, gern mit Schirmchen, am liebsten auch mit Kirsche. »Wenn du nicht aufpasst, handelst du dir mit der Nummer echten Ärger ein. Wenn *Das Leben ist kurz* dein Freibrief für lauter beknackten Scheiß ist. Wie mich zu küssen. Mann!«

»Aber ich habe noch nie jemanden geküsst, Reggie, noch nie. Wusstest du das? Kein einziges Mal in meinem ganzen Leben.«

»Wirklich?« Er leert sein Glas. »Besoffene Club-Geständnisse. Auf die Plätze, fertig, los!«

Ich zucke die Schultern. »Ich bin so rein wie frisch gefallener Schnee. Es ist hundert Prozent erbärmlich.«

Ich ziehe meine Kapuzenjacke an, weil mir endlich kalt wird.

»Du bist achtzehn Jahre alt, Lady«, sagt er. »Kannst du mir das bitte erklären?«

»Ich bin wie eine Nonne in alten Zeiten.« Ich gebe ihm einen Stoß mit der Hüfte. »Verheiratet mit dem Tanzen.« Ich versuche, einen Akzent zu imitieren, um nicht ganz so arschlochmäßig zu klingen.

»Aber … Flaschendrehen, Wahrheit oder Pflicht …« Er rauft sich buchstäblich die Haare. »Wir waren als Kinder so verdorben. Das kann doch nicht wahr sein.«

»Ich würde dich nie anlügen«, sage ich.

Es stimmt. Ich hatte immer eine Entschuldigung, um mich aus dem Staub zu machen, wenn die Leute anfingen, übereinander herzufallen. Bevor die Eltern kapierten, dass es höchste Zeit war, den gemischten Übernachtungspartys einen Riegel vorzuschieben. Und später, als die Leute es freiwillig taten, küssen und fummeln, nicht als Spiel, sondern weil sie Lust drauf hatten, war irgendwie immer mein Bruder dabei oder andere Jungs, die genauso waren wie mein Bruder. Mit denen hätte ich sowieso nicht rumgemacht, und außerdem kam mir die ganze Sache ekelerregend und unhygienisch vor.

»Ich wollte nicht. Küssen, meine ich. Außer theoretisch. Aber jetzt schon.« Ich lege ihm die Arme um den Hals. »Komm, Reggie, wir verlieben uns.« Ich schließe die Augen und schürze die Lippen.

»O nein, Kumpel«, sagt er. »Auf keinen Fall. Merk dir das.«

»Du willst nicht mein Liebhaber sein?«

Er gackert. Ich kriege gerade einen Korb. Gut, dass ich es nicht spüre.

»Dann eben nicht. Aber ich brauche einen Grund, der mich hier hält, Reggie. Du müsstest mal die andere Seite sehen.«

»Du kannst nicht einfach beschließen, dich zu verlieben.« Entweder hat er nicht gehört, was ich gesagt habe, oder er überhört es mit Absicht. »Das passiert einfach. Verlieben ist kein Akt des Gehirns.«

»Stimmt nicht. Chemie. Hormone. Pheromone. Liebe ist reine Wissenschaft.« Wenn ich ihn mir so ansehe, muss Reggie irgendwo eine heimliche Liebe versteckt haben. »Außerdem wäre ich beinahe gestorben, ohne ein einziges Mal geküsst zu haben. Wenigstens das passiert jetzt nicht mehr. Also, danke.«

»Gern geschehen, Schätzchen.« Reggie streicht mir über die feuchte Stirn. »Aber hör gut zu. Die Liebe ist keine Wissenschaft. Die Liebe ist ein Wunder. Wart's ab«, säuselt er. »Wart's einfach ab.«

Manchmal fällt mir das Atmen schwer.

Weil ich zu lange darüber nachgedacht habe, wie die Luft in meine Lungen und wieder hinausströmt, was man nie tun sollte. Seitdem fühlt sich das Atmen irgendwie seltsam an, wie alles, worüber man zu intensiv grübelt. Selbst dein Name klingt fremd und falsch, wenn du zu lange darüber nachdenkst. Und jetzt habe ich vor lauter Grübeln vergessen, wie man atmet, was ich Digby erkläre, der in der Badezimmertür steht und mir im Spiegel in die Augen sieht, weil er mich stalkt, eine fast leere Cornflakesschüssel und einen Löffel in der Hand.

»Mit Atmen kenne ich mich nicht aus. Ich weiß nur, dass du so nicht zur Schule gehen kannst.« Er zeigt in meine Richtung.

Ich sollte sowieso nicht zur Schule gehen, egal was ich anziehe. Nicht mit dem Kater, den ich zu allem Überfluss mit mir rumschleppe. Aber heute ist der Tag. Ich werde nicht kneifen.

Digby sieht weg, daher weiß ich, dass er immer noch wegen gestern Abend schmollt, aber wir reden weiter, kleben Smalltalk über Verletzungen, über Reue, über Missverständnisse. Ich ziehe den Bademantel aus, den mir Sally und Rita geschenkt haben, damit Digby sieht, dass ich darunter angezogen bin.

»Du brauchst einen Gürtel, sonst rutscht dir die Hose runter.« Er starrt meine schlabbernden Jeans an. »Und vielleicht ein bisschen Wimperntusche oder so was.«

»Raus.« Ich zeige zur Tür. Die Abbitte, die ich leisten wollte, die Sanftmut, die ich geplant hatte, fallen von mir ab. »Raus hier, wenn du nur blöde Kommentare machen willst.«

Er geht nicht, sondern kratzt seine Schüssel aus und mampft die letzten Cornflakes wie eine widerkäuende Kuh. Das Knirschen tut meinem schmerzenden Kopf weh.

»Ach bitte, ehrlich, kau noch lauter. Ich liebe das Geräusch.«

Egal, was ich mit meinen Haaren mache, egal, welche Hose und welches Hemd ich anziehe, das Ergebnis ist nicht hübsch. Früher war es mir egal, ich wollte gar nicht hübsch sein. Ich wollte nur leicht genug sein, um getragen zu werden und springen zu können. Mir fehlt der Teil von mir, der nicht in den Spiegel glotzt, der ungebremst losmarschiert, als würde ich die Welt verschlingen.

Ich habe schon mehrere Make-up-Schichten aufgelegt und wieder abgewischt und rubbele mir mit einem Wattebausch gerade die überschminkten rosa Wangen sauber.

»Mach dir einen Pferdeschwanz«, sagt Digby nicht sehr hilfreich, als ich versuche, die kahlen Stellen zu verbergen. »Und dann *los*.«

»So einfach geht das nicht.«

Total erschöpft setze ich mich auf den Wannenrand, als läge der Tag nicht vor, sondern schon hinter mir, als wäre ich nicht am Anfang, sondern am Ende.

»Es ist nicht leicht«, sage ich.

»Komm schon«, sagt Digby. »Nur bis nach dem Mittagessen. Dann fahre ich dich heim, und du kannst dich wieder in dein Mauseloch verkriechen. Um deine Gefühle kümmern wir uns später, okay? Wir planen Zeit am Ofen ein, und dann erzählst du mir alles. Aber jetzt …«

Ich stelle mir vor, wie ich durch die Schulflure hinke, wie Betty Sargent mich gegen die Wand rempelt, weil sie ständig versehentlich Leuten weh tut. Ich werde sauer und schreie sie an, und dann gehen wir beide heulend nach Hause. Ich stelle mir die Stunde bei Mr. Liebowitz vor, der Mitleid mit mir hat, aber gleichzeitig insgeheim sauer ist, weil ich einfach so reinschneie nach all der Zeit, während er sich mit den Idioten rumschlagen musste, und deswegen schmollt er und stottert, wenn er meinen Namen sagt. Ich stelle mir vor, wie ich mich in der Cafeteria an einem Chicken-Nugget verschlucke oder an einer Krokette. Alle lachen, selbst Reggie und Digby und Lucille, weil es für dumme Menschen wahnsinnig witzig ist, jemandem beim Ersticken zuzusehen, und die natürliche Reaktion auf witzige Dinge ist Gelächter.

Und dann stelle ich mir vor, wie ich mit meinen telekinetischen Kräften die ganze Schule in Flammen aufgehen lasse, denn wenn ich untergehe, gehen wir alle unter. Keiner kommt hier lebend raus.

Ich lasse mir das Haar auf die Schultern fallen, und es steht ab wie eine Krone aus elektrischem Kupferdraht.

»Kann ich mir deine Mütze ausleihen?« Ich zeige auf meine kahlen Stellen.

Digby nimmt die Mütze ab und setzt sie mir auf.

»Fünf Minuten«, sagt er. »Wenn du nicht fertig bist, fahre ich ohne dich. Im Ernst.«

»Dig«, entgegne ich, »geh mir mich nicht auf den Sack.«

»Wie süß«, sagt er. »Jetzt habe ich echt Angst. Los, schieb deinen Hintern ins Auto.«

Trotzdem wartet er, bis ich fertig bin, dann reicht er mir den schwarzen Schal, unter dem ich meinen Hals verstecke.

Ich verliere sechs weitere Tage meines Lebens.

Nach meinem gescheiterten Versuch, zur Schule zu gehen, versinke ich in einer derartigen Lethargie, dass Mom denkt, ich bin vielleicht wieder ins Koma gefallen. Das sagt sie zu mir, als sie die Vorhänge in meinem Zimmer aufreißt.

»Mutter«, stöhne ich. »Warum?«

Hinter ihr ist BC. Ich höre seinen wedelnden Schwanz gegen die Möbel klopfen, als er reintrottet und die Schnauze Millimeter neben mein Gesicht aufs Kissen legt, um mich zu begrüßen. Ich kraule ihm die Nase und versuche, die Augen zu öffnen. Sie sind mit einer dünnen Zementschicht zugeklebt.

»Draußen ist ein schöner Tag«, zwitschert Mom der blendenden Weiße zu. »Der Arzt sagt, du musst aufstehen. Er sagt, ich darf dich nicht weiterschlafen lassen, egal wie müde du bist.«

»Hast du mit Spock geredet?«

»Spock?«

»Er hat gesagt, ich soll mich schonen.«

»Das ist keine Schonung, Eden. Das ist … Koma.«

»Das war gemein«, murmele ich.

»Schätzchen …«

»Schon gut.« Ich werfe die Decke zurück. »Du hättest mich wecken können.«

»Wir haben es versucht, Eden«, sagt Mom. »Wir haben alles versucht. Aber du warst in einem veränderten Bewusstseinszustand, und es war nicht schön.«

Eine Erinnerung blitzt auf. Kreischen. Kissen werfen. Tränen.

Mein Computerhirn ist wieder kurz vor dem Abstürzen.

Vorsichtig trinke ich einen Schluck Wasser, während Mom aus dem Fenster starrt. Meine Kehle ist wund.

Durchs Fenster sieht man ihre Blumenbeete. Als wir noch in der Stadt neben Lucille wohnten, hatten wir nur ein Vorgärtchen und ein paar Kübel. Im ersten Sommer hier oben war Mom morgens, wenn ich aufgewacht bin, schon draußen und hat rumgebuddelt, bevor es zu schwül wurde und sie ins Büro musste. Dann ging ich mit meiner Tasse bitterem, schwarzem Kaffee raus zu ihr, und sie zählte mir die Namen aller Blumen auf, die sie pflanzte.

Pfingstrosen, sagte sie, *Rittersporn, Tigerlilien, Zitronenmelisse, Sommerflieder, Kosmeen, Gladiolen, Schwarzäugige Susanne, Sonnenhut, Lavendel, Zinnien, Sonnenblumen, Mönchspfeffer, Fleißige Lieschen, Dahlien, Rosen.* Die Namen klangen wie das Universum, wie die Antwort auf etwas jenseits aller Fragen, die mir einfielen. Dabei musste ich nicht mal raus, um mich an den Blumen zu erfreuen. Der Garten spähte über die Fensterbank zu mir herein, jeden Morgen, voller Optimismus, so spektakulär wie ein Regenbogen. Aber ich ging trotzdem raus, hörte ihr zu, wenn sie über die Pflanzen sprach, über Hornmehl und Kompost, weil etwas an den Blumenwörtern aus dem Mund meiner Mutter so nahrhaft und fruchtbar war wie die Erde selbst.

Das ist wahrscheinlich, was sie sieht, wenn sie jetzt in die raue Leere starrt, während die Scheibe unter ihren Fingerspitzen beschlägt: Potential.

»Hier stinkt es«, sagt sie und sieht wieder zu mir, mit demselben intensiven Blick, den sie sonst für die Blumen und besonders aufwändiges Gebäck reserviert hat.

»Danke«, sage ich, die Hand an der Kehle.

Meine Lippen schmerzen wieder, fast so schlimm wie nach dem Koma.

»Es riecht nach Schlaf und … ich weiß nicht. Wenn du duschen gehst, machen wir die Fenster auf, lassen frische Luft rein und sammeln die Kleider vom Boden auf«, sagt Mom.

Ich bin eine Blume. Ich brauche Hornmehl und Wasser.

»Draußen ist es fast null Grad kalt«, entgegne ich. »Und du willst das Fenster aufmachen?«

Aber als ich mich mit ihren Augen hier umsehe, verstehe ich, was sie meint. Das ist kein liebevoll gepflegter Regenbogengarten. Es ist eine Müllhalde. Auf dem Boden liegen Schuhe, Stiefel, Leggings, Kapuzenshirts und Schals. Auf dem Tisch stehen Teller und leere Milchshake-Becher. Ich habe alles aus den Schränken gerissen, als ich ein bequemes Outfit für Parkers Party suchte, aber die Anstrengung, mich umzuziehen, die Narbe am Hals zu verstecken – es war einfach zu viel. Und der Gedanke ans Duschen, Beinerasieren, Haarebürsten hat meiner Partylaune den Rest gegeben. Ich wollte lesen, aber nicht mal das ging. Also bin ich wieder in den Bademantel gekrochen, den mir Sally und Rita geschenkt haben. Er ist blau und flauschig und warm. Ich habe alles aufgegeben. Mein Boden ist der Beweis dafür.

Digby wollte mich noch überreden. Daran erinnere ich mich. Aber am Ende hat er fast erleichtert geseufzt, als ich sagte, dass ich nicht mitkomme.

Geh einfach, dachte ich, und vielleicht habe ich es auch laut gesagt, als er heuchelte, er wolle mich dabeihaben. *Verpiss dich und leb dein tolles neues Leben mit meiner besten Freundin.*

Aber wie kann es sein, dass das schon sechs Tage her ist?

»Wir machen die Tür zu«, sagt Mom, »dann kühlt nicht das ganze Haus aus.« Sie verzieht das Gesicht. »Und ich räume hier auf. Das kriegen wir hin.«

Sie setzt sich ans Fußende, und sie wirkt noch kompakter als sonst, die Haare offen, an den Spitzen strohig, am Ansatz fettig.

»Heute ist Sonntag?«, frage ich. »Schon wieder?«

Sie reicht mir das Glas Wasser vom Nachttisch und nickt.

Weitere Erinnerungen rattern durch die trüben Pfade meines Hirns.

Der längste Schultag. Mein Spind ein Schrein aus Fotos. Als wäre ich tot. Mr. Liebowitz, der mir einen Vortrag über Colleges und mein schriftstellerisches Talent und Bewerbungen hält. Meine Beine wie Marmorblöcke, die Augen wie brennende Zigaretten in meinem Schädel.

Wieder zu Hause. Ich gestehe meine Niederlage ein. Tagelanger Fernsehmarathon.

Mein Bett.

Aufstehen, um aufs Klo zu gehen. Wasser zu trinken. Dann wieder in die Sicherheit unter der Decke. Ich bin nicht einfach versunken. Ich wollte weg von allem. Verschwinden auf die andere Seite, wo Frieden herrscht, wo alles gut ist. Die andere Seite ist wie ein Magnet, an dem ich irgendwie klebe.

»Hast du die Karten gelesen, die die Leute geschickt haben?«

Ich schüttele den Kopf.

»Ich dachte, es wäre nett, wenn du sie beantwortest. Ach, und sieh mal.«

Sie zeigt zum Schreibtisch.

»Gestern hat dir jemand einen Blumenstrauß geschickt«, sagt sie. »Man hat dich nicht vergessen.«

Zwei Dutzend der vollkommensten weißen Rosen, die ich je gesehen habe, in einer Vase unter dem Regal mit den Spitzenschuhen.

Ich setze mich auf.

»Wer?« Meine Stimme klingt leicht hysterisch, die Aufregung vielleicht. Ich bin zu laut für mein Zimmer. »Wer hat sie gebracht?«

»Was meinst du? Die Blumen?« Sie wirkt überrascht und reibt sich das Handgelenk. »Keine Ahnung. Ich meine, ein Junge hat sie geliefert.«

»Ein Junge?«

»Ja, ich schätze, so in deinem Alter. Nicht, dass ihr noch Kinder wärt«, sagt sie. »Ich weiß, dass du erwachsen bist.« Sie seufzt. »Was für ein Jahr.«

»War eine Karte dabei?« Als ich danach suche, mache ich fast die Blumen kaputt.

»Die …«

»Karte!«

Sie starrt mich an.

»Mom! War eine Karte bei den Blumen?«

»Puh«, sagt sie. »Ich habe dich lange nicht mehr so …«

Endlich finde ich den Umschlag, ein kleines, unbeschriftetes weißes Rechteck, und ich sinke in den Sessel, fast atemlos.

»Wer war es denn?« Mom dämmert etwas. »Ich wusste, dass ich ihn irgendwo schon mal gesehen habe. Im Krankenhaus, oder? Eden?«

Jaz und ich möchten, dass du wiederkommst, steht auf der Karte.

»Eden? Kennst du ihn? Wer ist der Junge?«, fragt Mom, als ich ins Bett falle, die Worte immer wieder lese. »Ist das ein Lächeln?«

In meinem Innern klopft ein Feuerstein auf Granit, und bevor ich etwas dagegen tun kann, entsteht ein Funke.

Patient: Eden Jones

Kommentar: Obwohl die Patientin weiter Fortschritte macht, ist sie immer noch über längere Zeiträume ohne Bewusstsein. Sie weigert sich, darüber zu sprechen; laut der Mutter leidet sie unter Halluzinationen, anhaltender Erschöpfung und Entfremdung, gepaart mit intensiven Stimmungsschwankungen. Ihr erster Versuch, wieder zur Schule zu gehen, war kein Erfolg. Gelegentlich Alkoholmissbrauch und ausfallendes Verhalten gegenüber Angehörigen; weigert sich, College-Bewerbungen zu schreiben; Schulabschluss fraglich. Bisher ist es der Patientin nicht gelungen, sich wieder in ihr altes Leben einzufinden.

Schlussfolgerung: Patientin sollte weiter beobachtet werden. Zu einer Psychotherapie wird dringend geraten.

Die Therapeutin wirkt, als hätte sie selbst eine Therapie nötig.

»Hast du vor, es zu versuchen?«, fragt Dr. Marlene Gat noch einmal.

»Also, Dr. Gat …«, beginne ich. Ich wünschte wirklich, ich hätte meine Lederjacke dabei.

»Marlene«, sagt sie. »Bitte nenn mich Marlene.«

»Na gut, Marlene. Ich weiß nicht genau, warum ich das tun sollte.«

Sie lächelt, zeigt mir ihre sauberen, schiefen Zähne. Ihre Augen sind warm, aber undurchdringlich, als hätte sie auf der Therapeutenschule gelernt, wie man gleichzeitig vertrauenerweckend und undurchsichtig wirkt. Sie ist fast einen Meter achtzig groß und hat kurzes braunes Haar, das zu einer Art Frisur geföhnt ist, aber im Grunde ist es ein Topfschnitt. Ihr Körper ist unförmig. Aber sie ist nett, nehme ich an, auch wenn sie mich nervt, seit ich hier bin.

Ich weiß nicht, was ich hier soll, außer dass meine Mutter mir glaubhaft versichert hat, falls ich nicht zur Therapie ginge, würde sie andere Kreise der Hölle finden, in die sie mich stecken könnte (Selbsthilfegruppen, Kunstkurse, Nachhilfe), also tue ich allen den Gefallen.

Ich war noch nie bei einem Psychotherapeuten, und der

Impuls zu schreien, Krach zu machen, Krawall zu schlagen, kommt unerwartet. Alles ist so unerträglich nervenschonend, die Gummibäume, der Ficus, der Zimmerbrunnen, das Aquarium. Und die weiten Kleider, die wie ein Großsegel um Marlenes riesigen Körper flattern. Sie erinnert an eine Fregatte, und sie sieht mich an, als wüsste sie Dinge über die Welt (über meine Welt), als wüsste sie mehr über mich als ich selbst, dabei weiß sie überhaupt nichts, bis auf das, was meine verängstigte, paranoide Mutter ihr erzählt hat.

Aber ich kann damit leben. Ich werde die Stunde überstehen, weil ich später etwas vorhabe. Auf dem Weg ins Krankenhaus habe ich Joe gesehen, und sobald ich hier fertig bin, gehe ich ihm auf die Nerven. Er war am Blumenstand, aber er hat so getan, als würde er mich nicht sehen. Ich habe ihm sogar gewinkt, und dann musste ich so tun, als strecke ich mich, weil er nicht zurückgewinkt hat. Trotzdem. Blumen! Er hat mir Blumen gebracht. An die Haustür, fünfundzwanzig Minuten von hier entfernt.

»Eden, woran denkst du gerade?«, fragt Dr. Marlene. »Du wirkst munterer.«

Ich lege den Stift und das rote Notizheft, das sie mir gegeben hat, zwischen uns auf den Couchtisch.

»Deine Mutter hat gesagt, du machst gern Listen«, sagt sie, und ihr Blick wandert zu dem Heft und wieder zu mir.

»Früher«, sage ich.

Es war einmal ein Mädchen, das ihr ganzes Leben in Listen organisierte. Sie hatte lange Listen und kurze Listen, kursive Listen und illustrierte Listen. Die Listen standen auf Zetteln und Servietten, Schuhkartons, Klopapierrollen und manchmal sogar auf ihren Schuhsohlen. Listen von Wandfarben zukünftiger Wohnungen und College-Bewerbungen. Listen, die detailliert die potentiellen Lebenskosten in New York City erfassten. Budgets. Ziele. Organisationslisten. Hoffnungen.

Doch dann stürzte sie mit dem Kopf auf einen Stein.

Ende der Listen.

»Davor«, sage ich, »habe ich Listen geliebt.«

Blablabla. Geschwafel. Zeitverschwendung.

»Du hattest einen Fünfjahresplan, nicht wahr? Deine Mutter sagte, du hattest immer einen Fünfjahresplan. Hast alles aufgezeichnet? Jedes Problem in Angriff genommen und Schritt für Schritt gelöst?«

»Davor«, sage ich wieder.

»Ich frage mich, ob du jetzt auch einen Plan für dein Leben hast? Wo siehst du dich in fünf Jahren? Hat sich deine Vision verändert?«

Ja, doch. Mein neuer Fünfjahresplan ist, unter meiner Daunendecke zu ersticken.

Im Keller meiner Eltern.

»Apropos Leben«, sage ich, »könnten wir mal kurz über den Tod reden?«

Sie lehnt sich zurück.

Thema verfehlt.

»Wenn du möchtest«, sagt sie.

»Was, glauben Sie, passiert, wenn man stirbt?«

»Tja, das weiß ich nicht.« Sie stellt die Tasse ab.

»Glauben Sie an Gott? Den Himmel? Die Hölle? Reinkarnation? Achthundert Jungfrauen?«

»Ich kann nicht …« Sie sammelt sich, streicht sich über die Brust, als würde sie Krümel abklopfen. »Eden. Religiöse Fragen sind zwar interessant, aber –«

»Existentielle Fragen, nicht religiöse Fragen. Ich würde gern wissen, was Sie glauben, was passiert, wenn jemand wie ich über längere Zeit von seinem Körper getrennt ist. Ich meine, kommt so jemand … bin ich wirklich zurückgekommen?«

»Siehst du?« Sie tippt mit dem Finger auf das Notizheft. »Genau das meinte ich.«

Grrr.

»Was ich von dir möchte«, beginnt sie, »das *Einzige,* was ich von dir möchte, ist, dass du dich umsiehst und ein paar Dinge aufschreibst, die dir am Leben gefallen. Ganz einfach. Konzentrieren wir uns auf das Leben.«

»Woher wissen Sie eigentlich, dass ich lebe?«, frage ich.

Sie runzelt das ganze Gesicht. »Wie bitte?«

»Können Sie mir beweisen, dass ich lebe?«

»Ich … ich kann dir sagen, dass ich mich selbst als lebendiges Wesen wahrnehme, und dass ich dich als lebendiges Wesen wahrnehme, woraus ich den Schluss ziehe, dass wir beide lebendige Wesen sind.«

»Das ist ein Zirkelschluss«, sage ich. »Haben Sie schon mal von Gruppendenken gehört? Vielleicht sind Sie auch tot, und wir fallen auf eine Gruppenillusion rein. Oder Sie sind bloß das Produkt meines Unterbewusstseins oder ein Symbol, oder ein Zeichen –«

»Ich bin kein Symbol.«

»Vielleicht bin ich eines.«

»Eden, glaubst du wirklich, dass du tot bist?«

»Nein, natürlich nicht.« Ich lache, weil sie mich ansieht, als hätte sie den Finger auf einem Geheimknopf, mit dem sie mich sofort in eine Gummizelle sperren lassen kann. Ab jetzt gebe ich mir Mühe, mich normal zu verhalten, auch wenn in einer Therapiestunde eigentlich von einem erwartet wird, dass man ein bisschen verrückt ist. »Ich meinte das theoretisch.«

Ich richte mich auf. Die Stunde ist fast vorbei.

»Worauf willst du hinaus?«

»Was?« Ich habe den Faden verloren.

»Was ist das für eine Theorie?«

»Worüber?« Ich schwimme, habe wirklich keine Ahnung mehr, wovon wir gerade geredet haben.

Ihre Miene wird sanft und mitfühlend.

»Du willst über Leben und Tod reden, Eden? Reden wir darüber.«

Sie verschränkt die Hände über den Knien.

»Es ist ganz normal, verwirrt zu sein, Fragen zu haben. Ich weiß nicht, ob ich dir alle beantworten kann, aber wir können über alles reden.«

Dieses Sofa, das mit senfgelbem Samt bezogen ist, eignet sich perfekt zum Schlafen. Mir fallen die Augen zu.

»Möchtest du von deinen Erinnerungen an das Koma erzählen?«

Ich zucke die Schultern.

Was würde sie sagen, wenn ich ihr erzählte, was passiert ist, als ich drüben war, oder dass ich rausfinden will, wo Vasquez in diesem Moment ist und was mich dazu gebracht hat zurückzukommen? Es würde *unnormal* klingen, nicht *nach vorn blickend*, wie alle es von mir wollen. Besser, wenn ich meine unnormalen Gedanken für mich behalte. Vor allem werde ich ihr nichts von den schwarzen Blüten erzählen, die über ihrem Kopf sprießen und sich glänzend im Kreis drehen wie ein Heiligenschein.

»Wir wissen gar nichts«, sage ich nach ein paar Minuten unter ihrer Beobachtung. »Die Menschen, meine ich. Niemand weiß, ob die Wirklichkeit, die wir erleben, die wirkliche Wirklichkeit ist oder ob wir sie uns nur einbilden. Sie können nicht mit hundertprozentiger Sicherheit sagen, dass ich aufgewacht bin. Genauso wenig wie ich. Das meinte ich.« Ich halte inne. »Es ist reine Spekulation.«

»Also gut«, sagt sie, »wenn du so weit gehst, würde ich sagen, alles ist Spekulation.«

Wenn alles ein Traum ist, kann ich tun, was ich will, und die Konsequenzen sind irrelevant, weil niemand echt ist. Ich überlege, ob ich mir Flügel wachsen lassen und aus dem Krankenhaus flattern soll. Vielleicht kann ich es mit Willenskraft. Doch nichts passiert, außer dass Blüten über den Boden gleiten und an meinen Beinen heraufklettern, was etwas ist, aber nicht das, was ich mir erhofft habe. Und was haben die Blüten überhaupt zu bedeuten? Darüber müsste ich reden, dahinter müsste ich kommen. Sie sind mir von drüben gefolgt, und bevor ich weiß, warum, kann ich so viele Listen machen, wie ich will. Der Schlüssel liegt bei den Blüten, und damit kann mir Marlene nicht helfen.

»Es ist schön, über solche Ideen zu sprechen, über esoterische Erfahrungen, aber wir sollten einen Mittelweg finden. Bevor wir uns heute trennen, möchte ich noch einmal die Schritte durchgehen, die vor uns liegen, um dich ins Leben zurückzuholen«, sagt Marlene. »Es ist normal, wenn Komapatienten sich entfremdet fühlen und depressive Verstimmungen haben. Das ist ein Teil deiner Genesung, Eden. Aber lass uns auch nach vorne blicken.«

»Ich fühle mich das Gegenteil von entfremdet«, entgegne ich und kratze ein bisschen schwarzen Nagellack von meiner Nagelhaut.

»Also«, beharrt sie, »für die nächste Sitzung: ein paar Dinge zum Nachdenken, aus der Vergangenheit, der Gegenwart und der Zukunft.«

»Grrr«, sage ich.

»Ich habe gehört, dein Zwillingsbruder ist mit deiner besten Freundin zusammen, und dass es was ziemlich Ernstes ist. Können wir darüber reden?«

Nein, können wir nicht.

»Und«, fährt sie fort, »wir könnten über die Tatsache reden, dass du im Moment nicht tanzen kannst, was früher einen großen Teil deiner Identität ausgemacht hat, oder?«

Nicht schreien, Eden. Du hast so viel dafür getan, dass deine Kehle heilt.

»Sie wissen, wie man gute Laune verbreitet«, sage ich endlich.

»Versuch es einfach mit der Liste, in Ordnung?«, sagt Marlene mit mehr als einem kleinen Seufzer. »Wenn dir nichts einfällt, probieren wir etwas anderes. Dinge, die dir am Leben gefallen. Gib uns eine Chance, Eden. Vielleicht bringt es dir etwas.«

Ach, liebe Marlene Gat.

»Vielleicht fällt dir was ein«, sagt sie, mehr zu ihrer Teetasse als zu mir und ohne viel Hoffnung. »Man weiß ja nie.«

Was mir einfällt, ist ein Stuhl.

Ich verkaufe Blumen an Krankenhausbesucher, damit Joe sich etwas zu essen holen kann. Ich war genauso überrumpelt, wie es klingt. Er hat mir den Beutel mit dem Wechselgeld in die Hand gedrückt und gesagt, ich soll brav sein und nicht klauen, und dann ist er zum Klo gerannt und aus dem Krankenhaus hinaus. Seine Stiefmutter sei erkältet, hat er gesagt, und er müsse sich um den Blumenstand kümmern, und sein Dad habe heute keine Zeit, ihm das Essen vorbeizubringen, wie er es eigentlich versprochen hatte, und Joe sei *am Verhungern.* Das Gute ist, wir mussten nicht über peinliche Dinge reden wie die Blumen, die er mir vorbeigebracht hat, oder was ich hier will. Es ging gleich darum, dass er dringend pinkeln musste.

Das Flower-Power-Mädchen zu sein ist spitze. Die Leute zucken entweder zusammen, oder sie lächeln, wenn sie mich sehen. Weil ihnen einfällt, dass sie vergessen haben, für ihre kranken Angehörigen Blumen zu kaufen. Sie hätten umsichtig und einfühlsam sein sollen, aber sie waren zu durcheinander oder hatten keine Zeit. Und dann sehen sie mich, holen tief Luft, und ihre Schultern entspannen sich. Sie kaufen einen Strauß Lilien oder weiße Rosen. So habe ich es mir wenigstens vorgestellt. Bis jetzt habe ich nur einen Strauß an einen

Mann mit Aktentasche verkauft, und er schien sich zu freuen. Dann höre ich wieder der Popmusik zu, die aus den Krankenhauslautsprechern kommt, und singe sogar mit. Ich bin froh, dass mir beim Singen der Hals nicht mehr weh tut.

Ich dehne die Beine, die Muskeln schlapp von der Physiotherapie, die vor der Therapie-Therapie stattfindet. Beim Strecken spüre ich, wie jede Faser wieder zum Leben erwacht. Die Quadrizepse, die Sitzbein- und die Wadenmuskeln. Die Sehnen und die Bänder. Dr. Patel sagt, weil ich immer so viel Sport gemacht habe, wird sich mein Körper auch schneller erinnern. Trotzdem tut mir alles weh.

»Danke«, sagt Joe.

Er ist ein bisschen außer Atem und hält eine Papiertüte in der Hand. Seine Wangen sind rosig von dem Schneetag draußen.

»Was gibt es?«, frage ich.

»Erdnusshühnchen«, sagt er. »Ich hab echt Hunger, und der Chinese an der Ecke macht die besten Nudeln.«

Es wird voll. Um halb sechs, nach der Arbeit, nach der Schule, geht es im Krankenhaus zu wie am Busbahnhof. Joe nimmt den Deckel der Schale ab und kostet. Nach einer Weile sagt er: »Die Musik macht mich wahnsinnig. Als wollten sie uns mit dieser überproduzierten Nicht-Musik krankenhausreif schallen. Die bringen einen mit einem Bein ins Grab.«

»Wie geht's Vasquez?«, frage ich nach einer Pause.

»Wem?«

Erde an Eden: Woher soll er wissen, wen du meinst, wenn du mit erfundenen Namen um dich wirfst?

»Ich meinte Jasmine«, sage ich. »Jaz.«

Eine Frau mit einer großen Muschelkette kommt an den Stand und verlangt einen Strauß weißer Margeriten. Ich nehme das Geld ein, während Joe weiterisst.

Als sie weg ist, sagt er: »Es geht ihr nicht so gut.«

»Tut mir leid«, sage ich. »Mist.«

Er antwortet mit einem Nudelschlürfen.

»Ist sie deine Freundin?«, frage ich. »Nur so aus Neugier.«

Er lässt die Gabel sinken und starrt mich an, bis ich beinahe die Nach-Koma-Eden auf ihn loslasse, doch dann kommt ein Mann im Trenchcoat dazwischen, der einen Strauß Lilien kaufen will.

»Für meine Frau«, erklärt er. »Wir haben ein Kind bekommen. Lila.«

»Großartig!«, sage ich. »Herzlichen Glückwunsch.«

Als der Mann weg ist, sagt Joe: »Ich weiß nicht, wie ich Jasmine erklären soll oder wer sie für mich ist. Das musste ich nie.«

»Oh.« Ich weiß nicht genau, ob er meine Frage damit beantwortet hat.

»Und du? Hast du jemanden?«, fragt er.

Ich ziehe den Reißverschluss meiner Jacke hoch. »Ach, bitte«, sage ich. »Hast du mich angesehen? Ich habe ein paar Makel.«

»Makel?«

Ich zeige erst auf meine kahlen Stellen, dann auf den Rest meines Körpers.

»Makel würde ich das nicht nennen«, entgegnet er. »Du

siehst aus wie eine dieser ätherischen Frauen mit den langen roten Haaren auf den alten Gemälden.«

»Ätherische Frauen?«, frage ich.

»Ich weiß nicht«, sagt er, »keine Ahnung, wie die heißen. Jedenfalls haben sie keine Makel.«

Er schlürft die Nudeln weiter.

Und dann: »Wir sind seit Ewigkeiten Freunde, Jaz und ich. Wir sind zusammen in der Schule. Die Lehrer mögen sie nicht. Und mich mögen sie auch nicht. Deswegen mögen wir uns.«

Ich hatte also recht, irgendwie haben sie gegen Aliens gekämpft.

»Was ist mit ihren Eltern?«, frage ich. »Außer dir habe ich nie jemanden gesehen, der sie besucht.«

»Sie ist bei Pflegeeltern aufgewachsen, aber inzwischen lebt sie allein. *Lebte!*« Er klingt, als wäre er sauer auf sich selbst. »Also, sie wohnt bei jemandem zur Untermiete. Bei uns nebenan, hinter dem Restaurant, wo sie kellnert. Gigi, ihre Mitbewohnerin, ist eine Freundin meiner Mutter.«

»Und Gigi kommt nicht zu Besuch?«, frage ich.

»Gigi verlässt unsere Straße nie«, sagt er. »Sie ist ziemlich alt und hat lauter Regeln.«

»Zum Beispiel, die Straße nicht zu verlassen?«

»Ja, in der Art.«

»Aber Jaz ist nicht tot«, sage ich. »Du musst nicht in der Vergangenheit von ihr reden.«

»Noch nicht«, gibt er zurück. »Ich muss *noch nicht* in der Vergangenheit von ihr reden. Aber ich mache mir nichts vor. Ich weiß, wie es läuft. Ich kenne das Leben, ich weiß, dass Menschen kommen und gehen.«

Frauen kommen und gehen und plaudern so
Daher über Michelangelo.

Bevor ich es mir anders überlegen kann, berühre ich seinen Arm.

»Sie hat niemanden außer mir.« Sein Blick wandert zur Eingangstür. »Und ich kann nichts für sie tun. Ich hasse dieses beschissene Krankenhaus«, sagt er. »Es ist echt zynisch, dass sie mich hier arbeiten lassen. Nicht Gutes ist hier je passiert.«

Vielleicht ist es nicht der passende Zeitpunkt zu erwähnen, dass das Krankenhaus zurzeit der einzige Ort ist, an dem ich mich einigermaßen normal fühle. Hier ist was los, es brummt, es knistert vor Möglichkeiten. Das hier ist echt.

»Was ist mit Babys? Denk daran, wie glücklich der Mann eben war«, werfe ich ein. »Babys werden in Krankenhäusern geboren, und sie sind was Gutes.«

»Bis sie zu aufgeblasenen Spießern mutieren wie alle andern auch«, sagt er. »Außerdem stehen die Chancen fifty-fifty, dass sie sich als Arschlöcher oder Psychopathen entpuppen – oder Zwangsneurosen oder Panikattacken entwickeln. Wenn sie Glück haben, Depressionen.«

»Puh«, sage ich. »Das ist finster. Und wenn ich das sage, muss es was heißen.«

Er grinst und kratzt die letzten Lauchzwiebeln aus der Schale.

»Willst du mir helfen, eine Liste zu machen?«, frage ich.

»Wovon?«

»Von allem Guten in dieser Welt«, sage ich.

Es gibt auch viel Gutes in der anderen Welt.

Ich ziehe mein rotes Heft heraus.

»Vielleicht heitert dich so eine Liste auf.«

Weiße Rosen schreibe ich auf die leere Seite. Ich überlege kurz, dann schreibe ich *Blumenstände* und *Nudelsuppen* dazu, und *Babys.* »Wenn ich darüber nachdenke«, sage ich, »glaube ich nicht, dass wir das zusammen machen können. Zu intim. Aber du solltest auch eine machen. Versuch's doch mal.«

Misstrauisch beäugt er mein Heft.

»Du stehst nicht so auf diese irdische Inkarnation, was?«, frage ich.

»Weiß nicht. Manchmal ist es ganz okay, aber in letzter Zeit habe ich gedacht, vielleicht wäre es nicht das Schlimmste, wenn Jasmine zu atmen aufhört«, sagt Joe. »Nicht für mich, meine ich. Für sie. Ich meine, wofür sollte sie weiterleben? An manchen Tagen fällt mir eine ganze Reihe von Gründen ein. An anderen überhaupt nichts.«

Ich sehe meine Liste an. Sie wirkt ziemlich kurz und schal im Vergleich mit Jasmines Problemen. Keine Eltern, kein Geld, keine Zukunft.

»Und das Sterben ist etwas anderes, als je einer gedacht, und glückseliger.« Wenn dir kein guter Kommentar einfällt, zitiere etwas. Dann bist du nicht selbst schuld, wenn es danebengeht.

Er stellt die Schale zur Seite.

»Das hat Walt Whitman gesagt«, murmele ich.

Joe starrt mich an, bis ich anfange, an den Schleifen am Stand herumzuzupfen, an den rosa Bändern, auf denen ES IST EIN MÄDCHEN! steht.

»Hey«, sage ich, »kannst du bowlen?«

Er grinst, während Blüten aus dem Boden schießen, im Zeitraffer an meinen Beinen hochklettern und sich durch meinen Bauchnabel bohren.

Jasmine ist auch noch da.

Joe und ich beschließen, ihr wenigstens hallo zu sagen, bevor wir abhauen. Dann stehen wir nebeneinander in ihrem Zimmer, ein paar Handbreit zwischen uns, bis Rita einen zweiten Stuhl bringt, damit wir uns setzen können, was wir nicht tun. Jasmine sieht nicht gut aus. Sie ist dünn und blass, und ihre Lippen sind aufgesprungen. Die Haut an ihrem Arm ist schlaff. Es ist, als würde das Menschliche an ihr wegschmelzen und nur die Hülle übrigbleiben. Trotzdem könnte ich schwören, dass sie hier im Zimmer ist. Ich sehe vor mir, wie sie sich aufsetzt, die Beine vom Bett schwingt. Sie würde sich den Schlauch aus dem Hals reißen, über den sie künstlich ernährt wird. Sie würde *Ach du Scheiße* sagen, dann würde sie mit dem Nacken knacken, sich die Schultern reiben, ein-, zweimal mit dem Kiefer kreisen und gehen.

Wenn sie könnte.

Aber sie kann nicht. Sie verschwindet.

Trotzdem ist sie schön. Schön, nicht hübsch. Da ist ein Unterschied.

»Was ist mit ihr?«

Ich zeige auf Jasmine. Ihre Hände schrumpfen wie der Fuß der Bösen Hexe im *Zauberer von Oz.* Die Ärmel scheinen sie zu verschlucken.

»Das passiert«, sagt Rita, »mit der Zeit. Bei dir auch. Aber sie liegt schon länger im Koma, also ist es bei ihr weiter fortgeschritten.«

Instinktiv öffne und schließe ich die Fäuste. Es ist so viel geschehen, seit ich aufgewacht bin. Ich hatte die verkrampfte Steifheit der ersten Tage vergessen und auch den Schwur, dankbar zu sein, wenn ich wieder gesund wäre, und meine Beweglichkeit nie wieder für selbstverständlich zu halten.

»Bei dir war es nicht so schlimm«, sagt Rita, »aber es fing an. Jeder reagiert anders. Selbst im Koma sind wir Individuen.«

Joe – der wie versteinert Jasmine angestarrt hat – zuckt zusammen. Er drückt mir die übriggebliebenen Blumen in die Hand, die wir vom Stand mitgebracht haben, fischt ein paar Münzen aus der Hosentasche und lässt sie klimpern wie Kastagnetten. »Bin gleich wieder da«, sagt er und geht raus.

»Ungewissheit ist schwer zu ertragen«, sagt Rita, »im Leben wie im Tod. Dabei weiß man eigentlich nie, was kommt.«

Ein paar Sekunden später kehrt Joe mit einer Dose Limo zurück und hantiert im Hintergrund, als wollte er nicht ganz reinkommen, als wollte er eigentlich nicht hier sein.

»Geht es ihr besser?«, frage ich. »Ich meine, gibt es irgendwelche Anzeichen?«

Rita schüttelt den Kopf.

»Joseph«, sagt sie.

Eine Pause entsteht, wie kurz vor einem großen Knall.

Rita zupft die Decke um Jasmines Beine zurecht. »Du musst langsam überlegen, wie du dich entscheidest. Wegen Jasmine.«

»Ich weiß«, sagt er.

»Ich hole den Arzt, damit er dir die Optionen erklärt.«

»Ich will aber nicht hier darüber sprechen.« Er nickt zum Bett. »Was ist, wenn sie uns hört?«

»Natürlich.« Rita drückt seinen Arm. »Komm im Schwesternzimmer vorbei, wenn du gehst. Dann reden wir. Aber verschwinde nicht einfach.«

»Okay«, sagt Joe. »Verstanden.«

»Berührungen tun ihr gut«, sagt Rita. »Jedem, der Schmerzen hat oder verletzt ist, aber besonders Komapatienten.« Wir bewegen uns nicht von der Stelle. »Vielleicht könnt ihr die Stühle näher heranrücken.«

Joe bewegt sich immer noch nicht, also antworte ich: »Machen wir.«

Sie dreht sich zur Tür.

»Hey, Rita«, sage ich. »Mein Bruder würde den Bademantel, den ihr mir geschenkt habt, am liebsten verbrennen. Aber dann kriegt er es mit mir zu tun.« Sie lächelt ein halbes Lächeln. War auch nur ein halber Witz.

Dann geht sie.

»Ist ein ziemlich hässlicher Bademantel«, erkläre ich.

Joe wirft die alten Blumen in den hellbeigen Mülleimer neben Jasmines Bett. Dann geht er mit der geschwungenen Glasvase ins Bad, kippt den halb verdunsteten Schleim aus und lässt frisches Wasser ein.

»Sprite.« Er öffnet die Limodose. »Blumen lieben es süß. Die Dahlien haben damit ewig gehalten. Blumen vertragen Glukosesirup viel besser als wir.« Er gießt die Limonade in die Vase. »Das sagt Norma jedenfalls.«

Er arrangiert die Blumen, bis er zufrieden ist, dann setzt er sich, aber er kann nicht stillhalten. Am Ende stellt er sich an die Wand.

»Es ist so abartig«, sagt er aus der Ecke. »Dass sie hier liegt. Normalerweise ist sie immer in Bewegung, verstehst du? Im richtigen Leben. Sie ist jemand, den nichts umhaut, und wenn doch, steht sie immer gleich wieder auf.«

»Ich habe gewusst, dass sie hart im Nehmen ist!«, sage ich, zu laut. »Ich meine ... ich habe versucht zu raten, was für ein Typ sie ist.«

Joe rutscht auf den Boden.

»Wahrscheinlich liege ich total falsch.« Ich denke an Lucille und Dig, stelle mir vor, wie ich es fände, wenn jemand, der sie nicht kennt, so tut, als würde er sie kennen, besonders, wenn ihnen etwas passiert wäre, etwas, das sie vielleicht nicht überleben.

Joe kann sich nicht verstecken, auch wenn es so aussieht, als wollte er in der Wand verschwinden. Ich wünschte, ich könnte ihm eine Decke geben, unter der er sich verkriechen kann. Ich wünschte, ich wäre die Decke.

»Und, was hast du gedacht?«, fragt er nach ein paar quälenden Minuten. »Über Jaz. Wie sie ist.«

»Im Ernst?«

»Ja, ich will es wissen.«

»Ich dachte, sie sieht aus wie eine Frau, die viel macht. Die immer auf Achse ist.« Ich sehe sie vor mir, wie sie die Hand nach mir ausstreckt, als sie sinkt und ich nach oben treibe, wie ihre Lippen sich bewegen.

»Stimmt.« Er lächelt. »Sie hatte zwei Jobs und hat sich in der Schule angestrengt, auch wenn sie es gehasst hat, und am Wochenende hat sie an Autos rumgeschraubt. Vor ein paar Wochen hat sie mich von einem Schrottplatz zum anderen geschleppt, auf der Suche nach einem Vergaser. Man darf sich ruhig auch mal setzen und die Wand anstarren, weißt du? Nichts tun. Entspannen. Ich habe immer gesagt: ›Jaz, schalt mal einen Gang runter‹, aber sie hat geantwortet: ›Schlafen kann ich, wenn ich tot bin‹ oder ›Leb dein Leben auf der Überholspur‹.« Er schüttelt den Kopf. »Sie hat immer solchen Blödsinn gesagt. Jaz war wie eine wandelnde Grußkarte für Verrückte«, sagt er. »Jedenfalls war sie immer in Bewegung. Bis sie sich nicht mehr bewegt hat.«

Das Bild von Jasmine, lebendig, mit blitzenden Augen und fuchtelnden Händen – es steht zwischen uns, schwer und laut und dicht.

»Und weißt du, was passiert ist?«, fragt er. »Verdammtes Motorrad. So ein Klischee. Wenn sie wenigstens von einer Klippe gestürzt wäre oder so was. Aber nein, Motorrad. Ohne Helm. Voll auf die Glocke. Du dumme Kuh«, sagt er zu ihr. »Du bist so eine blöde Idiotin.«

Eine Weile sind wir still.

»Außerdem«, sage ich irgendwann, »sieht sie aus, als würde sie auf Musik stehen. Ich dachte, vielleicht ist sie DJane oder so was. Nicht mit Playlists, sondern wie früher, als es noch Plattenspieler gab.«

»Witzig.« Er hat den Blick immer noch auf sie gerichtet. »Es stimmt irgendwie. Ich schätze, man sieht den Leuten einiges an. Aber sie hatte auch Überraschungen auf Lager.«

»Was für welche?«

»Ich weiß nicht.« Er lässt die Schultern sinken. »Jedenfalls stimmt es, dass Musik wichtig für sie war. Das ist also keine Überraschung. Aber sie mochte alle möglichen Musikrichtungen.«

»Live-Bands«, sage ich.

Zum ersten Mal, seit wir hier sind, sieht Joe mich richtig an, und sein Blick lässt mich zusammenzucken. Schon wieder. Es ist, als würde er mich aus seinem tiefsten Inneren ansehen, das über seine Wirbelsäule fest mit der Erde verbunden ist. Nein, das stimmt nicht. Das die Erde selbst ist.

»Sie war immer auf der Suche nach neuen Sounds, weißt du?«, sagt er. »Aber hier im Umkreis gibt es ja nichts. Wo soll man hier Underground finden?«

Ich denke an den Club, in dem ich mit Reggie war. Dahin würde ich sie gern mitnehmen. Mein Kopf tut weh.

»Sie könnte nach New York oder Philly fahren«, sage ich. »Da gibt es so was.«

»Ich konnte sie kaum dazu bringen, die Stadtgrenze zu übertreten«, sagt er. »Hatte wahrscheinlich damit zu tun, dass sie ein Pflegekind war und alles immer so unberechenbar schien. Sie mochte ihr Zimmer, ihre Jobs, ihr Leben, so einfach, wie es war. Ein paarmal haben wir uns deswegen in die Haare gekriegt.«

»Ihr habt euch gestritten?«

»Ja, manchmal.« Er lächelt wieder, und zwei Grübchen tauchen in seinem Gesicht auf, tief und breit wie Münzschlitze.

»Worüber denn noch?«

Er streckt die Beine aus. »Sie hat immer alte Sachen gehört. Classic-Rock, Beatles, Jazz.« Er verzieht das Gesicht. »Das Zeug gefällt mir nicht, am wenigsten der Jazz. Typen, die stundenlang auf ihren Instrumenten abgehen. Aber Jaz fuhr darauf ab, ich meine, so richtig. Ich hab gesagt, sie steht nur wegen ihrem Spitznamen auf Jazz und hört gar nicht richtig hin. Wie sie im Takt gewippt und mit den Fingern geschnippt hat, als könnte ich es nicht hören, als wäre ich zu blöd dafür.« Er klopft an die Wand. »Einmal habe ich über Miles Davis abgelästert. Sie hat eine Woche lang kein Wort mit mir geredet.«

Ich lache.

»Es hat echt genervt! Immer wollte sie bestimmen, was wir hören. Ich lasse niemanden in meinem Truck ans Steuer, und ich mag es nicht, wenn Leute auf meinen Knöpfen rumdrücken.« Er zeigt auf seine Brust. »Mein Auto. Meine Knöpfe. Sie nervt total.«

»Also fehlt sie dir«, sage ich.

Joe legt das Gesicht auf die Knie und rollt sich zusammen wie ein Kartoffelkäfer. Sein Bauch krampft unter dem Hemd, und er hält sich an den Waden fest.

Ich gehe zu ihm und hocke mich hin. Es ist nicht leicht, mich neben ihn in die Ecke zu quetschen, aber ich schaffe es und lege den Arm um seine Schultern.

»Hältst du manchmal ihre Hand?«, frage ich.

Er schüttelt den Kopf. Irgendwann sagt er: »So ist das nicht zwischen uns.«

»Ich meine nicht als Pärchen. Ich meine als Freund. Von Mensch zu Mensch. Ich meine so.« Ich streiche über seinen

Ärmel, lasse die Hand auf dem Knick seines Handgelenks liegen.

»Nein«, sagt er. »Mach ich nicht.«

»Berühren?«

»Nein«, sagte er. »Nicht mein Ding.«

Beim Ballett berührt man sich ständig. Hände an den Innenseiten meiner Schenkel, die mich hochheben, an der Taille, die mich drehen. Oder ich lehne mich an Lucille, setze mich auf Reggies Schoß, wenn keine freien Stühle da sind. Das Leben ist Berührung, oder? Was wäre übrig, wenn ich damit aufhören würde?

»Du könntest ihr vorlesen«, sage ich.

»Sie liebt meinen Truck«, sagt er. »Ein alter Ford-Pick-up, den mein Vater seit Ewigkeiten hat. Vielleicht könnte ich ihr aus einer seiner Autozeitschriften vorlesen. Das würde ihr gefallen.«

»Klingt gut«, sage ich. »Irgendwas, damit sie weiß, dass du hier bist. So war es bei mir. Ich erinnere mich, dass mir meine Freundin vorgelesen hat. Und meine Mutter.«

»Wirklich?«, fragt er.

»Ja, total.«

»Es wäre nicht wie im richtigen Leben«, sagt er. »Es wäre kein Gespräch. Ich will nur, dass sie meine Stimme hört.«

Er wirkt verzweifelt. In seinen Augen stehen Tränen.

Ich möchte ihm etwas geben, eine Salbe gegen den Schmerz, als er dasitzt und sich nichts sehnlicher wünscht, als dass seine Freundin aus dem Bett springt und endlich wieder sie selbst ist. Während meine Gedanken Gestalt annehmen, wachsen unter

Jasmines Bettdecke Ranken hervor, und meine Atmung wird flach, meine Fingerspitzen kribbeln. Die Welt liegt unter einem Schleier der Ungewissheit. Die Geheimnisse brennen mir in der Kehle – vor Aufregung, vor Angst.

Die nächsten Worte sind draußen, bevor ich überlegen kann, ob sie wahr sind oder nicht. »Wir könnten versuchen, mit Jasmine Kontakt aufzunehmen.«

Sein Gesicht ist ein Fragezeichen. Die Tränen verschwinden.

»Vielleicht geht es gar nicht.« Ich rudere zurück, als er aufsteht. »Vielleicht ist es eine blöde Idee. Ich meine, es ist eindeutig eine blöde Idee.«

»Ja«, sagt er. »Vielleicht. Aber erklär mir trotzdem, was du meinst.«

Ich überlege, wie ich es erklären soll, und er starrt mich erwartungsvoll an.

»Na gut«, sage ich. »Da ist noch ein Ort außer dem Hier und Jetzt. Viel mehr weiß ich auch nicht, aber das weiß ich sicher.« Es fühlt sich an, als würde ich lügen, als würde ich mir Geschichten ausdenken, um mich interessant zu machen. Ich versuche, mich genau daran zu erinnern, wie es war im Dazwischen. Doch alles, was ich im Koma erlebt habe, verblasst zur Erinnerung, wie echte Erlebnisse auch. Ein Abglanz, Schall und Rauch, das Echo seiner selbst.

Alles – außer den verdammten, verdammten Blumen.

»Da ist noch ein Ort. Ich habe ihn gesehen«, wiederhole ich und schaue ihm in die Augen. Beinahe erzähle ich, dass ich *sie* gesehen habe, Jaz, aber ich beiße mir auf die Zunge. »Da ist … ein Ort. Wie hier, nur anders.« Ich lege mir die Hände vors Gesicht und spreche in die Handflächen. »Tut mir leid. Ich kann es nicht gut erklären. Es ist so seltsam, weißt du? Manchmal fühlt es sich an, als hätte ich alles nur geträumt. Aber es war kein Traum.«

Er zieht meine Hände weg und sieht mich an. In seinem Blick ist kein Spott, kein Groll, nur Neugier, und dahinter quälende Hoffnung. Ich will ihn küssen, ihn halten. Ich bin die Königin des schlechten Timings und der unpassenden Gedanken.

»Und du glaubst, dort können wir Kontakt zu ihr aufnehmen?«, fragt er, und ich zucke zusammen. »Ich meine, im Ernst. Ohne Scheiß.«

Ich merke, dass ich eigentlich damit gerechnet habe, ausgelacht zu werden. Seine Reaktion überrascht mich. Und die Überraschung macht mich stark. Plötzlich will ich es, mehr als alles andere – Jasmine finden, mit ihr reden, die Blumen zurückbringen und herausfinden, was sie bedeuten, warum sie mich verfolgen. Endlich erfahren, was sie im Wasser zu mir sagen wollte. Joe glücklich machen. Ihm seine Freundin wiederbringen.

»Ich kann dir nichts versprechen, aber vielleicht«, sage ich. »Vielleicht schaffen wir es. Vielleicht gibt es einen Weg.«

»Okay. Und wie würde das gehen?«, fragt er.

»Es ist mir eben erst eingefallen.« Mein Hirn rattert. »Ich muss darüber nachdenken.«

Er hält sich an Jasmines Bett fest und sieht sie so intensiv an, dass ich mir vorkomme wie ein Spanner. »Ganz langsam, Eden. Wie war es, als du im Koma warst, woran erinnerst du dich? Erzähl mir alles.«

Ich krümme mich innerlich wie eine Seeanemone, als hätte er den Finger in meine Weichteile gesteckt.

»Es war endlos.« Ich versuche, Worte zu finden, aber es ist schwer. Es fühlt sich an, als wäre es in einem anderen Leben passiert. Ich lege mir wieder die Hände vors Gesicht und knurre. »Ich weiß nicht. Ich war wochenlang dort, aber es hat sich angefühlt wie Minuten. Als würde ich auf einer Laderampe liegen, und alles andere bewegt sich in Zeitraffer.«

»Und …«

»Da ist ein Ort. Ein richtiger Ort. Eine ganz andere …« Ich suche nach dem richtigen Ausdruck, aber alles, was mir einfällt, ist *Dimension, Realität, Universum.* »Eine ganz andere Sache«, sage ich endlich, unzufrieden.

»Okay, nehmen wir an, wir erreichen sie wirklich, falls so was möglich ist.« Er sieht mich an. »Was dann?«

»Dann bitten wir sie zurückzukommen.« Ist doch klar. »Wir sagen ihr, dass sie aufwachen soll. Bei mir war es auch so.« Jetzt fällt es mir wieder ein. Reggies Stimme, die Stimme meiner Mutter und schließlich Lucille. »Es hat funktioniert.«

Seine Miene hellt sich auf. »Hmm«, sagt er.

»Ich habe Freunde«, rede ich weiter. »Und Eltern. Die mich lieben. Ihretwegen bin ich hier. Ich kann zwar nicht mit Sicherheit sagen, ob ich nicht sowieso wiedergekommen wäre, aber Jasmine hat nur dich. Deshalb kannst nur du sie zurückholen, wenn überhaupt. Vielleicht bist du der Schlüssel, ihr verzauberter Prinz. Nur du kannst sie daran erinnern, dass es zu Hause am schönsten ist.«

Ich lächele und gebe ihm einen Knuff, aber meine Gedanken

sind dunkler und ehrlicher. *Vielleicht spielen wir bloß Spielchen, und es ist nichts dran, aber ich will mich einfach noch nicht von dir verabschieden, und von ihr auch nicht.*

»Wir könnten eine Séance machen oder so was«, sage ich. »Vielleicht finden wir ein Buch mit dem richtigen Zauberspruch. Wir müssen einfach googeln.«

»Ist das ein Witz?«, fragt er. »Weil … Wenn Jasmine nicht bald aufwacht, dann ziehen sie ihr den Stecker. Ich ziehe den Stecker. Ich muss.«

»Nein! Ich wollte nicht … tut mir leid. Das wusste ich nicht.«

»Sie ist nicht versichert«, erklärt er. »Sie zeigt keine Reaktion, egal, was sie versuchen. Ich muss für sie entscheiden, verstehst du? Sie hat mich zu ihrem nächsten Angehörigen bestimmt.«

»Was?«, frage ich. »Das ist Wahnsinn.«

»Es war das Dümmste, was sie je getan hat. Als sie mündig wurde, ist sie zum Notar gegangen und hat mich zu ihrem nächsten Angehörigen erklärt … Das heißt, ich kriege ihren verdammten alten Mercedes und ihre verdammten Jazzplatten, wenn sie … Und ich muss entscheiden, ob sie lebt oder stirbt, und deswegen habe ich keine Zeit für Spielchen oder … Flirts. Nicht, solange sie hier liegt.«

Flirt. Das klingt wie ein Schmetterling oder ein Drachen, etwas Flirrendes, Schwebendes, das mit kleinen Kätzchen zu tun hat. Etwas, das andere Leute tun, Leute, die nicht bis zum Hals zwischen Leben und Tod stecken. Leute, die sich Spaß leisten können.

»Könnte nicht die Frau, bei der sie wohnt, ihre nächste Angehörige sein? Oder ihr Arzt? Kann nicht jemand anders die Entscheidung treffen?« Es ist zu viel für einen Jungen. Ich hätte solche Albträume. Die Verantwortung für mein eigenes Leben ist schon fast zu viel.

»Sie mochte Erwachsene nicht. Hat ihnen nicht vertraut. Sie hat mir fast die Freundschaft gekündigt, als ich achtzehn geworden bin. Nein. Jaz hat mich ausgewählt«, sagt er sanft und schüttelt den Kopf. »Wie du gesagt hast, sie hat sonst niemanden. *Niemanden.* Keine alte Tante in Kalifornien, keinen Großvater in Peru. Also darf ich keine Zeit verplempern. Ich darf mich nicht in irgendwas verrennen, das es gar nicht gibt. Aber ich brauche Hilfe. Entweder wir versuchen es oder nicht. Entweder ist es real oder nicht.«

Joe dreht sich um, und ich stelle mich neben ihn.

Er nimmt meine Hand. »Und du. Entweder bist du real oder nicht.«

»Ich bin's«, sage ich. »Ich bin real.«

Zusammen sehen wir Jasmine an. Blüten wachsen an ihren Beinen rauf und runter. Sie pflanzen sich in ihre Brust und pulsieren wie Blaulicht.

»Du bist noch nicht tot«, sagt Joe zu ihr.

»Du bist noch nicht tot«, sagen wir zusammen, als wir vor ihrem reglosen Körper stehen. »Du bist noch nicht tot.«

Aus

Fast tot: Wahre Geschichten aus dem Jenseits

Eigentlich war es so, wie man es aus Filmen kennt. Dunkelheit, ein Tunnel, die Menschen, die vorausgegangen sind, stehen in einer Reihe, warten auf einen, begrüßen dich, das ganze Zeug.

Ob sie wie Menschen aussehen oder wie Licht? Meine Antwort: Ja.

Sie sind beides, und sie sind froh, dich zu sehen. Sie umarmen dich, halten dich warm, so wie du bist. Ob ich Angst vor dem Tod habe, jetzt, da ich älter bin und der Tod näher rückt? Ja und nein.

Ich meine, ich will nicht sterben, und das sage ich laut, damit es alle hören, weil ich keinen Zweifel daran in den Äther hinausschicken möchte.

Ich will leben, so lange ich kann!

Aber der Grund dafür, dass ich hier sein will, ist mein Ehemann, der mir immer noch den Atem verschlägt. Er ist ein Wunder, ein größeres Wunder als der Tunnel, als das weiße Licht, und ich will jeden Tag, den ich kriegen kann, mit ihm verbringen. Wir haben keine Kinder, daher sind es nur wir zwei. Und ich möchte ihn keine Minute früher verlassen als unbedingt nötig. Denn eines weiß ich nicht genau. Ob wir uns wiedersehen, wenn das hier vorbei ist.

Ich würde also sagen, ich habe Gewissheit, wo viele Leute Fragen haben, aber Fragen habe ich auch noch. Und das ist ein Geschenk, nicht wahr?

Deanne Lovato, 55, Rechtsanwältin im Ruhestand

Bei Joe ist es anders
als erwartet.

Er wohnt nicht in einem Haus, sondern in einer Wohnung über dem Blumenladen an der Main Street, nicht weit vom Krankenhaus. Der Ort Warrenton besteht aus zwei Teilen: dem neueren Teil, wo den ganzen Tag Durchgangsverkehr ist, und wo wir hinfahren, wenn wir Farbe, Nägel und extragroße Packungen Salzstangen brauchen. Oder wenn wir ins Krankenhaus müssen, als Digby sich den Arm brach zum Beispiel, oder als Wrenny von irgendwas gestochen wurde und einen allergischen Schock bekam. Das ist das Warrenton, das ich kenne. Ladenketten, unendliches Junkfood-Angebot, Wartezimmer.

Aber in den Seitenstraßen dahinter verbirgt sich wie ein unentdeckter Schatz noch ein anderer Teil, das alte Warrenton, das aussieht wie die Kulisse einer altmodischen Fernsehserie. Die Häuser reihen sich ordentlich aneinander, die Autos fahren langsam, die Gebäude sind nicht hoch und haben große Ladenschilder.

REINIGUNG
BÄCKEREI
SAFTBAR
PIZZERIA
BLUMENLADEN

Es ist schon dunkel, die Rollläden sind unten, und die Straßenlaternen werfen Lichtstreifen auf die Häuser.

Wir steigen die abgeblätterte Treppe hinauf, die im Hof in den ersten Stock führt, und Joe hält mir die Fliegengittertür zur Veranda auf, während er nach dem Hausschlüssel sucht. Schon draußen duftet es köstlich nach Essen.

Wir haben nicht geredet, seit ich Joe überzeugt habe, wir könnten einen Weg finden, mit Jaz zu kommunizieren, und er mich gefragt hat, ob ich noch mit zu ihm komme, bevor Spock kam, spockig wie immer, und mit Joe auf den Flur ging, um Jasmines Optionen durchzugehen. Ich wollte lauschen, habe aber nur ein paar Brocken mitbekommen. Genug, um zu verstehen, dass es mit Jasmine bergab geht, dass ihre Großhirnrinde abschaltet, dass sie bald, selbst wenn sie aufwacht, nur noch Gemüse ist, ein halber Mensch. Sie wollen, dass Joe Papiere unterschreibt, die ihr Frieden geben, aber er tut es nicht. Noch nicht.

Ich habe mich gefragt, ob sie solche Gespräche auch über mich geführt haben, ob meine Familie sich Gedanken machen musste, wann sie die Ernährungssonde entfernen und das Beatmungsgerät abschalten lassen würden. Ob auch sie im Flur mit Ärzten und Schwestern geflüstert haben, die ihnen auf den Rücken klopften und sie mit erschöpften resignierten Mienen ansahen. Und nicht zum ersten Mal spüre ich die Schwere, die Schwere der vergangenen und versäumten Zeit, genau wie die Strömung eines Flusses. Die Zeit ist die Krankheit. Sie hat sich in mir ausgebreitet, wie sie sich in Jasmine ausbreitet, nur dass sie Jasmine dabei zersetzt.

Joe und ich haben nicht geredet, weder im Fahrstuhl, noch als er mir beim Einsteigen in seinen armeegrünen Pick-up-Truck die Tür aufhielt, oder als er um den Wagen herumkam, um mir beim Aussteigen wieder die Tür aufzuhalten, nachdem er wie ein Superheld rückwärts in einen Mini-Parkplatz eingeparkt hatte.

Das Schweigen kommt nicht nur von ihm, sondern auch von mir. Weil während der Fahrt andere flimmernde, flirtende Gedanken aufgetaucht sind. Ich will nicht, dass er mich noch einmal ermahnt, und wenn ich den Mund aufmachte, würde ich regenbogenbunte Schmetterlingskotze erbrechen, und dann würde er sich nie wieder mit mir treffen wollen.

Das will ich vermeiden. Das will ich auf jeden Fall vermeiden. Ich weiß nicht, warum, aber Joe ist für mich das einzig Echte in einer Welt aus Papier.

Also sage ich nicht:

Warum hast du mir Blumen nach Hause gebracht?

Hast du mich vermisst?

Hast du meine Mutter kennengelernt?

Hat sie dir Trinkgeld gegeben?

Wir schweigen, bis wir im Haus sind, weil beim kleinsten Ton einer von uns die Flucht ergreifen würde.

»Wir stehen hier und starren uns total verkrampft an«, sage ich.

»Anscheinend sagst du gerne peinlich Sachen.«

»Ach, es könnte viel schlimmer sein. Was ich in peinlichen Situationen sage, ist das am wenigsten Peinliche von dem, was mir durch den Kopf geht.«

»Gut, dass wir darüber geredet haben.« Er zieht die Jacke

aus, hängt sie an den Haken, dann nimmt er meine Jacke. »Das mit dem verkrampften Anstarren, meine ich.«

Von allem, was er sagt, werde ich rot. Igitt.

»Joseph!« Die Frauenstimme ist lauter als nötig, und wir zucken beide zusammen.

»Hi, Norma!«, schreit er zurück, während er die Schuhe auszieht. »Wärst du so nett?« Er zeigt auf meine Füße. »Sie spinnt ein bisschen wegen der Fußböden.«

Wie meine Mutter. Sie hat sogar einen Korb mit dicken Socken an der Tür, falls Gäste kalte Füße kriegen. Aber das erzähle ich ihm nicht. Ich ziehe die Chucks aus.

Der Eingang ist zugestellt, mit Kisten und Tüten voller Kleider und Samen. In einer Ecke steht ein Stapel Gartenzeitschriften. *Pfingstrosige Zeiten*, lautet die Schlagzeile. Der Frühling kommt. Im Garten meiner Mutter. Bald blüht alles.

An der Decke sieht man die Balken, die stellenweise morsch wirken.

»In zwanzig Minuten gibt es Essen.« Die Stimme gehört zu der Blumenverkäuferin aus dem Krankenhausfoyer. Norma ist die Frau mit dem rosa gefärbten Stahlwollehaar, das wohl rot werden sollte. Ovaler Kopf, olivfarbene Haut, schmale Lippen, Flanellhemd, das wie Joes aussieht, und weite Khakihosen. Die weißen Söckchen haben Bommeln an der Ferse. Sie hat eine Packung Taschentücher in der Hand und eine rote, wunde Nase, aber ihre Augen sind auffällig schön, genau in der Farbe meiner Jade-Ohrringe.

»Ich hab schon gegessen«, sagt Joe, »aber ich habe immer noch Hunger.«

»Hallo«, sage ich. »Ich bin Eden.«

Ich halte ihr die Hand hin. Sie starrt sie so lange an, bis ich sie wieder sinken lasse, aber dann rettet sie mich auf halber Höhe und schüttelt meine Hand so fest, dass ich mich schwach und machtlos fühle.

»Habt ihr die Schuhe ausgezogen?« Sie zieht ein Päckchen Zigaretten und ein gelbes Feuerzeug aus der Brusttasche und schiebt sich eine Kippe in den Mund. Ein kalter Luftzug kommt herein, als sie hinausgeht und unterwegs in ein paar Arbeiterstiefel schlüpft. »Dann ist gut.«

In der Küche nimmt Joe die Deckel von den Töpfen und schnuppert. In einem Topf brodelt leuchtend gelber Reis mit Erbsen und Zimtstangen, im anderen eine Art gelbes Curry. In der Wohnung ist es so heiß wie in einem Ofen, und Joe zieht sich den Pullover aus, dann steht er vor mir und starrt mich an wie ein Tier im Zoo. Ich versuche, seinem Blick standzuhalten, aber meine Augen wollen überall gleichzeitig hin.

Mein Telefon klingelt, das SOS-Klingeln, das ich Mom, Dad, Digby und Lucille zugewiesen habe. Mom macht wahrscheinlich auch gerade Abendessen. Sie wird sich fragen, wo ich bleibe. Sie weiß gern Bescheid, wo jeder ist, wo sich ihre Schäfchen tummeln. Auch Digby wird sich Sorgen machen. Ich schalte mein Telefon auf Flugzeugmodus, damit ich die Nachrichten nicht ignorieren muss, die auf dem Display erscheinen. Ich will sie nicht sehen. Ich will nicht an meine Freunde, Familie und ihre Gefühle denken müssen. Nicht jetzt.

»Normas Mutter kam aus Indien«, sagt Joe. »Aditi hat bei uns gewohnt, bis sie letztes Jahr gestorben ist. Sie sagte immer, es war eine große Sache für Norma, als sie als Kind lernte, ein richtiges Punjabi-Gericht zu kochen. Aber das hier ist Kitchari. Das macht sie, wenn sie erkältet ist. Die Hauptzutaten sind Reis und Bohnen.«

Die Wohnung ist winzig. Für einen allein wäre sie perfekt, für zwei vielleicht, aber vier? »Wie habt ihr alle zusammen hier reingepasst?«

»Es gibt drei Schlafzimmer.« Er sieht sich um. »Viel Platz haben wir nicht, oder?«

»So war das nicht gemeint.« Ich meinte nur, im Vergleich mit unserem Haus … Mein Blick wandert über die Elefanten, die bunten Kissen auf dem Sofa, die Bilder an der Wand und natürlich die Blumen. »Norma ist kein indischer Name, oder?«

»Ihr Vater war Italiener.«

»Und du?«

Er zuckt die Schultern. »Ich bin eine Promenadenmischung.«

»Interessanter als ich. Bei mir kommen alle aus Irland.« Ich zeige auf meine roten Haare.

»Wie meine Mutter«, sagt er. »Ihre Familie stammte auch aus Irland. Rote Haare. Aber ohne die Sommersprossen.«

»Die nennt meine Mutter Tagwandler. Wie Vampire, die die Sonne vertragen«, erkläre ich. »Muss schön sein. Ich habe so viele Sommersprossen, sie zerfließen praktisch zu einem riesigen Fleck. Mein Bruder hat bessere … ordentlichere.«

»Ich liebe Sommersprossen«, sagt Joe. »Und deine … sind schön.«

Meine Körpertemperatur steigt rapide.

»Freckles«, sagt er. »Das ist ein guter Spitzname für dich.«

»Bitte nicht«, sage ich.

»Doch, das passt.«

Als ich mich umsehe, entdecke ich Fotos eines freundlich aussehenden dunkelhaarigen Manns. Er hat eine dicke Nase und eine Halbglatze, aber ansonsten sieht er aus wie eine kräftigere Version von Joe. Und ich sehe Norma als junge, erwachsene und ältere Frau und eine ältere Dame mit langem weißem Haar.

»Wo ist deine Mom?«, frage ich.

Joe zuckt die Schultern.

Ich nehme den Deckel vom Topf und inhaliere den Duft.

»Tut sie Sahne rein?«, frage ich.

Er zuckt wieder die Schulter. »Brühe, glaube ich.«

Plötzlich prescht eine getigerte Katze durchs Zimmer, dicht gefolgt von einer bunten. »Romeo! Kali! Hört auf!«, schimpft Joe, als sie beide in die Vorhänge springen und daran herunterrutschen. »Sie verwüsten die Wohnung, als würden sie dafür bezahlt.«

»Joe«, sage ich, diesmal nachdrücklicher. »Wo ist deine Mutter?«

»Sie ist tot«, antwortet er schlicht, ohne aufzusehen, während er in den Töpfen rührt.

Der Holzlöffel beschreibt monotone Kreise.

»Sie ist an Eierstockkrebs gestorben«, sagt er, »als ich acht war.«

»Joe.« Ich nehme seine Hand. Halte sie fest. Alles, was mir einfällt, hört sich an wie eine vorgedruckte Karte.

»Erst war sie im Krankenhaus, aber dann haben sie sie nach

Hause geschickt«, sagt er. »Zum Sterben. Wir waren die letzten Tage zusammen.«

»Ja«, sage ich, weil ich sonst nichts sagen kann.

»Ja«, sagt er. »Das war nicht so gut.«

»Tut mir sehr leid.«

»Es gibt viele Arten zu sterben.« Er zieht die Hand weg, tritt einen Schritt zurück. »Und da, wo ich arbeite, lerne ich jeden Tag neue kennen. Im Foyer wirkt es so nett mit dem Blumenstand und dem Geschenkladen. Aber das ist alles Lüge. Es ist ein Haus des Todes. Und dass ich dort arbeite, ist ein kosmischer Witz.«

Es gibt mehr Dinge im Himmel und auf Erden,

Als Eure Schulweisheit sich träumt, Horatio.

Shakespeare.

Ich kann es nicht laut sagen.

Ich gehe zum Fenster, möchte raussehen, etwas anderes sehen als dieses bunte, vollgestopfte Wohnzimmer, das um uns zu schrumpfen scheint wie ein rosa Mund, der sich schließt, um uns zu verschlucken.

»Hat Jasmine da drüben gearbeitet?« Joe hat erwähnt, dass sie nebenan gekellnert hat, und ich zeige auf die Rückseite des Restaurants, das er wahrscheinlich meinte. Auf dem Hof sind Mülltonnen voller Plastik und Metall, der Fettabscheider, herumfliegende Zettel. Joe steht hinter mir, so nah, dass ich, wenn ich mich nur ein bisschen zurücklehnte, seine Brust eindrücken würde.

»Ja. Manchmal kam sie in der Pause rüber, um mit Norma zu rauchen oder ein paar Minuten fernzusehen.«

Er nimmt meine Hand, zeigt damit in eine andere Richtung. »Und da.« Unten im Hof. »Das ist das Gewächshaus. Wo wir die Blumen ziehen. Viele Blumenläden bestellen ihre Ware beim Großhändler, aber Norma züchtet so viel wie möglich selbst. Wir leisten alle unseren Beitrag, schätze ich.«

Ich frage mich, was Mom sagen würde, wenn ich zu Crazy Cakes käme und für sie arbeiten wollte, oder Dad, wenn ich vorschlagen würde, Telefondienst zu machen oder seine Entwürfe zu sortieren. Wahrscheinlich würden sie schreien oder in Ohnmacht fallen. Für so was hatte ich nie Zeit. Ich war zu beschäftigt. Wie Digby auch, mit Basketball oder irgendeinem Mädchen. Wir hatten nie Zeit.

Ich drehe mich zu Joe, und wir stehen sehr, sehr nah voreinander. Ich müsste mich nicht mal bewegen, um die Lücke zu schließen. Eine der Katzen drängt sich zwischen unseren Beinen durch. Ich sehe nicht nach, welche es ist, bis Joe einen Schritt zurückgeht und einen Golfball in die Hand nimmt, der auf der Arbeitsplatte liegt.

»Du spielst Golf?«, frage ich.

»Nein, aber mein Vater hätte es gern.«

Er lässt den Ball von einer Hand in die andere fallen. Seine Schulter berührt meine. Schwarze Blüten reiben an seiner Haut, die brennt. Sie sind echt. Glaube ich.

Er wirft den Ball hoch und fängt ihn wieder auf.

»Was denkst du?«, fragt er. »Wie lautet dein Urteil? Wärst du besser dran, wenn du tot wärst?«

»Fangfrage«, sage ich.

»Nein. Ich will es wissen.«

»Ich hatte keine Wahl«, gebe ich zurück. »Ich habe es überlebt, dieses Mal. Es ist einfach so passiert.«

»Aber jetzt hast du die Wahl.« Er spielt weiter mit dem Ball. »Die haben wir alle, oder? Du könntest dich aufhängen, Tabletten nehmen, vom Hochhaus springen. Es gibt viele Arten zu sterben.«

Beim Nachdenken darüber strömt das Blut aus meinen Gliedmaßen und sammelt sich an der Stelle unter meiner Kehle. Hätte Marlene Gat mich gefragt, ob ich lieber tot wäre, ich hätte ihr wahrscheinlich die Emo-Antwort gegeben. Aber jetzt habe ich das Gefühl, etwas verteidigen zu müssen.

»Von Tabletten wird mir schlecht, die würde ich nicht unten behalten«, sage ich. »Hochhäuser gibt es hier nicht, ich würde mir höchstens den Arm brechen. Und beim Erhängen macht man sich in die Hose, habe ich gehört. Aber danke für die Tipps.«

»Du weißt, was ich meine.«

»Ja, ich weiß, was du meinst, und ich weiß nicht, warum ich hier bin«, antworte ich. »Lebendig. Es ist einfach so.«

»Okay«, sagt er. »Und jetzt? Wie kommen wir zu Jasmine?«

»Kann ich dich was fragen?«

»Klar.«

»Warum willst du zu ihr?«

Er legt den Golfball hin und streicht mir eine Strähne hinters Ohr. »Weil sie zurückkommen muss. Ich brauche sie. Ich brauche jemanden, der überlebt.«

»Und was ist, wenn sie nicht zurückkommt? Ich meine, wenn es nicht funktioniert? Wenn nichts funktioniert?«

Er hält inne und denkt konzentriert nach.

»Dann ist die Welt nichts als Schmerz.« Kurz denke ich, er würde den Golfball gegen die Wand schleudern, aber er wirft ihn nur hoch und fängt ihn wieder auf. »Du hast mich mal gefragt, ob sie meine Freundin ist. Ich konnte nicht antworten, weil, auch wenn sie nicht meine *Freundin* ist, sie ist mein Lebensmensch. Verstehst du das?«

Ich nicke, und im gleichen Moment kommt mir der schlimmste, egoistischste Gedanke, den ich je hatte. *Und was ist mit mir? Ich habe überlebt. Ich könnte auch dein Lebensmensch sein.* Ich koche vor Eifersucht und hasse mich selbst dafür.

»Und?«, fragt er. »Irgendwelche tollen Ideen, wie wir sie erreichen können?«

»Ich weiß nicht«, antworte ich. »Ich wünschte, für so was gäbe es ein Telefon. Oder eine App. Habt ihr vielleicht irgendwelche Schränke mit Hintertür? Falltüren unter dem Bett?« Bevor er sauer werden kann, sage ich: »Ich weiß, ich weiß. Das ist kein Spaß.«

»Was ist mit einer Séance, wie du gesagt hast?«

Ich suche nach Zeichen, ob das ein Witz ist, finde aber keine. Alles in allem scheint er einigermaßen solide zu sein, wenn auch ein bisschen düster drauf. Er wirkt eher wie jemand, der über alles Esoterische die Nase rümpft, nicht, als würde er freiwillig das Ouija-Brett rausholen. Offensichtlich ist er sehr verzweifelt. Ich sehe es am Zucken seiner Hand, der Anspannung um seinen Mund. Für seine Freundin würde er alles tun. Für Jaz.

»Wir brauchen eine Hexe«, erkläre ich. »Oder keine Hexe.

Aber jemanden, mit dem wir reden können. Eine Hellseherin oder so, die keine Hochstaplerin ist. Keine Ahnung, wo man so jemanden findet.«

New Orleans, habe ich gehört, aber das ist weit weg.

Joes Blick wird noch intensiver. »Ich kenne vielleicht eine Hexe.«

»Im Ernst?«, frage ich.

»Ich weiß nicht.« Er füllt zwei Schalen mit dem köstlich duftenden Reisgericht. Eine reicht er mir mit einem Löffel.

»Ist Norma nicht sauer, wenn wir ohne sie essen?«

»Nein«, sagt Joe. »So was ist ihr egal. Außerdem habe ich Hunger.«

Wir kosten beide und seufzen. Es schmeckt so gut.

»Also«, sage ich nach einer Weile. »Du hast irgendwas Verrücktes von einer Hexe gesagt.«

Er wird rot.

»Als ich klein war, hat sie für die Leute aus der Nachbarschaft Liebestränke gemischt und solches Zeug. Und bei den Paisanos hat sie einen Poltergeist ausgetrieben.«

»Echt? Einen Poltergeist?«

Joe grinst. »Ich weiß, es klingt verrückt, aber ich kann mich erinnern, wie alle Türen gleichzeitig knallten, nachdem sie irgendwas in einer fremden Sprache gemurmelt hatte. Über brennenden Kerzen. Vielleicht war es ein Trick, aber ich wüsste nicht, warum sie so was tun sollte. Sie selbst glaubt auf jeden Fall daran. Sie ist echt cool, und sie hat Bücher ... Du müsstest es sehen ... *sie* sehen, um es zu verstehen.«

»Sie wohnt nebenan.« Anscheinend hat Norma uns schon

eine Weile zugehört. »Worauf wartet ihr? Jaz im Krankenhaus ist für keinen gut.« Sie scheucht uns mit einer Handbewegung raus. »Joseph, geht zu Gigi und redet mit ihr. Jetzt gleich.«

Gigi hat mit Koma nichts am Hut.

»Meinst du nicht, wenn ich diese schwarzen Kräfte hätte, von denen du träumst, hätte ich es längst getan? Wenn ich sie wecken könnte? Denkst du, ich würde eine Sekunde zögern?«

Gigi sitzt in der Küche und spricht mit rauer Stimme und starkem Akzent, nachdem sie uns ein paar Minuten beobachtet hat wie Käfer unter der Lupe. Sie war gerade beim Essen, eine schlichte Mahlzeit aus Brot und gedünstetem Gemüse, und hat dabei auf einem riesigen Smartphone, das sie jetzt zur Seite gelegt hat, eine Art Bauernhofspiel gespielt.

Die Wohnung ist voll von Eulen. Eulen auf Kissen, auf Wänden, als Salzstreuer, auf ihrer Schürze, den Tellern, dem Kaffeebecher. Es gibt Plüscheulen, geschnitzte Holzeulen, das Bild einer Eule, die durch eine Glasscheibe fliegt.

Auf dem Weg hat Joe erzählt, dass er Jasmine über Gigi kennengelernt hat. Gigi war Köchin in dem Restaurant, wo Jasmine als Hilfskellnerin gejobbt hat, seit sie zwölf war, aber irgendwann wurde Gigi gefeuert, weil sie sich weigerte, in Rente zu gehen, dabei war sie schon ungefähr eine Million Jahre alt. Darüber ärgert sich Gigi noch heute. Außerdem ist sie Normas beste Freundin, wenn sie nicht gerade streiten, was sie ständig tun. Im Moment zum Beispiel. Joe sagt, sie haben sich wegen der Lottozahlen gezankt und seit einem Monat kein Wort mehr gewechselt.

Gigi trägt das Haar im kompliziertesten Knoten der Welt. Sie hat schwarze Dreadlocks, die ihr offen mindestens bis zur Hüfte reichen müssen. In voller Größe misst sie vielleicht einen Meter fünfzig. Ihr Akzent klingt Französisch, aber Joe hat mir erklärt, dass sie wegen des französischen Anteils ein bisschen empfindlich ist, denn sie ist Kreolin und kommt von Martinique, einer Insel in der französischen Karibik, wo Zuckerrohr und Kokosnüsse angebaut werden. Und Rum. In Martinique trinkt man gerne Rum.

Nachdem Gigi uns verkündet hat, dass sie uns nicht helfen kann, nicht mal, wenn es um Jasmine geht, besiegelt sie ihre Worte, indem sie einen Zuckerwürfel in ein Schnapsglas wirft, Rum darüberkippt. Dann gibt sie Sprudelwasser dazu, drückt frische Zitrone hinein und bedeckt das Ganze mit einer rotweißkarierten Serviette, die sie aus dem »Scheißrestaurant gegenüber« geklaut hat. Sie schiebt das Glas zu mir, stemmt die Hände in die Hüften und starrt mich erwartungsvoll an. Anscheinend soll der Drink eine Art Trost sein oder vielleicht eine Prüfung, denke ich, also trinke ich.

Es schmeckt köstlich, wie süßes Feuer.

Das nächste Glas ist für Joe.

»Nein«, er winkt ab. »Nein danke.«

Also stürzt sie den Rum selbst herunter.

Ich stelle mir vor, wir verschwinden in einem Wandschrank voller ausgestopfter Tiere und werden nie wieder gesehen. Ich frage mich, wie ich ausgestopft aussehe. Ich frage mich auch, wie es in Jasmines Zimmer aussieht, das am Ende des Flurs ist. Ich sehe keine Fotos von ihr, keine Hinweise darauf, dass sie auch hier wohnt, und obwohl ich neugierig bin und hoffe, dass Joe mir ihr Zimmer zeigt, wage ich nicht zu fragen.

»Den Ort, an dem Jasmine ist«, sagt Gigi, »könnt ihr euch so vorstellen: Ihr geht mit dem Ende einer Schnur in der Hand durch einen Gang. Wenn jemand anders an der Schnur zieht, spürt ihr das, auch wenn er woanders ist und ihr nicht wisst, wo die Störung herkommt.«

Ich sehe Jasmine vor mir, in weiße Gaze gehüllt. Sie strahlt. Sie hält eine leuchtend weiße Schnur in der Hand.

»Es ist einfacher, als ihr denkt«, sagt Gigi, »und komplizierter. Aber wir können diesen Ort von hier nicht erreichen, nicht mal diejenigen von uns, die Interesse an solchen Dingen haben.«

Außerdem trägt kein Mensch Gaze, erst recht nicht Vasquez.

Was mir heute Morgen wichtig war: Lucille, Digby, mein eigenes Chaos, College-Bewerbungen, Tanzen, meine Beine, mein Humpeln, meine wunde Kehle. Jetzt bin ich plötzlich in einem Land, wo es Curry gibt und extrem attraktive Jungs und Schnüre in außerirdischen Gängen.

»Gigi, legst du die Karten noch?«, fragt Joe.

Sie atmet durch die Zähne aus und zaubert einen Stapel ganz normaler Spielkarten aus ihrer Schürze. Die Karten sind alt und abgegriffen, manche haben sogar Risse.

»Chéri«, sagt sie, »natürlich.«

»Würdest du eine Karte für Jasmine aufdecken? Vielleicht

gibt sie mir einen Hinweis, was ich machen soll«, sagt Joe, und einen Moment bin ich vor Mitleid wie gelähmt. Joe ist wirklich bereit, alles zu versuchen, an alles zu glauben. Er ist anders, als ich ihn mir vorgestellt hatte. Er ist besser. Wieder ist der Zeitpunkt denkbar schlecht, aber ich würde ihn am liebsten an die Wand drücken und sehr fest küssen. Irgendwas tickt bei mir nicht richtig.

Wart's ab ...

Reggies Stimme.

Nein, Reggie. Jetzt nicht. Nicht jetzt. Ein andermal?

Joe, hör sofort auf, so entzückend zu sein.

Gigi holt den Teller mit den Karotten und stellt ihn auf den kleinen Esstisch.

»Meiner Erfahrung nach«, sagt sie, »stellt das Universum lieber Fragen, als sie zu beantworten. Aber mach ruhig. Such dir eine aus.« Mit knotiger Hand zeigt sie auf die Karten, die sie mischt und verdeckt auffächert. »Na los. Zieh eine.«

Joes Finger schweben über den Karten, und Gigi lächelt ihn an. Die riesige Brille rutscht ihre Nase hinunter. Er nimmt eine Karte. Herz neun.

Gigi strahlt.

»Was bedeutet das?«, fragt er.

»Das bedeutet«, sagt sie, »du solltest deine Freundin zum Essen ausführen.«

Joe rutscht herum, als wäre sein Stuhl geschmolzen.

»Gigi«, sagt er mit neuer Konzentration. »Kannst du bitte, bitte versuchen zu sehen, ob es etwas gibt, das Jasmine helfen könnte? Irgendwas?«

Sie schürzt die Lippen, und ihre Finger huschen über den Tisch.

»Bitte«, sagt er. »Du bist außer mir der einzige Mensch, den sie hat. Du musst es tun. Selbst wenn es nicht klappt.«

»Sag mir«, erwidert Gigi, »warum denkst du nur an die Sterbenden, wenn jemand Lebendiges neben dir sitzt?«

Sie zeigt auf mich.

»Dann eben nicht«, sagt er. »Ich dachte, dir liegt auch was an Jaz, wenigstens ein bisschen.« Er steht auf, nickt in meine Richtung. »Sie kann Jaz nicht ersetzen. Oder glaubst du das? Das ist doch krank, außerdem kenne ich sie kaum.«

Ähem. Ich bin auch noch hier.

»Das eine hat mit dem anderen nichts zu tun«, gibt Gigi zurück. »Jasmine ist das Kind, das ich großgezogen habe. Natürlich liegt mir an ihr. Aber wir sterben alle. Und du willst ...« Sie blickt nach oben, als würde sie das Wort, das sie sucht, in der Luft finden. »Du willst meine Liebe gegen die Gesetze des Universums stellen. Das willst du.«

»Was soll das heißen?«

»Das heißt, ich denke über diese ganze Geschichte nach, und ich entscheide, was der richtige Ansatz ist. Ohne dich und deine Streitlust.« Sie zwickt ihn in die Wange. »Ich weiß, du meinst es gut, Joseph, aber wenn ich Verbindung mit ihr aufnehmen soll, wenn ich es versuchen soll, dann brauche ich Zeit. Und das heißt, ihr müsst gehen.«

»Na gut«, sagt Joe. »Aber ... es geht hier um Jasmine. Vergiss das nicht.«

»Non, puce«, sagt sie. *»Bien sûr que non.«*

Ich wünschte, ich könnte ihn trösten, könnte ihm sagen, wenn man keinen Körper mehr hat, fühlt es sich an, als hätte man sein Leben lang ein Korsett getragen, und nun ist man es endlich los. Aber Joe wünscht sich nicht, dass sie frei ist. Er wünscht sich, dass sie hier ist.

»Sie hat nicht mehr viel Zeit«, sagt er. »Nein, *ich* habe nicht mehr viel Zeit.«

»Joseph«, sagt Gigi.

»Wenn wir etwas tun können …«, sagt Joe und seufzt.

»Trauernde Könige würden ein Königreich geben für fünf Minuten mit ihrer Liebsten«, sagt sie. »Ich bin kein Gott. Ich bin eine alte Frau, die mit Kräutern und Karten spielt. Wie kommst du darauf, dass irgendwas da draußen ist, das die Macht hat, ihr zu helfen, und falls es so ist, wieso sollte es auf mich hören?« Sie schenkt sich noch ein Glas Rum ein und trinkt.

»Wir müssen es versuchen«, fleht Joe. »Es schadet doch niemandem.«

Auf einmal liegt meine Hand auf Joes Hand, und ich halte ihn fest.

Sie sieht uns an, sticht nach einer Möhre, doch als ihre Lippen sie berührt haben, lässt sie die Gabel sinken.

»Na schön! Also gut!«, seufzt sie. »Aber ich sage euch eins, als Kind auf der Insel habe ich Zombies gesehen, und ich sage euch, wenn es um Leben und Tod geht, muss man sehr vorsichtig sein. Ich tue das gegen meinen Willen, nur für euch kleine Monster. Du kannst froh sein, dass du so entzückend bist, Joseph.«

Entzückend. Genau was ich denke. Gigi gefällt mir immer besser.

Sie reibt sich die Hände, als würde sie sie von aller Schuld reinwaschen.

Joe und ich sitzen mit ineinandergeflochtenen Fingern am Tisch. Er drückt so fest zu, dass ich in seinem Gesicht nachsehe, was los ist. Intensität, das ist los. Seine Wangen glühen.

»Ich schaue, was sie mir zeigt.« Gigi schließt die Augen. »Wenn sie mir überhaupt etwas zeigt.«

Joes Handfläche wird feucht, oder vielleicht ist es meine. Ich sehne mich nach Wasser. Draußen fahren Autos vorbei, jemand ruft etwas auf Italienisch. Ein Hund bellt. Über allem liegt das Rauschen unseres Atems. Meiner, Joes, Gigis. So laut und konzentriert, dass ich es im ganzen Körper spüre. Hinter meinen Lidern wachsen Blüten. Weiße. Schwarze. Sie drehen sich im Kreis.

Gigi atmet aus, und als ich die Augen öffne, starrt sie mich an. Sie schiebt sich die Brille hoch.

»Ich habe Jasmine gefunden«, sagt sie.

»Wirklich?« Joe lässt meine Hand los. Er hinterlässt Abdrücke.

»Sie weiß nicht, was passiert«, sagt Gigi. »Sie ist verwirrt. Sie ist auf der Schwelle. Wisst ihr, was ich meine?«

»Dazwischen«, sage ich.

»Sie ist zwischen den Welten.« Gigi nickt. »An keinem Ort. Aber ich habe noch jemanden dort gesehen. Sie war nicht allein.«

»Wen?«, fragt Joe. Wahrscheinlich hofft er, Gigi hätte seine Mutter gesehen, und er wünscht sich die fünf Minuten, die ein Königreich wert sind.

»Ich habe dich gesehen.«

Sie starrt mich an, und ich bin so überrascht, als hätte ich eine Ohrfeige bekommen.

»Eden?« Joes Stimme ist ängstlich, vorwurfsvoll.

»Jasmine weiß nicht, dass sie dort ist, und du weißt auch nicht, dass du dort bist.«

Meine Haut zieht sich wie Schrumpffolie um meinen Körper.

»Du bist die Einzige, mit der sie reden kann«, sagt Gigi.

»Ich?«, fragte ich. »Warum ich?«

»Weil du dort bist. Du bist die Einzige.« Sie bohrt ihre Fingerspitze in meine Brust. »Du.«

Eigentlich müsste ich ausflippen.

Aber ich tue es nicht. Die Nacht ist fast vorbei, und ich sitze in Digbys Pick-up, das Biest genannt, in der Einfahrt und mache mir Notizen. Ich schreibe in das rote Heft. Weil mir Dinge eingefallen sind, die ich an der Welt mag, und ich möchte mir merken, was und wie sehr.

Einige Beispiele:

- Elefanten
- Eulen
- Fenster
- Spielkarten, die keine Spielkarten sind
- Rätsel

Dann mache ich noch eine Spalte. Für Dinge, die ich früher mochte.

- Tanzen (die Aussicht auf Ruhm)
- College (in der Theorie)
- zu Hause wohnen (weil ich nichts anderes kannte)

Ich stecke das Heft in die Tasche, in meinem Kopf summt immer noch Joe.

Nach dem, was Gigi gesagt hat – dass ich bei Jasmine sei,

an dem Ort, an den ich mich erinnere –, war ich so durcheinander, dass Joe mich direkt zum Krankenhausparkplatz gefahren hat, wo Digbys Truck stand. Dann saßen wir in Joes Auto und haben uns unterhalten, bis ich wieder fahren konnte. Und plötzlich waren alle schlechten Gefühle weg, und alles war schön, und Joe hat von sich erzählt.

- Joe mag Fantasy wie die Romane von Piers Anthony, mit Zentauren und sexy Cyborgs.
- Er mag Country-Musik und Meeresfrüchte und Erde an den Fingern, aber nicht unter den Fingernägeln, weswegen er immer ein Taschenmesser dabeihat, um sie sauberzumachen.
- Er mag die Schule nicht, mochte sie nie, aber er hat sich trotzdem an ein paar Colleges beworben, weil sein Dad darauf bestanden hat.
- Er mag nicht, dass er keine Freunde hat, dass er andere Interessen hat als alle anderen. Karriere, Geld, eine Familie gründen – nichts davon bedeutet ihm etwas.
- Er will die Wunder der Erde bestaunen und lernen, aus dem Rucksack zu leben, damit er frei ist, jederzeit überall hinzugehen. Er will um die Welt reisen, will sehen, was da draußen ist.
- Er wäre gern Astronaut geworden, aber das geht nicht, weil er nicht gut genug in Mathe ist, aber er glaubt, das All ist der coolste Ort der Welt, wegen der Stille, der Sterne, viel weniger Schwerkraft.

Das ist eine Liste, eine gute Liste.

Er hat mir von dem Teleskop erzählt, dass gerade gebaut wird, mit dem man so viel mehr vom Weltall sehen kann, dass dagegen alles, was wir bis jetzt gesehen haben, zweidimensional und schwarzweiß wirken wird.

Irgendwann erzählte auch ich. Wie sich das Tanzen angefühlt hat, wie ich, seit ich denken kann, davon träumte zu fliegen, von meinem ersten Pas de Deux, als Leo Antonopoulis mich hoch über seinem Kopf trug und mein Traum wahr wurde, und von dem Gefühl, zu etwas Wichtigem zurückzukehren, nicht, als wäre es das erste Mal. Aber auch, dass ich beim Ballett nie richtige Freunde fand, weil ich so besessen vom Tanzen war, dass die Leute mich, glaube ich, für eine eingebildete Zicke gehalten haben.

»Bist du das?«, fragte er.

»Nein!« Ich erinnerte mich an die Einladungen zu Geburtstagsfeiern und später zu Partys, und wie ich nicht im Traum daran dachte hinzugehen. »Jedenfalls nicht mit Absicht«, sagte ich zu Joe. »Ich habe Freunde …« Ich zögerte. »Aber nur drei.« Das klang schrecklich. »Das Ballett war mir wichtig«, versuchte ich es noch mal, weil ich wollte, dass er mich verstand. Ich sah Joe an, im Sternenlicht. »Ich schätze, manchmal war ich nicht sehr nett, auch wenn es nie so gemeint war. Irgendwie muss man hart sein, sonst wird man nur ausgenutzt.«

»Ja, klar. Verstehe.«

»Fressen oder gefressen werden. Es fängt auf dem Spielplatz an, beim Streit um die beste Schaukel oder wer zuerst aufs Klettergerüst darf, und von da immer weiter.«

»Ja«, sagte er. »Ich habe in der Schule *Herr der Fliegen* gelesen. Das meinst du, oder?«

»Genau. Ich wollte niemanden fressen, aber vor allem wollte ich nicht gefressen werden.«

»Ach, so läuft es sogar in der Villa auf dem Hügel«, bemerkte er. »Und ich dachte immer, bei euch wäre alles eitel Freud und Sonnenschein mit euren Rasensprengern und schicken Küchengeräten.«

»Nein. Die Leute sind überall gleich«, sagte ich. »So ist das Leben.«

»Du warst also lieber für dich, wie jetzt, mit der Kapuze über dem Kopf?«

Ich zog die Kapuze runter.

»Ich will die Leute nicht mit meinen Narben erschrecken.«

Er strich mit dem Finger über die kahlen Stellen und lächelte. »So weich. Wie Entendaunen.«

»Und die.« Ich zog den Schal weg, ganz langsam, entblößte die gezackte Narbe an meinem Hals, wie von einer Säge. Ich sprach das Wort *hässlich* nicht aus, aber ich dachte es.

»Tut es noch weh?«, fragte er.

»Nur meiner Eitelkeit.« Ich ärgerte mich über die Tränen, die mir in die Augen schossen. Doofe Gefühle. »Die Kuhle unter dem Hals war meine Lieblingsstelle an meinem Körper. Jetzt ist sie kaputt.«

»Gar nicht«, widersprach er. »Sie ist schön. Verwegen. Als wärst du eine Kriegerin. Als könntest du mich fertigmachen.«

Er zog an meinem Ärmel, bis meine Hand auf seinem Bein lag, dann ließ er sie dort und spielte weiter an meiner Jacke.

Mein Mund war trocken, und ich konnte nicht mehr reden, und er musste ständig den Motor anschalten, damit es warm wurde, und dann kühlte es wieder ab. Am Ende stieg er aus und hielt mir die Tür auf. »Kommst du gut nach Hause, Freckles?«

»Na klar.« Auch wenn mein Adrenalinspiegel wieder in die Höhe schoss, als er die Frage stellte.

»Was Gigi sagt, darfst du nicht so ernst nehmen, weißt du? Sie ist bloß eine verrückte alte Frau. Wahrscheinlich habe ich mir das Türenknallen bei den Paisanos bloß eingebildet. Ich war erst sieben. Und wahrscheinlich hat Mr. Jace sich von ganz allein in Miss Elba verliebt. Ich glaube nicht, dass Gigis Liebestrank was damit zu tun hatte.«

»Danke, das beruhigt mich.«

»Wir müssen nicht weitermachen, wenn du Angst hast.«

»Ich habe keine Angst«, sagte ich, obwohl es nicht stimmte.

»Ich meine nur, ich glaube, ich hab ein bisschen gesponnen, als ich dachte, ich könnte mit Jaz reden, und du könntest mir dabei helfen. Ich will nicht, dass es dir irgendwie schadet oder so. Außerdem ist vielleicht sowieso alles Quatsch.«

»Ja, aber sie hat es gewusst.«

Mehr musste ich nicht sagen. Wir hatten schon darüber gesprochen. Gigi wusste, dass ich auch im Koma gelegen hatte. Sie wusste, dass Jasmine und ich am selben Ort waren. Sie wusste zu viel, um so zu tun, als wäre alles Quatsch, und Joe schwor mir, dass er ihr nichts erzählt hatte.

»Vor ein paar Monaten hätte ich euch beide entweder für blöd oder für verrückt gehalten«, sagte ich.

»Ich bin verrückt«, sagte er. »Sperr mich ein. Ich habe auch schon den Weihnachtsmann gesehen. Ich schwöre, ganz im Ernst, und du weißt, was man über das Gedächtnis sagt …«

»Halt die Klappe und lass mich ausreden.« Ich holte Luft. »*Früher* hätte ich euch für verrückt gehalten. Vorher. Aber jetzt nicht mehr. Ich glaube, du spinnst nicht. Das meine ich. Alles hat sich verändert.«

»So schnell, oder?«, fragte er. »Alles verändert sich so schnell.«

Ich hielt mich an seinem Hemd fest, an den kleinen weißen Knöpfen.

»Joe, ich sehe Dinge«, sagte ich. »Seit ich wieder da bin. Ich habe bis jetzt keinem davon erzählt.«

»Oje.« Das Lächeln rutschte ihm aus dem Gesicht. »Was denn? Geister oder so was?«

»Vielleicht. Ich weiß es nicht. Ich habe das Gefühl, ich bin vielleicht der Geist, als wäre ich die ganze Zeit im freien Fall und würde nie unten ankommen.«

»Wie beim Fallschirmspringen. Es fühlt sich an, als würde man ewig fallen.«

»Bist du schon mal gesprungen?«

»Ja«, sagte er. »Es ist unglaublich. Ein Freund meines Vaters hat eine kleine Firma. Sie fliegen jeden Tag draußen in Rosecrest über den Feldern.«

»Fliegen«, wiederholte ich. Schwerelos sein.

Er strich mir über meine Wange. Schüttelte den Kopf. »Du bist kein Geist, weißt du das? Du bist viel zu warm.«

Mir war warm. Sehr warm.

»Ich muss los.« Ich musste weg von Joe, weil er mich einsaugte.

»Mach's gut.« Er küsste meine Wange, als ich in den Wagen stieg.

»Okay.« Ich kam mir vor wie ein Glühwürmchen.

»Mann«, sagte er. »Tut mir leid.«

»Was?«

»Das war schlechtes Timing. Für einen Kuss.«

»Es war bloß meine Wange.«

»Trotzdem. Lippen auf Haut.«

»Bei dir klingt es so schmutzig. Es war nur die Wange.«

Er beugte sich vor, und dann küsste er mich, nicht auf die Wange, und es kribbelte, kribbelte bis in die Fußspitzen, die zu bitzeln anfingen, als würden sie einschlafen.

»Tut mir leid«, sagte er, ohne die Lippen von meinen zu nehmen. Und genau an der Stelle, in diesem Gespräch, in den Minuten mit Joe auf dem Parkplatz, bin ich wie in einer Endlosschleife stecken geblieben. Immer wieder sagt er zu mir, dass er mich nicht küssen kann. Und tut es trotzdem.

Ich will keine Entschuldigung sein.

Meine Zehen kribbeln immer noch.

Meine Eltern sitzen in der Küche und warten. Am Küchentisch warten sie auf Nachrichten. Schlechte Nachrichten. Sie wissen nicht, was in mir vorgeht, wer ich zurzeit bin. Sie sind beinahe Fremde. Moms Kopf liegt auf dem Tisch, als würde sie schlafen, aber als BC mit wedelndem Schwanz zum Fenster läuft, sieht sie auf.

Habe ich ernsthaft gedacht, sie würden ins Bett gehen, ohne zu wissen, wo ich bin? Nein, habe ich nicht. Ich habe überhaupt nicht gedacht.

»Du hast mein Auto geklaut!«

Ich zwinkere ein paarmal, um meine Familie scharfzustellen, weil sie verschwommen sind, als würden sie gerade in die Küche gebeamt und hätten sich noch nicht vollständig materialisiert. Ich orientiere mich, versuche es zumindest. Unser Haus besteht noch aus den gleichen Zutaten, helles Leder, flauschige Teppiche, Holzböden. Alles neutral. Vor mir steht die gleiche zierliche rothaarige Mutter, der gleiche ausgelaugte Barbie-Ken-Vater. Nur Digby ist kaum zu erkennen, so rotebeterot ist sein Gesicht unter dem karottensalatroten Haar. Meine Eltern stehen hinter ihm, in passenden gestreiften Pyjamas.

»Das Biest steht draußen«, sage ich. »Heil und unversehrt. Keiner hat ihn gestohlen.«

»Es ist *Mitternacht.*«

Ich sinke auf einen Küchenstuhl. Meine Beine tun weh, meine Lider sind schwer.

»Ja«, sage ich. »Kann sein.«

»Ich habe morgen früh um sechs Training.«

»Du hast samstags Training?«

»Ich habe immer Training.«

»Konnte ich doch nicht wissen.«

Er hält mir sein Telefon ins Gesicht. »Siehst du das? Das

Ding heißt Telefon. Damit kann man alles Mögliche machen. Spiele spielen, im Internet surfen und seine verdammten Nachrichten lesen.«

»Komisch, als ich mit Reggie unterwegs war, hast du dich nicht so aufgeregt. Wieso hattet ihr da keine Angst um mich?«

»Weil Reggie Reggie ist. Wir wussten, wo du warst. Und ich brauche mein Auto, Eden. *Mein* Auto.«

»Du hast doch Lucilles. Ich habe es in der Einfahrt gesehen.«

»Na und? Was, wenn es kaputt wäre?«

»Du willst mich nur kontrollieren, und das ist idiotisch«, sage ich. »Du benimmst dich wie ein Vollidiot.«

Es gibt nichts, was Digby mehr hasst, als wenn ich ihn *Idiot* nenne, weil er Komplexe hat, dass man ihn für einen dummen Sportler hält. Es ist unfair, ich weiß, aber das ist mir egal. Ich war den ganzen Abend nicht müde, ich hatte keine Schluckprobleme, und ich bin nicht gehumpelt. Ich habe neue Erfahrungen gesammelt. Neue Gerichte gerochen. Ich habe eine Hexe kennengelernt. Es war toll, und ich bereue nichts.

Digby starrt mich an wie eine Kröte.

Mom stellt sich zwischen uns und hält mir einen Schokoshake hin. »Hast du was gegessen?«, fragt sie. »Du siehst aus, als hättest du Hunger oder niedrigen Blutdruck oder so was.«

Ich reiße mich von Digbys wutentbranntem Blick los und nehme den Shake, weil ich nicht erklären will, wo ich gegessen habe. »Danke, Mom.«

»Als du gefragt hast, ob du das Biest nehmen kannst, sagtest du, du bist nur ein paar Stunden weg. Das ist das Problem, okay? Du warst *acht* Stunden weg. Acht Stunden ist viermal so viel wie ein paar Stunden. Lucille hat sich Sorgen gemacht. Wir haben uns alle Sorgen gemacht.«

»Schon gut. Ich hab's verstanden. Aber ich musste mal eine Weile allein sein.«

»Das ist gefährlich«, gibt er zurück. »Das kannst du einfach nicht machen, solange du noch … *Du* bist die Vollidiotin, nicht ich.«

Digby und ich haben uns noch nie so gestritten. Es liegt an ihm und Lucille. Oder daran, dass ich nicht mehr wie früher sein kann. Egal, was es ist, es gefällt mir nicht. Ich will nicht mit ihm streiten, und gleichzeitig kann ich es nicht verhindern.

»Du bist nicht meine Mutter«, gifte ich.

»Eden.« Mom lehnt sich an Dad.

»Gib mir den Autoschlüssel«, verlangt Digby.

Ich gebe ihn ihm.

»Niemand sagt, dass ich mein Auto mit dir teilen muss.«

»Doch«, mischt sich Dad ein, »du musst. Wir hatten eine Vereinbarung wegen Eden und dem Krankenhaus, Digby. Sie braucht den Wagen, um zur Physiotherapie zu fahren. Wenn sie nach New York zieht, braucht sie kein Auto mehr, deshalb lohnt es sich nicht, jetzt eins anzuschaffen.« Er kommt ins Stottern. »Zumindest noch nicht. Wir müssen abwarten, was passiert. Was sie vorhat.«

Stottern, stammeln, Dad.

Er setzt Wasser auf.

New York.

Colleges.

Vortanzen.

Bewerbungen.

Sag es ruhig laut. Die Wörter sind wie Messer, die mein Leben in feine Streifen schneiden, wie Gemüse.

»Madame hat angerufen«, meldet sich Mom. »Ein paarmal. Sie sagt, sie hat es auf dem Handy versucht, aber du rufst nicht zurück.«

Wenn ich daran denke, Madame zurückzurufen, ist da eine Glasscheibe zwischen mir und dem Telefon. Ich sehe, dass sie versucht, mich zu erreichen, aber ich weiß nicht, wie ich antworten soll, ohne das Glas kaputtzumachen.

»Erinnerst du dich, wie du von zu Hause weggelaufen bist?« Mom hat die Arme über der Brust verschränkt.

»Ich habe schon so oft gesagt, dass es mir leid tut …«

»Das meine ich nicht«, sagt Mom. »Weißt du noch, wohin du damals gegangen bist? Denk mal darüber nach, Eden. Du schuldest ihr wenigstens einen Anruf.«

Aber ich bin ein Wrack. Was könnte Madame von mir wollen, jetzt, wo ich ein kaputtes, nutzloses, vernarbtes Wrack bin?

»Wenn du je wieder meinen Truck willst«, sagt Digby arschig, »darfst du nur zum Krankenhaus und wieder zurückfahren. Und du kriegst keinen Zusammenbruch, suchst tagelang nach dir selbst oder was du auch machst.«

»Ich *darf*?« Ich stehe auf. Ich wünschte, ich hätte hohe Schuhe an und wäre mit ihm auf Augenhöhe, denn eins muss er ein für alle Mal kapieren. »Ich *darf*? Meinst du, das bestimmst du?«

»Ich meine, ich bestimme über mein Auto, ja«, sagt er. »Ich will nicht, dass du damit durch die Gegend fährst. Sieh dich doch an.«

Ich sehe an mir herunter. Graue Jogginghose, schwarzes Oberteil, Chucks. Ich habe überall Hunde- und Katzenhaare und einen Fleck auf der Brust, vom Essen. Was immer Joe in mir gesehen hat, ist wie weggewischt, und übrig sind komplizierte Risse und Beulen. Narbengewebe.

»Du kannst mich mal«, sage ich.

»Ich hoffe, du bist auf Drogen, denn wenn nicht, bist du einfach nur total irre.«

Ich lache, ein wieherndes Hupen, das zum Schluchzen wird und dann wieder zum Lachen.

Der Kessel pfeift.

»Digby, es reicht. In dein Zimmer«, sagt Dad.

Ich stelle den Herd ab.

»Du schickst mich ins Bett? Im Ernst?«

Digby verschränkt die Arme und zieht die Brauen hoch. Früher hat Dad uns ins Zimmer geschickt, wenn einer von uns was angestellt hatte, und plötzlich müssen wir beide lachen. Unsere Eltern waren noch nie so verwirrt.

»Es geht mir gut. Entspannt euch wieder. Wenigstens für heute, okay?« Ich halte den Shake hoch. »Danke, Mom.« Dann sehe ich Digby an. »Keine Angst. Ab Montag fahre ich mit dem Bus. Du kannst dein Auto behalten.«

»Mit dem Bus wohin?«, fragt Digby.

»Ach so. Ich habe beschlossen, wieder zur Schule zu gehen.« Ich habe es in dieser Sekunde beschlossen.

In der Küche wird es still, bis auf BC, der mit klickenden Krallen nervös herumläuft, und Dad, der auf der Suche nach dem Tee die Schranktüren auf- und zumacht.

»Meinst du wirklich, dass du schon so weit bist, Liebes?«, fragt Mom. »Beim letzten Mal …«

»Soll sie es versuchen«, sagt Digby. »Ich nehme dich am Montag mit. Und nach dem Training hole ich dich ab. Kein Problem.« Dann ist er weg.

BC dreht sich im Kreis und setzt sich zu meinen Füßen. Mom versenkt den Teebeutel im Wasser.

»Okay, schlaft gut, Leute«, sage ich. »Und danke für die Sonderausgabe von *Drama bei den Jones'*.«

»Möchtest du darüber reden, wie es dir geht … emotional? Wir sind alle für dich da«, fleht Mom.

Ich will zu einer Pfütze am Boden schmelzen. Ich will loslassen, nicht mehr klammern, aber ich kann nicht. Ich muss mich am letzten Guten dieses Tages festhalten, an der Möglichkeit eines neuen Tags, der genauso fremd und unvertraut, genauso aufregend ist wie der Tag heute. Also klammere ich mich an Jungs mit Augen wie geöltes Holz und Baumteilen fest, und Türen, die auf und zu gehen, mit einer neuen Welt auf der anderen Seite.

»Ich tue mein Bestes«, verspreche ich.

»Kamille«, erklärt Dad. »Das ist die beste Medizin.« Er klopft mir auf die Schulter. »Wir können morgen früh weiterreden, wenn wir alle ausgeschlafen sind.«

»Ich kann's kaum erwarten«, sage ich und meine es nur ein bisschen sarkastisch.

»Eden.« Als ich ein paar Minuten später an seiner Tür vorbeigehe, ist Digbys Stimme sanft wie ein Wiegenlied. »Ich vermisse dich.«

Ich halte Madames Schachtel auf dem Schoß,
als würde sie beißen oder stechen.

Ganz langsam packe ich sie aus.

Mit zwölf wollte ich unbedingt weg von zu Hause. Also beschloss ich, bei Madame einzuziehen, weil es für meine Karriere das Beste wäre. Außerdem mochte ich sie lieber als meine eigene Familie. Madame war unverheiratet, hatte keine Kinder, und sie war selbst mal ein Star gewesen, also kannte sie sich auf der Bühne und in der Branche aus. Ich wusste, wo sie wohnte, und fand, das Haus sah groß genug für uns beide aus. Und falls nicht, würde ich auf dem Sofa schlafen, bis sie etwas anderes fand, ein größeres Haus oder so was. Ich brauchte jemanden für mich allein, jemanden, der mich als ganzen Menschen sah und nicht nur als halben. Madame war perfekt, und sie liebte mich sowieso, also musste ich sie nicht erst für mich gewinnen.

Und dann stand ich mit einem kleinen Koffer vor ihrer Tür, den ich meinem Vater aus dem Schrank geklaut hatte, vollgestopft mit Trikots und Ballettschuhen. Dem Nötigsten.

Interessant, was man herausfindet, wenn man hinter die Fassade blickt. Es ist immer anders als erwartet.

Madame war zwar nicht verheiratet, aber sie war auch nicht Single. Sie hatte eine Lebensgefährtin, die Benita hieß und gerade von der Arbeit kam, als ich montagabends im Frühling bei ihnen einfiel. Ich kannte Benita vom Sehen. Sie war bei jeder Premiere und kam ab und zu in der Ballettschule vorbei, doch ich hatte angenommen, sie sei nur irgendeine Freundin. Ich hatte mir auch nie Gedanken darüber gemacht, was für ein Leben Madame außerhalb der Ballettschule führte. Mir schien, jemand wie sie hätte für einen Partner keinen Platz in ihrem Leben. Ich dachte, Madame tanzte und unterrichtete und schlief, und zwischendurch aß sie etwas. Ende der Geschichte.

Dabei hatte ich mir alles so schön ausgemalt. Wir wären nur füreinander da. Wir würden im Studio arbeiten, nur wir beide, bis sie einen Star aus mir gemacht hätte. Wenn ich Preise gewänne, Stipendien, wenn die Auszeichnungen über uns hereinregnen würden, würde sie mir Blumen bringen und applaudieren. Ich würde auf der Bühne stehen, und unsere Blicke würden sich finden, und sie würde klatschen und vor Rührung weinen. Sie wäre alles für mich, und ich würde ihren heimlichen Wunsch nach einem Kind erfüllen. Es gäbe nur Gewinner.

Warum in aller Welt wollte ich weg von zu Hause?, fragten Benita und Madame. Waren meine Eltern nicht gut zu mir? Hatte ich Angst? Wurde ich vernachlässigt?

Nachdem ich minutenlang nach einer Ausrede suchte, damit sie mich bleiben ließen (innerlich wusste ich, dass die Schlacht verloren war, bevor sie begann), gab ich zu, dass mein Zuhause sicher und sauber war, und meine Eltern waren verlässlich und lieb. Ich hatte einen Bruder. Ich war das Wichtigste in seinem Leben, noch wichtiger als der Ball, den er immer unter dem

Arm hatte. Ich war nie allein, außer wenn ich allein sein wollte. Ich bekam genug zu essen. Niemand hatte mir je ein Haar gekrümmt. Ich hatte noch nie meine Wäsche selbst gewaschen.

Was ich nicht sagte, war, dass ich geflohen war, weil ich mich langweilte. Ich wollte auf eigenen Füßen stehen, und ich wollte im Mittelpunkt stehen. Konfrontiert mit zwei verwirrten braunen Augenpaaren und einer Schüssel Maracuja-Sorbet gestand ich mir ein, dass ich im Grunde ein böser, egoistischer Mensch war.

Benita und Madame hörten mir stundenlang zu, reichten mir, als das Sorbet verputzt war, eine Schale Kirschen und gaben mir einen ernstgemeinten Rat mit auf den Weg. Geh nach Hause und liebe deine Familie. *Deine Familie macht dich zu dem, was du bist,* sagte Benita, *im Guten wie im Bösen. Und wenn du hast, was du hast, dann nimm es an. Menschen, die dich bedingungslos lieben, sind nicht so leicht zu finden.*

Madame rief meine Mutter an, die mich abholte und mir auf dem Heimweg zum ersten und zum letzten Mal erzählte, wie sehr sie sich Kinder gewünscht hatte, aber mehr als alles andere ein kleines Mädchen. Wie meine Eltern es ewig versucht, doch kein Glück gehabt hatten. Die Ärzte hatten mit der Pipette nachgeholfen, dann die Eier ausgesiebt und schließlich im Reagenzglas gerührt. Meine Mutter hatte unzählige schmerzhafte Spritzen ertragen. Sie war dick geworden. Sie hatte im Bett gelegen, gelesen, viel geweint. Und dann endlich wurden ihre Geduld und Mühe belohnt, als die Ärzte verkündeten, sie würde nicht eins, sondern gleich zwei Babys erwarten, und das eine sei tatsächlich ein Mädchen. *Ein Mädchen.* Sie hatte sich so danach gesehnt, dass es ihr beinahe Angst machte. Und falls ich jemals das Gefühl hätte, sie würde Digby bevorzugen, dann nur, weil sie überkompensierte.

Ich sehe Mom vor mir, wie sie im Bett lag, während ich im Dazwischen war, wie sie mit ihrem ganzen Körper trauerte, und erst jetzt kann ich glauben, was sie mir damals vor all den Jahren erzählte.

In Madames Schachtel liegen Spitzenschuhe von Chacott. Die Schuhe, die ich so bewundert habe, als ich mit Madame in New York war, an dem unglückseligen Tag. Rosa, fast weiß, um die Beine optisch zu verlängern. Die allerschönsten, allerelegantesten Spitzenschuhe. Wie Aschenputtels Ballschuhe. Ich habe geahnt, dass Madame vorhatte, mich irgendwann mit einem Paar Chacotts zu belohnen, weil sie mich in New York überredete, sie in die Hand zu nehmen, hineinzuschlüpfen. Sie ließ ihre Freundin Nadja meine Füße ausmessen. Aber ich verdiente sie nicht, damals nicht und später erst recht nicht.

Doch jetzt halte ich sie in der Hand, ein Wunder der Maßanfertigung ganz allein für mich, direkt aus Japan.

Mit zitternden Händen setze ich den Kopfhörer auf und mache Mozart an. Vorher habe ich keine klassische Musik gehört, und die Streicher nehmen mich sofort auseinander. Dann krame ich im Nachttisch, wo die Taschenlampe, der Kompass, ein paar Bücher und das Nähset liegen.

Ich stopfe die Spitze der Schuhe mit Wolle aus, nähe die Bänder und Gummis an, die in der Schachtel liegen. Mit BC zu meinen Füßen fädele ich Zwirn durch Satin, denke an Füße, vor allem an meine.

Wie perlglatt und schneeweiß meine Füße sind.

Wie einmal ein Muskel herausgeplatzt war und ich trotzdem weitertanzte, weil wir mitten in der Aufführung waren, und ich keine Wahl hatte.

Jahrelang habe ich abends, wenn ich nach Hause kam, eine Wanne mit Eiswürfeln gefüllt und die Füße hineingestellt, bis sie taub waren und nicht mehr weh taten. Wenn es nicht half, benutzte ich Bittersalz und Tigerbalsam. Manchmal dreimal hintereinander. Meine wunderbaren hässlichen Füße.

Von den Schwarzweiß-Postern an der Wand sehen mir Anna Pawlowa und Mikhail Baryshnikov missbilligend zu. Ich ignoriere sie und nähe weiter. Ziehe den Gummi in die Ferse, den Faden zur Verstärkung um die Kappe, probiere den Schuh an. Ich habe das in meinem Leben so oft getan, wenn ich durchgetanzte Spitzenschuhe durch neue ersetzte, dass es Routine geworden ist, aber diese Schuhe sind etwas Besonderes. Sie fühlen sich an wie Glück.

Ich ziehe sie mir über die Füße und strecke die Fußspitzen.

BC hechelt, jault, rollt sich auf den Rücken.

»Komm, mein Hündchen, wir tanzen.«

Er kauert und springt hoch, wartet auf Anweisungen.

Ich rolle die Jogginghose bis zum Knie hoch.

Als ich mit den Aufwärmübungen beginne, fangen meine Schenkel sofort an zu brennen, aber das hält mich nicht ab.

Demi-pointe.

Relevé.

Demi-pointe.

Immer wieder.

Immer wieder.

Immer wieder, Eden.

Sonntagnacht träume ich von Jasmine.

Ich sehe sie aus der Ferne und weiß, dass sie es ist, spüre es im Bauch und in meiner Angst, auch wenn ihre Arme und Beine kräftiger sind als im Krankenhaus, sehniger, mehr Fleisch an den Knochen als in dem Bett, wo sie an Geräte angeschlossen ist. Nicht verblüht. Nicht verschrumpelt, als wäre ihre Haut zu groß. Sie trägt ein weißes Trägerhemd und kurze Jeans, wie im Dazwischen, aber ihre Arme und Beine bluten, übersät mit Kratzern und Wunden. Der Himmel ist klar und blau, rote Erde um sie herum wie auf dem Mars. Sie läuft am Rand einer Klippe entlang, als wollte sie Anlauf nehmen und springen.

Ich renne auf sie zu, doch je schneller ich werde, desto weiter weg ist sie. Also renne ich noch schneller, gebe alles, bis die Landschaft zu einer feurigen Wolke verschwimmt.

Dann ist der Boden weg, aber ich stürze nicht. Jasmine schwebt über mir, und ihr Mund bildet Worte, die ich nicht verstehe. Sie hebt die Arme und hat Flügel, die aus knospenden schwarzen Blumen und sprießenden Ästen bestehen und wie Bienen summen. Statt Augen hat sie Blüten, die von träge flatternden Schmetterlingen bestäubt werden. Sie streckt die Hand nach mir aus. Tränen strömen ihr übers Gesicht, und ich versuche vergeblich zu verstehen, was sie sagt.

Nach diesem Traum weiß ich nicht,
was ich in der Schule soll.

Ich habe Mühe aufzuwachen. Mühe, meine Haferflocken zu essen. Mühe, ins Biest zu steigen und schweigend zur Schule zu fahren. Doch trotz aller Mühe tue ich alles, mache mich fertig und gehe hin, weil die Familie der Meinung ist, mit mir stimmt etwas nicht, und der einzige Weg, das Scheinwerferlicht wieder loszuwerden, ist zu zeigen, wozu ich in der Lage bin, zu beweisen, dass ich im Fluss nicht draufgegangen bin. Ich bin immer noch der Mensch, den sie lieben und vermissen.

Ich kann das.

Dann bin ich in der Schule, aber während ich durch die Gänge stakse, mich von Leuten umarmen lasse, die ich kaum kenne, Smalltalk mit neugierigen Erwachsenen halte, sehe ich Jasmine vor mir, mit den Schmetterlingen in den Augen, die mit den Flügeln schlagen und Blütensaft trinken, und ich kann mich nicht konzentrieren. Ich werde ihr Bild nicht los.

Ich muss Joe schreiben, mich mit ihm verabreden und noch mal versuchen, mit Jasmine zu reden. Sie wollte mir im Traum etwas sagen. Vielleicht war es wichtig. Das Problem ist, ich kann Joe nicht schreiben, weil wir keine Nummern getauscht haben, obwohl wir den ganzen Abend zusammen waren, gefühlt Jahrhunderte. Weil ich, wie mehrfach bewiesen, bescheuert bin.

Auch Joe verfolgt mich den ganzen Morgen, und ich habe das Gefühl, ich bin nur halb da. Seine Hand an meiner Wange, meinem Hals, meinem Nacken, der Kuss, selbst die Entschuldigung. Wie aufgewühlt er war. Ich muss mich an den Spind lehnen, um wieder ruhig zu atmen. Da stehe ich so lange, bis Mrs. Klein fragt, ob ich mich in ihrem Büro aufs Sofa legen möchte.

Fast nehme ich das Angebot an. Hinlegen klingt verlockend.

Aber nein. Weil wir Englisch haben, bei Mr. Liebowitz, und alle riechen nach Schweiß und Pfefferminzzahnpasta oder womit sie sonst versuchen, den Schweiß zu verdecken. Nach Englisch haben wir Bio, was immer mein Lieblingsfach war. Und worüber sprechen wir heute, meine verhaltensgestörten kleinen Puppen?

Über Schmetterlinge.

War ja klar.

Wer wusste, dass die Raupe sich in ihrem Kokon vollständig auflöst? Sie verflüssigt sich, bis auf eine Art Knospen, die sich buchstäblich umstülpen, auseinanderfalten und zum Schmetterling werden. Es ist, erklärt Mr. Gelrip, als würden wir den Bausatz unseres erwachsenen Ichs mit uns herumtragen, als wäre alles, was aus uns wird, bereits in uns vorhanden. Während vorne die Videos über die Leinwand flimmern, bekritzele ich das Blatt, das vor mir liegt, mit Blumen und blutigen Schmetterlingen.

Ich hole mir den Unterrichtsstoff ab, den ich nachholen muss. Bei meinem ersten Versuch, wieder in die Schule zu gehen, kamen die Lehrer erst gar nicht dazu, mir den Spaß zu verderben, aber jetzt müssen wir den Tatsachen ins Gesicht blicken, und die Tatsachen sind: Wenn ich mich nicht auf allen Ebenen ins Zeug lege, schaffe ich den Abschluss nicht. Ich habe bis zum Ende des Halbjahrs Zeit, ab Herbst soll ich auf eigenen Beinen stehen, und ich habe wirklich keine Lust, bei meinen Eltern im Keller zu wohnen. Ich muss mich anstrengen.

Ich sollte Madame zurückrufen. Vielleicht heute nach der Schule.

Ich sollte so vieles.

Wahrscheinlich schaffe ich es sogar, den Stoff nachzuholen. Nur der Rest des Lebens ist mir zu viel.

Mittags wage ich mich ins Chaos der Cafeteria, wo Digby mit Parker und Reggie am Tisch sitzt und mir vom Lärm und dem Hefegestank vorübergehend schlecht wird.

Ich will mich mit meinem Bruder vertragen, brauche das Gefühl, dass alles wieder normal wird, dass wir wieder normal werden, aber statt des lebhaften Durcheinanders, das normalerweise an unserem Tisch herrscht, hängt eine dumpfe, unbehagliche Störfrequenz in der Luft. Parker sieht mich an, dann dreht er den Stuhl weg.

»Was ist denn?«, frage ich. »Parker?«

Reggie erklärt: »Er ist immer noch sauer, weil du ihn in Philly so blöd angemacht hast.«

»Hey.« Ich knuffe Parker. »Du bist aber empfindlich.«

»Er ist nicht der Einzige hier.« Reggie nickt zum Nachbartisch. »Das alte Lied. Verletzte Leute verletzen Leute.«

»Na toll. Alle sind sauer auf mich. Außer Lucille. Bis jetzt«, sage ich, worauf mein Bruder noch tiefer in seinem Stuhl versinkt. »Wo ist sie überhaupt?«

Reggie räuspert sich. »Ach, Eden«, sagt er, »halt einfach die Klappe.«

Er deutet neben mich.

Am Nachbartisch sitzt stocksteif Elaine, Digbys Exfreundin, mit ihren Freundinnen Zoe und Marin, alle mit perfekt geföhntem Haar. Ihre Existenz hatte ich völlig vergessen, das schwöre ich. Puff. Gelöscht. Digbys und Elaines jahrelange Beziehung ist verblasst, und ich erkenne sie kaum.

»Hallo, Elaine!«, rufe ich so laut, dass alle zusammenzucken.

»Hallo, Eden.« Sie beißt in einen Apfel und kaut erst mal fertig. »Ich bin so froh, dass du den Unfall überlebt hast«, sagt sie dann. »Das war ein Schock.« Sie untersucht eine Geflügelfrikadelle. »Ich wäre dich besuchen gekommen und so, aber du weißt ja …« Sie seufzt und wirft Digby einen Blick zu. »Jedenfalls bin ich froh, dass es dir wieder gutgeht.«

Ich tätschele ihr den Arm, da sie für eine Umarmung anscheinend noch nicht bereit ist. Kein Wunder. Mein Bruder hat sie mit meiner besten Freundin betrogen.

»Ja, wäre krass gewesen«, sagt Digby. »Ich meine, wenn Eden gestorben wäre.«

Elaine starrt ihn mit hochgezogenen Brauen an. »Du redest mit mir. Wirklich?«

»Ich meine nur, wenn Eden nicht … aus dem Koma aufgewacht wäre … wäre doch krass gewesen.«

Peinliches Stammeln.

Reggie pfeift durch die Zähne.

»Ja«, sagt Elaine schließlich. »Das wäre schlimm. Aber tu das nie wieder, Digby Jones. Richte nie wieder das Wort an mich, verstanden?« Elaine steht auf, und ihre Föhnbrigade auch, die einen wirklich guten Schmollchor abgibt. Sie sieht mich an, Dig den Rücken zugewandt. »Tut mir echt leid, dass dein blöder Bruder deinen Unfall missbraucht, um so zu tun, als wäre er nicht das Allerletzte. Bis später, Eden.«

»Okay, Elaine. Bis dann.«

Im Gleichschritt und mit klackernden Absätzen rauschen sie davon. »Oje«, sage ich, als das Trio weg ist. »Anscheinend steht sie nicht mehr auf dich. Und ich vergebe dir, dass du meinen Unfall als gescheitertes Friedensangebot benutzt hast.«

»Puh«, sagt Reggie, »das hat schon beim Zusehen weh getan.«

Digby legt das Gesicht in die Hände. »Ich gebe mir echt Mühe«, sagt er gedämpft. »Aber sie kann es einfach nicht gut sein lassen. Warum setzt sie sich neben uns? Will sie mich foltern?«

»Natürlich«, sage ich. »Und wo hast du Lucille abgestellt?«

»Sie ist im Kunstraum. Ich glaube, sie malt. Smokey lässt sie arbeiten, wann sie will.« Er kann nicht verbergen, wie stolz er auf sie ist.

»Du hast sie allein gelassen?«

»Na und?«, gibt Digby zurück. »Sie ist ein freier Mensch. Ich kann ihr schlecht den Pinsel halten. Sie kann machen, was sie will.« Er schiebt sich eine Handvoll schlappe Pommes in den Mund. »Und wenn sie gerne mittags malt, unterstütze ich das.«

»Was für ein Mann«, spotte ich.

»Du willst meine Männlichkeit in Frage stellen? Die Frauen sind hier das Problem, okay?«

»Und, wie ist es, wieder hier zu sein?« Reggie mischt sich ein, um mich vor meinem Mundwerk zu retten.

»Na ja«, sage ich und reiße den Blick von Digby, »jetzt weiß ich wieder, warum ich früher immer schlechte Laune hatte. Und ich habe ein paar eklige Fakten über Schmetterlinge gelernt. Die Natur ist ein Arsch.«

»Ausgezeichnet«, sagt Reggie. »Genau das erhoffen wir uns von einer elitären Bildungseinrichtung wie dieser. Erfolg!«

Digby trinkt aus seiner Wasserflasche, nickt in Richtung des Stuhls, auf dem Elaine gesessen hat. »Ich habe ihr hundertmal gesagt, dass es mir leid tut.«

»Tja«, sage ich, »die Hölle kennt keine Wut wie die einer verschmähten Frau.«

Digby schiebt mir einen Stuhl hin.

»Parker«, sage ich, als ich mich endlich setze. »Tut mir echt leid, was ich im Club zu dir gesagt habe, auch wenn du dich wieder einkriegen musst. Ich war ein bisschen blau.«

»Im Wein liegt die Wahrheit«, gibt er zurück. »Also tu nicht so, als wäre es nicht so gemeint gewesen.«

»Im Gegenteil«, sage ich. »Nüchtern betrachtet finde ich deine Frisur spitze.«

»Echt?«

»Ja, echt. Nicht nur die auf dem Kopf. Auch die am Kinn.«

Reggie lässt den Kopf hängen und stöhnt.

Digby lacht.

Parker knallt sein Sandwich aufs Tablett und steht auf.

»Weißt du was, Eden?«, sagt er. »Du kannst mich mal. Ich esse draußen weiter. Lieber frier ich mir die Eier ab, als dich ertragen zu müssen.«

»Meine Arbeit hier ist getan«, seufze ich. »Wunderzwillinge, aktiviert eure Kräfte!«

Digby und ich halten die Fäuste aneinander. Und plötzlich weiß ich, dass alles wieder gut wird.

Sie malt nicht,

sie töpfert.

Die Scheibe dreht sich, und Lucille taucht die Fingerspitzen ins Wasser, formt den Ton, nimmt mehr Wasser, formt den Ton. Als ich sie so sehe, wird mir klar, wie sehr sie sich in den letzten Monaten verändert hat. Wie ich. Vielleicht noch mehr. Sie ist jetzt ein Schmetterling, das steht fest. Sie hat sich zu Brei verflüssigt und sich in etwas Besseres verwandelt. Selbst ihre Sitzhaltung – als hätte sie das Kommando über den Stuhl übernommen. Früher hat sie immer so gewirkt, als würde sie sich für alles entschuldigen. Jetzt formt sie die Dinge nach ihrer Vorstellung, erschafft Neues aus nichts, ist hochkonzentriert und verschmiert bis zu den Ellbogen. Ich weiß nicht, wie sie es schafft, sich auch noch um Wren zu kümmern, seit ihre Eltern sich aus dem Staub gemacht haben. Und um meinen Bruder. Vielleicht bin ich eifersüchtig. Nicht auf Lucille, auf Digby.

Die Töpferscheibe steht am Rand des riesigen Ateliers. Es riecht nach Farbe, und überall sind Farbkleckse, an den Wänden, auf dem Boden, den Tischen. Es ist der einzige Raum in der ganzen Schule mit riesigen Fenstern, die das Licht hereinlassen. Ein Fenster steht einen Spalt offen, wahrscheinlich damit keiner an den Dämpfen erstickt, und hin und wieder raschelt eine Brise durch das ganze Papier hier und weht mir

Frische und Möglichkeiten ins Gesicht. Ich sollte Lucille nicht stören. Ich sollte ihr die Ruhe gönnen, weil sie wirklich genug eigene Sorgen hat, und sie hat mich noch nicht gesehen. Aber sie fehlt mir so.

»Warum bist du nicht bei deinem Schatzi?« Meine Stimme hallt.

Das Surren der Töpferscheibe stoppt.

»Eden.« Sie legt den Kopf schräg. »Du bist das. Und igitt«, sagt sie dann. »Du weißt, dass ich das Wort hasse.«

»Selber igitt. Ausgerechnet mein Bruder?«

Sie schnieft. Was wir uns geschworen haben, nie geschehen zu lassen, geschieht gerade: Unser Leben teilt sich in die Leben zweier Menschen. Lucille nimmt Formen an, während ich auseinanderfalle. Die Ironie ist, dass sie bald Teil meiner Familie sein wird. Ganz ohne Blutsschwesternschaft. Sie wird meinem Bruder die Treue schwören. Ich sehe sie in ihrem Kleid, wie die beiden einander anhimmeln, so wie sie es die ganze Zeit tun. Ihre Hochzeit wäre wunderschön.

Sie gehört nicht mehr mir.

Der ganze Groll, der in mir gebrütet hat, flammt zu etwas Neuem auf. Ich wünschte, ich könnte ihr von meinem Leben erzählen, aber es ist zu spät. Sie ist zu weit weg. Ich weiß inzwischen, dass Geschichten im Leben kein richtiges Ende haben. Sie verändern sich einfach. Sie verwandeln sich. Wir entwickeln uns weiter. Und manchmal wachsen uns Flügel.

»Hast du Hunger?«, frage ich.

Ich setze mich an einen der Tische und nehme das Mittagsbrot heraus, das ich mir heute Morgen gemacht habe, ein

Sandwich mit Pute und Brie. Außerdem einen Shake und eine Banane.

»Ich versuche es jetzt mit richtigem Essen, und ich brauche dich als Aufpasser, falls ich ersticke«, erkläre ich. »Komm, ich geb dir was ab. Du hast noch nichts gegessen, oder?«

»Nein«, gibt sie zu. »Ich dachte, ich hole mir was aus der Cafeteria, wenn alle weg sind.«

Ich teile das Sandwich in zwei Hälften. Lucille wäscht sich am Waschbecken in der Ecke die Hände und setzt sich auf den Boden.

»Mit alle meinst du Elaine? Die ist schon mit ihrer Gefolgschaft abgedampft, die Luft ist rein«, sage ich.

Sie senkt den Blick. »Ich finde, Digby und ich müssen ihr nicht reindrücken, dass wir zusammen sind.« Wie mitfühlend von ihr. »Ich an ihrer Stelle würde uns jedenfalls nicht sehen wollen. Wenn ich mir Digby mit einer anderen vorstelle, wird mir kotzübel. Ich weiß noch, wie es war, als er mit Elaine zusammen war, auch wenn damals alles anders war.«

»Ach, das Leben einer Mätresse.«

Sie knüllt ein Stück Papier zusammen und wirft es nach mir.

»Ich hasse diese Situation«, sagt sie. »Ich bin hin- und hergerissen. Einerseits liebe ich Digby und kann kein bisschen bereuen, dass wir zusammen sind. Aber andererseits schäme ich mich schrecklich für das, was wir getan haben, und kann es nicht vergessen.«

»Tut mir leid, Lu.«

»Ich bin gern allein hier im Atelier«, sagt sie. »Das ist das Gute daran. Hier kann ich nachdenken.«

»Ich bin stolz auf dich.«

»Wirklich?«, fragt sie. »Warum?«

»Ich finde, du bist einfach unglaublich. Was du alles geschafft hast. Was du alles schaffst. Das richtige Leben. Das tut sonst niemand.«

»Machst du dich über mich lustig?« Sie kratzt sich den Ton unter den Fingernägeln heraus.

»Ich meine es todernst«, sage ich. »Ich schwöre.«

»Du musst zugeben, dass die Frage berechtigt ist. Immerhin bist du mit dem Kopf auf einen Stein gefallen.«

»Das stimmt. Die Dinge verändern sich, wenn man beinahe vor seinen Schöpfer tritt.«

»Hm.« Sie sieht aus, als überlege sie, ob sie nachhaken soll. »Digby und ich vermeiden jedes Gespräch über unangenehme Dinge, wie zum Beispiel, was passiert, wenn die Schule vorbei ist, wie wir es schaffen, zusammenzubleiben und gleichzeitig unser Leben zu leben. Und was ich mit Wren machen soll. Ich meine«, erklärt sie, »soll ich sie bei meinem Vater lassen oder mitnehmen, falls ich irgendwo hinziehe? Wenn ich mit Digby zusammenbleiben will, muss ich wegziehen. Er bleibt auf keinen Fall hier. Er hat keine Wahl.«

»Das ist auch gut so.«

Keiner von uns sollte hierbleiben. Das Einzige, was man in Cherryville machen kann, ist kellnern oder Haareschneiden. Einen Partyservice aufmachen wie meine Mutter, Häuser bauen wie mein Vater. Wir sollten alle raus hier und uns die Welt ansehen. Digby weiß schon, auf welche Uni er geht. Penn State. Er hat ein Stipendium. Und ich? Was ist mit mir?

»Ich werde nicht aufs College gehen. Jedenfalls jetzt noch nicht. Ich brauche mehr Zeit, um alles in den Griff zu kriegen.« Lucille seufzt so tief, dass der ganze Raum zittert. »Es geht so schnell, und bald haben wir den Abschluss in der Tasche. Wer weiß, ob wir danach noch ein Paar sind.«

»Sei nicht albern«, sage ich. »Natürlich bleibt ihr ein Paar.«

»Es kann immer was passieren.«

»Ja.«

»Ist das nicht ein ätzendes Gefühl?«

Ich überlege.

»Übrigens«, sagt sie dann, »meine Mutter hat angerufen.«

»Was?« Ich setze mich neben sie, aber sie dreht sich weg, und ich glaube, sie kämpft mit den Tränen. Es ist leichter, es nicht zuzugeben.

Ich verstehe sie. Ihre Mutter ist schon fast ein Jahr weg. Sie ist eines Tages einfach abgehauen und nicht wiedergekommen. Eine Weile dachte ich, sie hätte sich nur eine Auszeit genommen. Laura ist nett, aber sie war schon immer durch den Wind, wie jemand, der im Sommer ein Baby im Auto lassen würde, nicht aus Bosheit, sondern weil sie immer einen Meter über dem Boden schwebt, als hätte die Schwerkraft nicht die gleiche Wirkung auf sie wie auf den Rest von uns. Und sie schien ganz zufrieden damit, dass sie schwach war, weil es ihr eine Entschuldigung lieferte, keine gute Mutter zu sein und sich mehr um sich selbst als um ihre Kinder zu kümmern. Das konnte ich ihr nie verzeihen.

Wahrscheinlich gibt es schlimmere Mütter. Wenigstens ist sie nett.

»Als ich mir endlich ein neues Telefon besorgt habe, waren ein paar Nachrichten von ihr drauf«, sagt Lucille. »Aber ich brauchte eine Weile, bis ich zurückrufen konnte.«

»Kann ich verstehen.«

»Stell dir vor, wenn ich zurückrufe und ihre neue Nummer funktioniert auch nicht mehr? Oder sie hat die Nachrichten, die sie mir hinterlassen hat, nicht ernst gemeint? Ich glaube, noch mal würde ich das nicht verkraften. Und dann Wren …«

»Wie lange ist es her, dass sie versucht hat, dich anzurufen, Lu?«

Sie antwortet nicht.

»Monate?«, frage ich.

»Monate.« Sie nickt. »Zwei oder so. Ein paar Wochen nach deinem Unfall, und ich habe sie erst vor ein paar Tagen zurückgerufen.«

»Und? Was will sie?«

»Sie will uns sehen. Sie ist in Kalifornien und hat einen neuen Freund. Sie will, dass Wren zu ihr zieht. Sie sagt, sie wäre jetzt stabil. Ich habe es Wren noch nicht erzählt. Digby findet, wir sollten hinfahren, vielleicht in den Frühlingsferien. Sehen, was Sache ist, bevor wir Wren zu ihr schicken.«

»Und dann?«, frage ich. »Ziehst du nach Kalifornien zu deiner Mutter?«

Lucille zuckt die Schultern. »Nur wenn es mit Dig und mir nicht klappt, und auch nur, um auf Wren aufzupassen. Ich weiß nicht, ob ich Mom noch zutraue, eine gute Mutter zu sein. Wrenny allein zu ihr zu schicken wäre, als würde ich sie auf einem Floß mitten im Meer aussetzen.«

»Also behältst du Wren hier, bis ihr entschieden habt, was ihr macht?«

»Ja. Mom hat gesagt, sie will das Haus vielleicht verkaufen. Ich glaube, sie braucht das Geld. Wenn sie das tut, können wir sowieso nicht hierbleiben. Also, ja. Es ist schwierig. Ziemlich schwierig.« Das alte Haus ohne Lucille scheint ein Ding der Unmöglichkeit. Sie ist ein Teil der Straße. Die Straße ist ein Teil von ihr. Andererseits, so hat es sich bei mir damals auch angefühlt.

»Okay, du bist dran.« Sie stützt sich auf die Ellbogen.

Ich versuche mir vorzustellen, was ich sagen könnte, wie ich ihr erklären könnte, was mir durch den Kopf geht. Auf jeden Fall keine College-Pläne. Nichts von den Dingen, die jetzt eigentlich dran wären. Damit Lucille es versteht, müsste ich ganz von vorn anfangen, ihr alles erzählen, von dem Unfall bis zum Aufwachen, der Zeit danach bis heute. Ihr Telefon summt. Sie tippt, dann sieht sie wieder auf.

»Du wolltest mir was sagen?«, fragt sie.

Einen Moment denke ich ernsthaft darüber nach.

»Nur, dass ich dich lieb habe«, antworte ich dann.

»Ich habe dich auch lieb«, sagt sie.

Wir sitzen nebeneinander und sehen durch die großen Fenster den vorbeiziehenden Wolken zu. Lucille riecht nach Orangen und nach dem kreidigen, mineralischen Duft des Tons, und ich will ihr sagen, wie lang und wie cool ihre Wimpern sind, die ich sogar aus dem Augenwinkel sehe. Ich will ihr sagen, als ich fast gestorben bin, war sie die Erste, die in meinen Träumen auftauchte, in meinen Gedanken. Ich ging zu unseren Erinnerungen, an unseren Ort. Aber ich sage nichts, weil es lange her ist, dass ich mit meiner besten Freundin so zusammensaß, in perfektem Schweigen.

Ich drücke sie noch fester, rutsche noch näher heran und spüre ihr Lächeln an meiner Wange.

Aus

Fast tot: Wahre Geschichten aus dem Jenseits

Was passiert ist?

Es gibt Dinge, die man besser vergisst. Autounfälle zum Beispiel, die nicht alle überleben.

Aber zwei Sachen kann ich sagen:

Erstens, da ist nichts, wovor man sich fürchten muss.

Und zweitens sind viele Leute auf der Welt schon tot, ohne es zu wissen. Man kann einen Körper haben, der funktioniert, und trotzdem nicht leben.

Das war's. Mehr habe ich dazu nicht zu sagen.

Mandy Groomer, 16, Schülerin

»Holz hacken, Wasser tragen.«

»Wie bitte?«, frage ich.

Marlene Gat ist heute bestens gelaunt und voller guter Ratschläge. Sie wedelt mit der Hand durch die Luft.

»Hast du diesen Satz schon mal gehört, Eden? Er stammt aus dem Zen-Buddhismus.«

»In der Art von *Wie klingt das Klatschen einer Hand*?« Ich schüttele den Kopf. »Das Zeug hat mich nie überzeugt.«

»Dein Satz soll zum Nachdenken anregen. Der andere Satz ist ein praktischer Rat.«

»Ich sage Ihnen, dass mich die Existenz an sich verwirrt, und Sie sagen mir, ich soll Holz hacken und Wasser tragen?«

Sie klatscht in die Hände. »Haargenau!«, flötet sie. »Du hast es erfasst!«

»Okay. Beruhigen Sie sich. Heben Sie nicht gleich ab.«

»Eden, bitte hör zu.«

Die Frau liebt den Klang ihrer eigenen Stimme.

»Schießen Sie los.« Ich stütze das Kinn in die Hände und blinzele sie an. »Ich bin ganz Ohr.«

»Wenn alles kompliziert ist und du den Überblick verlierst, hilft es, Klarheit zu gewinnen, indem du innehältst, dich erdest, versuchst, im Augenblick zu sein.«

Geht's noch?

»Wenn du nicht verstehst, wie sich die Welt dreht, spüle das Geschirr.« Sie lehnt sich zurück und grinst wie ein Honigkuchenpferd, als hätte sie mir soeben den Schlüssel zum Universum in die Hand gedrückt.

»Im Ernst jetzt?«, frage ich. »Das ist Ihr Rat?«

»Natürlich«, sagt sie. »Versuch es einfach. Übe. Ich verspreche dir, es hilft. Wenn dich alles zu überwältigen droht, tu etwas Einfaches, Körperliches, das deine volle Aufmerksamkeit verlangt.«

»So habe ich mir Therapie nicht vorgestellt.« Ich zupfe ein braunes Blatt von der Pflanze auf dem Tisch neben mir.

»Ich auch nicht.« Sie schenkt sich Tee ein. »Du lässt mich für mein Honorar ganz schön schwitzen, Eden.«

Ich könnte beleidigt sein, aber als sie mich anlächelt, lächeln ihre Augen mit.

Hier verbergen sich Geheimnisse.

Das sehe ich daran, wie die Farbe an den rostigen Streben des Gewächshauses Blasen schlägt und abblättert. Es wird gerade dunkel. Als ich nach der Therapie zum Blumenstand lief, war niemand da. Also fuhr ich zu Joe, stieg die Treppe zur Wohnung hinauf und hatte eine verkrampfte Begegnung mit Norma, die erklärte, sie sei einer der Menschen, die an der Grippe sterben würden, und ich solle mich bloß von ihr fernhalten. Dann hat sie mich hier rausgeschickt.

Ich klopfe an, und als niemand antwortet, spähe ich durch eins der vielen Fenster. Ich sehe nicht viel.

»Norma?« Joe kommt zur Nebentür. »Warum klopfst du?«

Ein Blick, und meine Nerven fressen Nerven, spucken sie aus, verschlingen noch mehr Nerven. »Das war's«, sage ich. »Mein Herz ist stehengeblieben. Du hast mich erledigt.«

Stimmt nicht. Mein Herz schlägt doppelt, dreimal, tausendmal so schnell wie erlaubt. Wäre mir bloß neulich nicht aufgefallen, wie gnadenlos sexy er ist, hätte ich mir bloß eingeredet, er sei blöd und unattraktiv, hätte er bloß den Mund von meinem gelassen, dann hätte ich dieses Problem nicht.

Tatsachenverleugnung ist eine super Sache. Das ist der Rat, den Marlene Gat mir hätte geben sollen: Tu so, als gäbe es dein

Leben nicht. Bleib auf der sicheren Seite. Steck den Kopf in den Sand.

Joe trägt Jeans und ein Arbeitshemd, er schwitzt trotz der Winterkälte. In der Hand hält er einen Topf, vielleicht mit Erde. Der Werkzeuggürtel, den er um die Hüften trägt, hat eine magnetische Wirkung auf mich.

Ich versuche, mich zu konzentrieren, meine Füße zu spüren. »Gärtnerst du?«, frage ich hirnlos.

Er mustert den Topf in seiner Hand. »Algen«, erklärt er. »Fütterungszeit bei den Pflanzen.«

Kurz denke ich daran, dass es nur fünf Minuten bis zur Bushaltestelle sind, dass ich einfach abhauen und Joe nie wiedersehen könnte. Noch kann ich mich rausreden und meine Würde behalten, denn offensichtlich freut er sich kein bisschen über meinen Besuch. Wer platzt uneingeladen in jemandes Gewächs-Schrägstrich-Treibhaus, Eden?

Doch dann lächelt er, meine Knie werden zu Lava, und ich kann nicht mehr weglaufen.

»Willst du reinkommen?« Er legt die Hand auf meinen Rücken, um mich durch die Tür zu leiten, und als er die Hand wieder wegnimmt, fehlt sie mir.

Dann stehe ich in einer grünweißen Welt, in der es so heiß ist, dass mein langärmeliges Hemd und die Jeans schwer an meinem Körper kleben, als würde ich durch einen feuchten Schwamm gehen. Ich habe das Tor gefunden, das ich gesucht habe. Hier ist ein anderer Planet.

Staunend berühre ich die saftigen Blätter einer Pflanze, die vor Pollen strotzt.

»Pass auf«, warnt er. »Pollen sind eine Sauerei. Du kriegst überall Flecken.«

»Habt ihr die gezogen?«

Er nickt. »Norma, mein Vater und ich.«

»Alle Menschen haben verborgene Talente«, sage ich. »Die seltsamsten Dinge. Salinger sagt so was in der Art.«

»Wer?«

»J. D. Salinger, der Autor von *Der Fänger im Roggen*.« Ich sehe zu, wie er eine Art Mehl aus dem Eimer löffelt und in jeden Topf gibt. »Salinger sagt, der fadeste Typ kann vielleicht unfassbar gut pfeifen. Daran denke ich immer, wenn jemand langweilig wirkt. Was für verborgene Talente er hat.« Dann beiße ich mir auf die Zunge. »Nicht, dass ich dich langweilig finde. Oder Norma oder deinen Vater.«

Joe schüttelt kaum merklich den Kopf.

»Ich kann nicht pfeifen«, sagt er. »Siehst du?«

Er bläst die Backen auf, leckt sich die Lippen, bläst. Nichts passiert.

»Du tust doch nur so«, sage ich.

»Gar nicht.«

»Aber du kannst Dinge wachsen lassen«, sage ich. »Du bringst Dinge zum … Blühen.«

»Nur Pflanzen.«

Während er schneidet und gießt und tut, was er tut, wirkt er doppelt so groß. Leute, die tun, was sie am besten können, werden eins mit der Welt.

»Bei mir stirbt alles Lebendige«, sage ich. »Außer meinem Hund.«

Ich schlendere durch die Gänge, dann bleibe ich stehen, weil alles, was ich sehe, wundervoll ist.

»Was ist das?«, frage ich.

Joe wird dunkelrot. »Die ist meine«, sagt er. »Ein Orchideen-Formschnitt. Ich habe sie gemacht. Gezogen. Also, ich ziehe sie. Ich meine, sie ist nicht zu verkaufen.«

Die Orchidee ist buchstäblich das vollkommenste, was ich je gesehen habe. Ein Schirm aus Blüten.

»Ich klaue sie dir nicht. Oder versuche, sie dir abzukaufen. Ehrenwort.«

»Danke. Orchideen mögen nicht zu viel Wasser, aber sie haben es gern feucht. Deswegen ist es hier so heiß.«

»Wie hast du das gemacht?«, sage ich. »Sie ist vollkommen.«

»Ich wette, das kannst du auch«, sagt er mit der Zuversicht von einem, der etwas tut, das ihm leichtfällt.

»Bestimmt nicht«, sage ich. »Die Blumen meiner Mutter darf ich nicht mal anfassen, weil sie schlau ist.«

»Dir hat nur nie jemand gezeigt, wie es geht. Das ist alles.«

Vielleicht, weil ich nie Interesse gezeigt habe.

»Du hast gar nicht erzählt, dass du einen Hund hast. Wie heißt er?«

»Beaver Cleaver. Wir nennen ihn BC. Er ist weiß und flauschig und extrem albern.«

»Du bist ein Hundemensch. Interessant.«

»Dachtest du, du kennst mich schon? Nein, mein Lieber. Ich stecke voller Überraschungen.«

»Wirklich?«

»O ja. Nicht nur, dass ich auf Stippvisite im Jenseits war. In meiner Freizeit drücke ich die Zahnpasta von der Mitte aus. Ich mag Sandelholzseife, auch wenn meine Mutter immer grauenhafte Rockballaden singt, wenn sie Sandelholz riecht. Und ich könnte Pasta essen, bis ich platze. Davon werde ich einfach nie satt. Wie eine Mangelerscheinung.«

»Soll ich mitschreiben?«, fragt er. »Falls es später einen Test gibt oder so was.«

Später? Ja, bitte.

»Ich dachte, ich sehe dich im Krankenhaus«, sage ich. »Hast du sie heute besucht?«

»Nein.« Er klappert mit Gefäßen und Mixturen. »Ich brauchte eine Pause.«

»Aber –«

»Ich brauchte eine Pause, Freckles«, sagt er. »Okay? Ernsthaft. Ehrlich gesagt, von euch beiden. Ich musste nachdenken.«

»Weil du mich geküsst hast?«

»Weil du mitgemacht hast«, sagt er. »Eindeutig.«

»Eindeutig«, gebe ich zu.

»Das ist kein Spaß, Eden.« Für mich als Laie sieht es aus, als schnippelte er ein bisschen zu rabiat an den Pflanzen herum. »Wenn wir zusammen wären, würdest du mich wahnsinnig machen, weil du aus allem einen Witz machst.«

»Wenn wir … Geht das nicht ein bisschen zu schnell?«

»Findest du?«, fragt er. »Muss an dir liegen. Verdammt.«

Er lässt die Algen fallen, und dicke stinkende Klumpen spritzen in alle Richtungen.

»Etwas an dir sagt mir, dass man sich an dir die Finger verbrennen kann«, sagt er. »Für mich ist das kein Spiel. Für dich vielleicht?«

Ich weiß nicht, was ich sagen soll. Ich wünschte, er würde mich einfach wieder küssen, meinen Bauch berühren, mich mit seinen Blicken schön malen.

»Tut mir leid, wenn ich deinen inneren Frieden störe«, sage ich und suche nach Besen und Schaufel, um nicht über ihn herzufallen. Zögernd reiche ich sie ihm. »Aber auch wenn ich nicht alles noch schlimmer machen will, ich glaube, wir müssen noch mal zu Gigi gehen.«

Ohne aufzusehen fegt er den Boden.

»Du bist also wegen Jasmine hier?« Er klingt wütend.

»Ja«, sage ich. Dann denke ich daran, wie ich an ihrem Zimmer vorbeigerannt bin, auf der Suche nach Joe. Ich habe nicht mal die Schwester begrüßt, geschweige denn Jasmine den Rücken gekrault oder die Füße massiert oder so was. Ich bin einfach vorbeigelaufen. Gott, ich benutze eine Komakollegin für meine miesen egoistischen Zwecke. Weil ich verknallt bin. Ich bin verknallt! »Nein«, sage ich.

Joe wirft das matschige Zeug wieder in den Eimer, dann zieht er den Werkzeuggürtel aus und legt ihn hin. Als er näher kommt, riecht sein Schweiß nach Plätzchenteig, ich schwöre, Hand aufs Herz. So was würde, so was könnte ich mir gar nicht ausdenken.

»Ich bin ihretwegen da.« Ich gebe meinem Rucksack mit dem Sportzeug einen Tritt. »Aber nach der Physio habe ich mich extra umgezogen, damit du mich nicht immer nur in Jogginghosen siehst. Es ist echt verwirrend, Joe, aber ich glaube, ich mag dich wirklich. Sehr.«

»Ich mag dein Beatles-T-Shirt«, sagt er.

Er schenkt mir eine einzelne weiße Rose.

»Und dich«, sagt er dann. »Ich mag dich auch.« Er lehnt sich an den Tisch und grinst mich an, ein Lächeln, das Schlachtschiffe versenken könnte, aber dann verfinstert sich sein Blick. »Aber ich kann nicht. Etwas ist falsch an der ganzen Sache. Du tauchst auf, als Jasmine verschwindet, und ich hoffe, dass sie zurückkommt. Du wachst auf. Du und Jaz. Ohne Jaz gäbe es das alles nicht.« Er schüttelt den Kopf. »Ich weiß nicht. Das kann doch nicht richtig sein.«

»Das T-Shirt hat meiner Großmutter gehört«, sage ich, als ich das Wettstarren nicht mehr aushalte, als ich nicht mehr aushalte, wie toll ich ihn finde, weil ihm so viel daran liegt, was richtig und was falsch ist.

»Magst du mich wirklich?« Sein Finger berührt die Kuhle unter meinem Hals und folgt meinem Schlüsselbein.

»Ich meine, ich finde dich …«, beginne ich. »Willst du Hand in Hand mit mir über den Spielplatz gehen?«

»Eden«, sagt er, »bitte halt die Klappe.«

Er ist so stark. Seine Arme, seine Brust, alles ist so da, so vorhanden. Aber nicht nur das. Seine Mutter. Sein Leben. Alles, was ihn ausmacht. Es ist, als würde er sich selbst kennen, aber wüsste nicht, was er mit mir machen soll. Er legt die Hände rechts und links von mir auf den Tisch, an dem ich lehne, und ich halte die Klappe. Aber nur eine Sekunde.

»Ich dachte, du hättest keine Zeit zum Flirten.«

Statt einer Antwort berührte er meine Lippen ganz leicht.

»Wenn du mich noch einmal küsst, hast du keine Entschuldigung mehr.«

Er küsst mich. Ich stürze mich auf ihn. Ich küsse ihn, schlinge die Arme um seinen Hals. Ich bin ein egoistischer Mensch, und es fühlt sich seltsam an, und ich übernehme die volle Verantwortung für seine warme, weiche, salzige, samtlippige Köstlichkeit.

Warte.

Es ist vollkommen.

Es sind nicht meine Lippen, es ist mein Alles.

Oh.

#$&@)())#)***^

Ich glaube, ich habe einen Kurzschluss im Gehirn.

%^@(*^

...

Aber.

...

...

Eine Sekunde lang war mein Kopf leer. Mehrere Sekunden. Ich meine, da war gar nichts. Keine Gedanken. Es war so gut. Ein Wunder. Mehr küssen. Mehr.

...

...

...

Ich schlage die Augen auf, um Joe anzusehen und ihm vielleicht mitzuteilen, wie wunderbar er ist, aber stattdessen mache ich mich los und stehe mit offenem Mund da. Ich versuche zu schreien, aber es kommt kein Ton heraus. Als ich über Joes Schulter sehe, färbt sich jede weiße Blume im Gewächshaus schwarz, vor meinen Augen, Licht wird zu Dunkelheit, als würde jemand schwarzes Öl über alles kippen. Joes Orchidee. Nein!

»Hey«, sagt er. »Ganz ruhig, Freckles. Deine Rose sticht mich.«

Kleine rote Tropfen sprießen auf seinem Arm.

»Tut mir leid.« Ich starre meine Hand an. »Ich wollte dir nicht weh tun.« Die Rose, die er mir geschenkt hat, ist das Letzte hier, das noch weiß ist. Das Einzige.

»Hey, alles in Ordnung?«, fragt er besorgt. »Nein, ist es nicht. Komm.« Er führt mich zur Tür. »Keine Angst. Ich habe dich.«

Joe bringt mich über die Straße zu Gigi.

Sie ist nicht überrascht uns zu sehen, aber sie springt auch nicht vor Freude an die Decke. Sie lässt uns rein, sieht mich an und fängt an, auf Französisch vor sich hin zu murmeln. Dann schiebt sie mir einen Stuhl hin, und Joe lässt sich in den Stuhl neben mir sinken.

»Tut mir leid.« Er beugt sich zu mir und flüstert. »Ich … war es der Kuss? Habe ich –«

»Ja, Joe.« Meine Zähne klappern immer noch. »Der Geschmack deiner süßen Lippen hat mich traumatisiert und eine temporäre Psychose bei mir ausgelöst.«

Er lehnt sich in seinem Stuhl zurück, ohne mich aus den Augen zu lassen.

»Sie haben gesagt, dass ihr wiederkommt.« Gigi mischt die Karten. »Ich habe euch schon erwartet.«

»Sie?«, fragt Joe.

»Die Geister.« Sie zeigt in die Luft. Unwillkürlich sehe ich mich um, für den Fall, dass irgendwas über mir schwebt.

»O Mann. Was zur Hölle ist hier los?« Joe beugt sich vor und lässt entnervt seine Stirn auf den Tisch knallen.

Gut zu wissen, dass wir alle ein bisschen verrückt sind.

»Medizin«, sagt Gigi und überreicht mir einen Becher. Ich

schnuppere und stelle erleichtert fest, dass kein Krötenauge darauf herumschwimmt. Es ist einfach nur heißer, schwarzer Kaffee.

Nach einem Schluck fühle ich mich fast wieder normal. Ich darf einfach nur nicht an Blumen denken, die alles schwarz färben, und alles ist tippi-toppi.

Gigi legt mit den Karten ein Kreuz auf den Tisch, und ihre Hand fliegt hin und her wie ein Bumerang, als sie hin und wieder eine antippt. *»Bon.«* Sie faltet die Hände, ohne den Blick von den Karten zu nehmen. »Ich glaube, die Dinge, die du siehst, haben mit Jasmine zu tun, mit dem, was wir gestern rausgefunden haben. Ich glaube, wenn du verstehen willst, was mit dir los ist, musst du versuchen zurückzugehen, um das Rätsel zu lösen.«

Zurück. Wie kommt man zurück an einen Ort, der nur im eigenen Kopf existiert?

»Gigi.« Ich denke an vor dem Unfall, an all die Fragen, die mir durch den Kopf gingen. »Wenn es wirklich Geister und so was gibt, warum sagen sie uns dann nicht einfach, was los ist? Warum muss immer alles in Rätseln sein?«

Gigi wischt sich die Hände an der Schürze ab. »Machen dir Rätsel keinen Spaß?«

»Ich bin nicht der Kreuzworträtseltyp«, sage ich. »Und Sudokus machen mich wütend.«

»Die Geister dagegen lieben Rätsel. Sie tun nichts lieber, als Hinweise und Fragezeichen zu hinterlassen und zuzusehen, wie wir uns darüber den Kopf zerbrechen.«

»Das Leben ist also eine Art Schnitzeljagd?«

»Mehr oder weniger«, sagt sie und streichelt eine der Zinneulen, als wäre sie lebendig.

»Es steht aber ziemlich viel auf dem Spiel«, sagt Joe.

»Was ist das Schlimmste, was passieren kann?«, fragt Gigi. »Du stirbst. Na und?« Sie wirft die Arme in die Luft. »Wir sterben alle.«

Sie stapelt die Karten und wickelt sie in ein rotes Tuch ein, dann holt sie Gegenstände aus ihrer Schürze. Ein paar Steine in verschiedenen Farben, eine Muschel. Ich trinke langsam, lasse mich von der Wärme des Kaffees trösten und von Joes Anwesenheit auf dem Stuhl neben mir.

»Wir müssen uns an den Händen halten«, sagt Gigi.

»Wird das eine Séance?«, flüstere ich Joe zu.

»Eine Séance ist für die Toten«, sagt Gigi. »Was wir hier tun, ist, uns zu verbinden und zu versuchen, einen Schritt weiter zu gehen, damit wir uns auch mit Jasmine verbinden können. Die Geister sagen, wir sollen es versuchen.« Sie nimmt mir die Tasse ab und stellt sie in die Spüle. Ich frage nicht, warum die Geister die Sache nicht einfach selbst erledigen können. Gigi holt eine blaue Baumwolltischdecke aus einer Schublade unter dem Sofa und legt sie auf den Tisch. Darauf ist ein Kreis gestickt, der in acht Felder aus verschiedenfarbigem Garn unterteilt ist. Sie stellt eine weiße Kerze in die Mitte und zündet ein grünes Sträußchen an.

»Salbei«, erklärt sie und bläst den Rauch in meine Richtung.

»Neulich hast du gesagt, ich sei noch dort«, bemerke ich. »Bei Jasmine. Was hast du damit gemeint? Wo?«

Gigi hält inne, mustert mich, wägt ab. »Ein Teil von dir

ist nicht ganz zurückgekommen. Das meiste schon, aber nicht alles. Und Jasmine, sie ist noch nicht ganz frei. Darf ich?«

Es dauert eine Sekunde, bis ich verstehe, dass sie die weiße Rose auf meinem Schoß meint.

»Nur ein paar Blätter.« Sie wirft sie in ein Glas mit klarem Wasser. »Wir brauchen alle Elemente.« Dann nimmt sie eine weiße Porzellaneule vom Regal. »Und ein bisschen Hilfe von meinem Krafttier. Du schaffst das, *chérie*«, gurrt sie, als sie die Eule neben die Kerze stellt. Dann dimmt sie das Licht. »Also gut«, sagt Gigi. »Schließ die Augen.«

Ich will nicht.

»Gebt mir die Hände. Und jetzt mach die Augen zu. Komm.« Sie ist so nah, dass ihr Atem in meinem Ohr kitzelt. »Es wird alles gut, *chérie*.«

Eine Hand gebe ich Joe, die andere Gigi, eine Handfläche feucht, die andere trocken und heiß. Ich warte auf Gigis Anweisungen, aber sie gibt mir keine. Nichts. Schweigen. Nach ein paar Sekunden spüre ich die beiden kaum noch. Ich sehe Farben, Silber, Gold, ein Hellblau. Aber das ist ganz normal, wenn man lange die Augen schließt und vor einer flackernden Kerze sitzt.

Oder?

Da ist sie.

Jasmine.

Ich sehe sie, die Augen hell und klar, ohne Blut. Sie küsst meine Wange, und ich nehme sie in den Arm, und all die Dunkelheit und Traurigkeit, die so schwer auf mir gelastet haben, sind weg. Ich bin frei, und ich will weit weglaufen von allem, das an dem anderen Ort passiert, dem Ort mit den harten Gegenständen, dem Schmerz. Jasmine hält mich fest, und wir laufen zusammen. Aber wir springen nicht von der Klippe. Wir laufen in eine Wiese. Sie blüht, schwarze Blumen, die mir keine Angst machen, nicht hier. Sie sind lebendig und riesig, fast so groß wie ich, samtweich, wie ein Baby, wie Joes Herz.

Joe.

Ich erinnere mich.

Ich muss zurück zu Joe.

Jasmine muss mitkommen.

Ich ziehe an ihr. Wir sind in einem Meer, Welle über Welle von schwarzen Blumen. Ich sehe den Weg zum Ufer nicht. In alle Richtungen sieht es gleich aus.

Sag mir, was das ist, sage ich zu ihr, ohne ihre Hand loszulassen. Ich lasse sie nicht los. Sie muss mitkommen. *Sag es mir. Was haben die Blumen zu bedeuten?*

Sie öffnet den Mund.

Sie ist unter Wasser. Wir beide. Die Wiese ist unter Wasser. Wie vorher. Vorhervorhervorhervorher.

Jasmine berührt meine Wange. Blasen kommen aus ihrem Mund.

Es tut mir leid, denke ich. *Ich kann dich nicht hören.*

Sie schubst mich weg.

Ich will nicht. Komm mit. Komm zurück zu Joe.

Die Trägheit, die Weiche und Süße dieses Orts lullen mich ein. So wohltuend. Wenn ich jetzt nicht gehe, gehe ich nie mehr.

Jasmines Ausdruck verändert sich, und sie gibt mir einen Stoß.

Ich fliege rückwärts durch die Unendlichkeit. Mir wird schlecht und schwindelig.

»Eden!« Gigi ist direkt vor meiner Nase, noch näher als Jasmine, und ich schleppe mich zurück, bis ich ganz klein auf meinem Stuhl sitze. »Komm wieder!«

Ich kann nicht. Ich will nicht.

»Doch, du kannst!« Und zu Joe sagt sie: »Siehst du? Wie leicht es für sie ist, dorthin zu kommen?« Sie schnippt mit den Fingern. »Einfach so.«

Ich habe versagt. Ich habe Jasmine nicht zurückgeholt. Sie weigert sich. Sie will nicht. Ich muss es noch einmal versuchen. Mich mehr anstrengen.

»Hast du …«, fragt Joe, die Hand auf meinem Rücken. »Hast du sie gefunden?« Er klingt so hoffnungsvoll, seine Augen sind riesig.

Er will nicht mich. Er will sie.

Ich bewege mich schneller als je zuvor. Joe hinter mir. Die Hand an meinem Handgelenk. Ich bin aus der Tür, gehe, so schnell ich kann, durch die beißende Eiseskälte. Ich weiß, dass Joe mit mir spricht, mir Fragen stellt. Ich weiß, es ist unfair, ihn zu ignorieren.

Aber ich kann nicht anhalten, kann nicht reden. Wenn ich es täte, würde auch das letzte bisschen von Jasmine verschwinden.

Als ich in Jasmines Zimmer stürze,
laufe ich Spock in die Arme.

Irgendwie ist mir klar, dass es nicht gerade ein Zeichen von Ausgeglichenheit ist, in ein Krankenhauszimmer zu stürmen, aber ich will sie berühren, sie festhalten. Ich will an einem Ort sein, wo sie mich finden kann, damit ich endlich verstehe, was sie mir sagen will. Spock sieht von mir zu Joe und wieder zurück, die Arme über der Brust verschränkt.

»Miss Jones«, sagt er.

Ich bin immer noch nicht ganz bei mir. Alles ist verschwommen, ich kann nicht klar sehen. Nur Jasmine. Jasmine und die schwarzen Blumen.

»Du bist ja ganz außer Puste«, sagt Spock. »Möchtest du dich erst mal setzen?«

Ich sehe Jasmine an. Sie liegt im Bett. Schreit und zetert nicht. Ist nicht aufgewacht. Liegt einfach nur da. Schlaff. Mit Schläuchen, die sich in sie hineinringeln.

Spock führt mich aus Jasmines Zimmer und zeigt auf einen Stuhl.

Ich schüttele den Kopf.

»Lass mich raten«, sagt er. »Du stehst lieber.«

Nicht aus den Gründen, die er denkt. Weil ich nicht sitzen kann. Ich kann jetzt nicht sitzen.

»Na also«, sagt Spock. »Tief durchatmen. Durch die Nase ein, durch den Mund aus. Gut. Sehr gut.«

»Ich habe sie gesehen.« Plötzlich kommt die Hysterie. Ich muss lachen, aber wenn ich es täte, würde ich heulen. »Ich habe Jasmine gesehen, als würde sie vor mir stehen, nicht wie im Traum. In echt. Und sie wollte mir etwas sagen.«

»Denke jetzt nicht an sie«, sagt Dr. Spock. »Du musst die Kontrolle wiederfinden. Konzentrier dich auf mich.«

Ich kann nicht. Ich kannnichtkannnichtkannnicht.

»Nein, nicht ihn. Sieh mich an.« Es ist Joe. Er ist mir gefolgt. »Ich bin hier.«

Ich sehe Joe an. Ich sehe tief in seine Augen. Er hält mein Handgelenk fest und atmet ein. Ich tue es ihm nach, fülle meine Lunge mit frischer Luft. Und nach einer Minute gibt es nichts mehr außer uns beide.

»Ich habe sie gesehen«, sage ich zu Joe, als ich wieder sprechen kann, ohne darauf zu achten, dass Spock da ist, dass er zuhört. »Wirklich, Joe. Ich habe sie gesehen, wie dich jetzt, direkt vor mir. Sie hat mich berührt. Sie hat mich auf die Wange geküsst.«

Joe berührt die Stelle, die sie geküsst hat. »Eden«, sagt er.

»Hör zu.« Jetzt halte ich sein Handgelenk, zwinge ihn, mich anzusehen, und nicht mit diesem mitleidigen Blick. »Ich sage es dir, Joe. Jasmine. Ich habe sie gesehen, hinter meinen Augen. Wirklich. Mir ist egal, ob du mich für verrückt hältst. Ich weiß nicht, was sie gesagt hat, aber sie ist noch da.« Ich sehe Spock an. »Also, bitte ziehen Sie die Schläuche nicht, und stellen Sie nicht die Geräte ab, okay?«

Spock zuckt zusammen.

»Sagen Sie nicht, das wäre nicht real, und töten Sie sie nicht.« Ich sehe sie beide an. »Sie ist noch da.«

Ich muss mich setzen, oder ich breche zusammen. Ich muss schlafen, mich ausruhen. Ich spüre es. Mein Körper hat genug.

»Ich bin gleich wieder da, Miss Jones«, sagt Spock.

Rita kommt herangeschwebt. »Was machst du hier, Süße? Geht es dir gut?« Sie reicht mir einen Becher Eiswürfel und tupft mir die Stirn ab.

»Es geht schon.« Ich schiebe sie weg.

»Bist du hier, um Miss Jaz zu besuchen?«

»Ja.« Durchs Fenster sehe ich ihr Bett, die Schläuche, die reglose, fast tote Jasmine, während Rita weiter zum nächsten fast toten Patienten geht.

Joe und ich setzen uns an ihr Bett. Ich halte Jasmines Hand. Ich warte, dass sie meine festhält, ein Lebenszeichen von sich gibt. Immer noch nichts. Sie könnte doch einfach aufwachen. Warum tut sie es dann nicht?

»Du hast uns losgelassen«, sagt Joe leise. Er sieht nach, ob wir allein sind. »Wir saßen am Tisch, und du hast fast sofort unsere Hände losgelassen. Wir haben versucht, mit dir zu reden, aber deine Augen sind zurückgerollt, und du hast gezittert. Wie bei einem Anfall. Wir konnten dich nicht wecken. Ich hätte dich nicht mit zu Gigi nehmen sollen. Aber ich wusste nicht, was ich sonst tun sollte.« Er beugt sich vor, stützt die Ellbogen auf die Knie.

»Jasmine wollte mir etwas sagen, etwas Wichtiges. Also tu es bitte nicht, okay?« Ich zwinge Joe, mir in die Augen zu sehen. »Lass nicht zu, dass sie sie sterben lassen.«

»Okay«, sagt Joe. Er schweigt einen Moment. »Meinst du, das bedeutet, dass sie …«

»Dass sie zurückkommt?« Ich weiß es nicht. Ich weiß nicht mal, ob ich es mir wünschen würde. Wenn Jasmine zurückkommt, verliere ich Joe. Wenn sie nicht zurückkommt, verliere ich Joe auch. Wo bleibe ich? Ich will nicht ohne Joe sein, schon gar nicht jetzt, wo seine Haare meinen Handrücken kitzeln und Schockwellen durch meinen Körper jagen. Ich glaube, ich bin verliebt. Das glaube ich wirklich. Es ist eine Katastrophe.

Spock kommt zurück. »Jasmine hatte einen schweren Tag.« Er trägt etwas in eine Tabelle ein. »Ich fürchte, ihre Hirnfunktionen lassen zügig nach«, sagt er zu Joe. »Manchmal kommt es zu einem sprunghaften Rückgang, ohne dass wir erklären könnten, was passiert ist.«

»Ich glaube, ich fahre nach Hause.« Ich stehe auf. Ich muss weg hier, muss nachdenken, ich muss weg von Joe.

»Gehen wir«, sagt Joe.

»Nein. Bleib du hier«, gebe ich zurück. »Du musst bei ihr bleiben. Ich bin verrückt«, sage ich. »Ich habe den Verstand verloren, und ich muss nachdenken. Ich fahre mit dem Bus. Du … machst das.« Ich zeige auf Jasmine, das Zimmer, sein Leben.

»Eden«, sagt Spock, als ich fast an der Tür bin. »Willst du wissen, was ich gesehen habe, als ich im Koma lag?«

Ich nicke, auch wenn ich mir nicht sicher bin.

Er sieht auf die Uhr, holt Luft, sieht Joe an. »Ich habe meine Familie gesehen. Sie waren alle bei mir. Dann bin ich ein bisschen herumgelaufen, glaube ich. Ach«, seufzt er, »es war so schön. Die schönsten Erinnerungen meines Lebens, dabei war ich fast tot. Ich war so entspannt. So frei. Aber dann kam ich zurück, und ich wusste, ich würde ein gutes Leben führen. Das war der Deal.«

»Was?«, frage ich.

»Ich durfte erfahren, wie gut das ist, was nach dem Tod kommt, und trotzdem auf der Erde bleiben. Dafür habe ich den Luxus der Ungewissheit nicht.«

Er scheint auf eine Reaktion zu warten, aber ich sage nichts, und nach einer Minute sieht er auf die Uhr, entschuldigt sich und geht leise davon, als würde er kaum den Boden berühren.

Als er weg ist, nehme ich Joe in den Arm. Ich habe das Gefühl, es ist vielleicht das letzte Mal. Als wäre das hier vielleicht das Ende. »Mach's gut, fürs Erste«, sage ich.

Er sieht von mir zu Jasmine und wieder zurück. »Nein«, entgegnet er. »Wollten wir nicht bowlen gehen?«

»Das war vor Ewigkeiten«, sage ich, auch wenn es erst ein paar Tage sind.

»Na und?«, sagt er. »Komm. Lass uns bowlen gehen. Yeah.« Er tut so, als hätte er einen Strike geworfen. »Ich kann supergut bowlen.«

»Jetzt?«, frage ich.

»Ja, warum nicht?« Er legt mir die Hand auf die Hüfte. »Es war ein harter Tag. Lass uns spielen, Freckles.«

Wir gehen bowlen.

Irgendwo hinter meinem Brustbein brodelt eine Thrash-Metal-Tanzfläche. Die Band rockt in meiner Kehle. Drei Lead-Gitarristen, von denen keiner Gitarre spielen kann. Der Schlagzeuger sitzt in meinen Schläfen, und die Zuschauer wiegen sich in meinen Fingerspitzen.

Ich werfe einen Blick zu Joe, und es fängt wieder ohrenbetäubend zu wummern an.

Ich wünschte, es würde nicht so seltsam wirken, wenn ich mein Heft und meinen Stift auspacke, weil ich sie echt brauche. Ich habe neue Punkte für meine Liste. Und Listen sind so viel besser, wenn man sie vor sich hat. Wahrscheinlich könnte man alles über einen Menschen erfahren, wenn man sich nur die Listen ansieht, die er macht. Einkaufslisten, Erledigungslisten und bei so jemandem wie mir alle möglichen Listen. Wenn du ein Problem in Stichpunkte zerlegst, ist es viel besser zu verdauen.

Mögliche Auslöser für den inneren Aufruhr:

- Erschöpfung, getarnt als Überschwang
- stressbedingter Nervenzusammenbruch
- Begegnung mit dem Übersinnlichen

- Hunger
- Glück (?)

Ich war seit Lucilles zehntem Geburtstag nicht mehr bowlen. Tatsache: Es war ein schrecklicher Geburtstag. Tatsache: Ohne Hilfe ist meine Kugel immer in der Rinne gelandet. Die Leute vom Bowlingcenter haben, ohne zu fragen, die Kindersicherung eingestellt, was allen anderen den Spaß verdorben hat, und mir auch. Der Geburtstag fand genau hier statt. Tatsache: Wir sind am Ort meiner größten Niederlage. Wer hatte bloß diese bescheuerte Idee?

Ich wünschte, Lucille wäre hier, weil ich nicht weiß, was ich tue, und sie ist verdammt gut im Bowlen. Als wir klein waren, hat ihr Vater im Verein gespielt. Ich erinnere mich, wie er mit der braunen Ledertasche das Haus verließ, in der die Bowlingkugel lag, Zigarette im Mundwinkel, die klimpernden Schlüssel in der freien Hand. Er hat Lucille alles über den Sport beigebracht, der mir so rätselhaft geblieben ist wie Jupiter. Auch egal. Ihr habt keine Ahnung, was ein Fouetté ist, nehmt das, Bowling-Experten.

Um diese Uhrzeit sind keine kleinen Kinder mehr hier, keine Geburtstagskerzen werden ausgeblasen, nichts weckt unangenehme Bowlingerinnerungen. Um uns herum Bierkrüge, Gekreische, Flipperautomaten, Billardtische und Airhockey. Es ist laut und hell und riecht nach Pommesfett und verschwitzten Turnschuhen.

»Weißt du was?«, fragt Joe, als wir die Bahn suchen, die uns zugeteilt wurde. »Das hier ist echt unpassend.«

Eine rotgesichtige blonde Frau in einem leuchtend lila T-Shirt klatscht ihre Kinder ab und reißt jubelnd die Faust hoch.

»Was sollten wir sonst tun?«, sage ich. »Wenn das Leben ein surrealer Albtraum ist, bleibt nur noch Bowlen.«

Und in diesem Moment küsst er mich, und ich halte das Gesicht in die Sonne und blühe auf.

Zu Hause helfe ich Dad, die Garage aufzuräumen.

Mom catert heute Abend eine Party und kommt erst spät zurück, steht auf dem Zettel in der Küche. Digby ist wahrscheinlich bei Lucille. Mein Vater ist da, und er macht, was er immer macht, um seine Gedanken zu ordnen. Meine Mutter hasst Gerümpel, und die Garage ist der einzige Ort im Haus, wo sie nicht bestimmen kann. Deshalb kommt er manchmal, wenn er einen Tapetenwechsel braucht, hierher und räumt um. Das heißt, eigentlich wissen wir nicht, was er hier macht.

»Willst du mir helfen?«, fragt er überrascht, als ich in Jeans, T-Shirt und hochgestecktem Haar bei ihm auftauche und den großen Besen vom Haken nehme.

»Komm schon«, sage ich, »du musst nicht so ein schockiertes Gesicht machen.«

»Aber warum?« Er ist völlig verwirrt.

So gern ich seine Reaktion persönlich nehmen würde, er hat leider recht, ich habe noch nie freiwillig irgendetwas getan, das mit dem Haushalt zu tun hat.

»Therapie«, sage ich, und er nickt, akzeptiert die Antwort ohne weitere Nachfragen.

Das liebe ich am meisten an meinem Vater. Einmal hat er zu mir gesagt, die Welt sei launisch wie ein Baby, also stemmt er sich nicht gegen den Strom, sondern zielt aufs Überleben und lässt sich treiben.

Abgesehen davon ist es nicht gelogen. Dass ich hier bin, hat wirklich irgendwie mit Marlene Gat und ihrer Holzhacken-Wassertragen-Theorie zu tun. Die Dinge sind mir zu unübersichtlich und zu kompliziert geworden, und jetzt die Garage aufzuräumen ist genau das Richtige, um nach verrückten Geistern und weiteren Küssen und neugieriger werdenden Händen wieder zu mir zu kommen.

Wir haben uns so viel geküsst, dass meine Lippen ganz wund unter der Haut sind. Man sieht es ihnen nicht an, aber immer, wenn ich lächele oder rede, spüre ich Joe.

Ich fege und verschiebe Kisten, um dahinterzukommen. Dad sortiert das Werkzeug im Regal, aber dann hält er inne, lehnt sich an den Rechen und sieht mich an.

»Du bewegst dich wieder«, sagt er. »Fast wie früher.«

Ich nehme die Schraubgläser vom Regal und wische darunter.

»Es sah so mühsam aus, dass ich Angst hatte, du könntest nie wieder schmerzfrei gehen. Aber sieh dich jetzt an. Du hast dich so verändert, seit du aufgewacht bist.«

»Ich bin kein Kotzbrocken mehr, meinst du?«

Er wird rot. »Stimmungsschwankungen sind Teil der Genesung.«

»Aber ich habe vielleicht ein bisschen übertrieben, oder?«

»Vielleicht«, sagt er. »Aber ich glaube, wir sind glimpflich davongekommen. Die Ärzte haben gesagt, es könne Monate dauern, und jetzt schau dich an. Ich bin so stolz auf dich. Auch wenn ich keine Ahnung habe, was du zurzeit so treibst.«

Die Falten in seinem Gesicht, sein Haar. Mein Vater.

»Ich verspreche dir, dass ich dir bald alles erzähle. Aber können wir bitte jetzt nicht mehr reden, Dad?«, sage ich. »Es tut so gut, zusammen zu sein und nichts sagen zu müssen.«

»Natürlich, Schätzchen«, sagt er. »Gerne.«

In der Garage riecht es nach Öl und Staub. Hier liegt keiner im Koma, hier ist keiner hinter mir her. Ich kann unbehelligt über den heutigen Tag nachdenken, über das Gefühl, jemand wäre bei dir, auch wenn er nicht da ist, als hätte er Spuren an dir hinterlassen, einen Geruch, einen Hauch, *die schöne Hälfte eines goldenen Schmerzes* (Gwendolyn Brooks). Ich habe nicht gewusst, wie furchterregend und wie aufregend und wie möglich eine Entscheidung sein kann und wie viel darin steckt.

Zurück auf der Klippe.

Wieder im Traum.

Joe und ich sind am Rand der Klippe, an der vor ein paar Tagen Jasmine entlanglief.

Er wirft Steine in den Abgrund, einen nach dem anderen, erst kleine, dann Brocken, die so groß sind, dass er sie kaum heben kann. Trotzdem macht er weiter. Wuchtet sie hoch und schleudert sie hinunter. Ich sitze auf einer Bank und friere, bis meine Haut brennt, als wäre ich aus Trockeneis und würde mich langsam in Rauch auflösen, und ich warte auf das Poltern, wenn die Steine auf dem Grund landen.

Doch man hört nichts.

Unter Joes T-Shirt zuckt seine Wirbelsäule wie eine Kobra, wenn er die Steine hochstemmt.

Uff.

Uff.

Uff.

»Joe.« Ich will, dass er aufhört, will, dass er mit mir redet.

Als er schlingernd auf mich zukommt, durchbohren schwarze Blumen seine Arme, und er fällt hin.

Dr. Marlene Gat
ist mit sich selbst zufrieden.

»Ich freue mich sehr, dass es so gut läuft«, sagt sie, als sie mein Heft durchblättert. »Das ist einfach toll.« Sie klappt es zu und behält es auf ihrem Schoß. Ich möchte es ihr wegnehmen. »Eden, das ist wirklich gut. Ich will nichts überbewerten. Ich weiß, dass es nicht einfach für dich ist, dass sich vieles noch bessern muss, dass du weiterkommen willst. Aber das hier ist ein Schritt, ein großer. Du hast so viele wunderbare Dinge aufgeschrieben. Gewächshäuser, Blumen … Die liebe ich auch!« Sie breitet die Hände aus. »Ich danke dir, dass du das hier mit mir teilst. Du hättest deine Gedanken für dich behalten können, oder mir gar nicht erst erzählen, dass du sie aufschreibst. Aber du warst offen und mutig. Ich fühle mich sehr geehrt, dass du mir dieses Vertrauen entgegenbringst.«

Ich vertraue dir nicht, Marlene Gat.

Ich habe nichts von den Geistern und den schwarzen Blumen erzählt, nichts von ersten Küssen oder zweiten und dritten, von Hexen und Komamädchen. Nichts von meinen geheimen Listen, den verrückten Träumen, dem untröstlichen Unbehagen. Nicht einmal von Familienzwisten, Beste-Freundin-Krisen oder Tanzschuhen. Es kann einen schon schwindelig machen, was in einer Woche so passiert. Wenigstens dafür ist eine wöchentliche Therapiesitzung gut; einen daran zu erinnern, was alles passiert ist, und dass du nicht dieselbe bist wie vor sieben Tagen. Dass sich in sieben Tagen alles verändern kann.

»Ich esse wieder«, sage ich. »Richtige Nahrung.«

»Und?«

»Es ist so lecker. Alles schmeckt wie das Beste, das ich je gegessen habe. Ich muss zwar noch langsam essen, aber das ist nicht schlimm.«

»Langsam ist gut«, sagt sie. »Besser. Hält länger.«

Ich denke an Joe.

»Also.« Sie lehnt sich in ihrem Stuhl zurück, strahlt mich immer noch an und taxiert mich mit einem Blick, als wüsste sie genau, was in meiner Teenagerpsyche los ist. »Sehen wir uns die nächsten Schritte an. Vielleicht könnten wir über deine College-Bewerbungen sprechen? Ich habe gesehen, dass das Studium auf der Liste der positiven Dinge steht. Bist du in der Richtung schon weitergekommen?«

Ich habe den Stapel mit den Bewerbungsbögen auf dem Schreibtisch von einer Ecke in die andere geschoben. Zählt das?

»Ein bisschen«, sage ich.

»Weißt du schon, was deine erste Wahl wäre? Du hast ja noch Zeit. Du könntest einen großartigen Aufsatz über deinen Unfall schreiben und deinen Weg zurück ins Leben.«

»Ich weiß nicht mehr, was ich will. Früher wollte ich nach New York. Ich wollte bei verschiedenen Sommerprogrammen vortanzen und dann weitersehen.«

»Erzähl mir davon.«

»Was? Davon gibt es nichts zu erzählen. Meine Zukunft als Tänzerin ist vorbei.«

»Warum?«

»Ich hatte einen Unfall. Meine Beine sind kaputt.«

»Hast du es probiert?«

»Ich dachte, ich soll mir meiner Einschränkungen bewusst sein, oder nicht?« Ich stelle die Stacheln auf.

»In deiner Krankenakte steht nichts darüber.« Sie überfliegt ihre Aufzeichnungen. »Ich sehe keinen Grund, warum du nicht wieder tanzen könntest.« Sie sieht mir in die Augen. »Oder habe ich da was übersehen?«

»Keine Ahnung. Mir zeigen sie die Akte ja nicht. Aber sie haben es mir gesagt. Wegen der bleibenden Schäden kann ich nicht mehr Ballett tanzen.«

Sie sieht mich lange an und wählt ihre Worte mit Bedacht.

»Eden«, beginnt sie. »Ich weiß, dass deine körperliche Genesung noch nicht ganz abgeschlossen ist, dass noch Hindernisse vor dir liegen, aber in deiner Krankenakte steht kein Wort darüber, dass du nicht wieder tanzen könntest. Es kann sein, dass deine Psyche diese Prognose aus Selbstschutz generiert hat.«

»Sie meinen, ich habe mir das ausgedacht?«

»Ich meine nur, vielleicht versucht deine Psyche dich vor Enttäuschungen zu bewahren.«

Eine lange Zeit ist es still.

»Was halten Sie vom freien Willen?«, frage ich.

Sie lehnt sich wieder zurück. »Eden, weißt du, was Deflektion bedeutet?«

»Ja. Ablenkung. Wie Sie sagten, ich bin ja nicht blöd.«

»Sehr gut. Dann weißt du, was du tust.«

»Nein, weil … hören Sie zu.«

Sie hebt die Hände, geduldig, aber erschöpft.

»Glauben Sie an das Schicksal?«, frage ich.

»Ich weiß es nicht, Eden«, antwortet sie. »Ein Mensch zu sein ist schon anstrengend genug, meinst du nicht?«

»Ich war immer überzeugt, das Leben wäre ein freier Fall, ohne Ordnung, außer vielleicht die Natur. Wissenschaft. Sie wissen schon.«

»Mhm.«

»Aber jetzt glaube ich, da ist vielleicht mehr. Da sind vielleicht Zeichen.«

»Was für Zeichen?«

Ich denke an die Blumen und daran, dass Jasmine mir etwas mitzuteilen versucht. Was will sie mir sagen? »Was ist, wenn es Botschaften gibt, die uns in eine Richtung weisen«, sage ich, »aber dann passiert etwas, und wir können die Botschaft nicht hören, die unser Schicksal uns verkündet?«

»Tut mir leid, Eden, aber ich kann dir nicht ganz folgen.«

»Was ist, wenn wir ein Schicksal haben, aber wir übersehen die Zeichen, die uns hinführen? Was ist, wenn wir deswegen unser ganzes Leben verpassen?«

»Aber wenn wir ein Schicksal haben, wie können wir es verpassen?«

»Ich weiß es nicht«, sage ich. »Vielleicht gibt es einen Unterschied zwischen Schicksal und Vorbestimmung. Es war meine Vorbestimmung zu fallen. Aber was kommt jetzt? Wo soll ich hin? Was soll ich tun? Ich habe das Gefühl, irgendwas treibt mich an, aber ich weiß nicht, was es will.«

Marlene sieht mich mit einem besorgten, eindringlichen Blick an, dann beugt sie sich vor und notiert sich etwas.

»Sie halten mich für verrückt, oder?«, frage ich. »Das haben Sie gerade aufgeschrieben.«

Sie richtet sich wieder auf.

»Im Gegenteil«, sagt sie. »Aber wir können uns immer mit philosophischen Fragen ablenken, Eden. Es sind interessante Themen, die Frage nach dem Glauben, nach höheren Mächten. Jeder Mensch stellt sich diese Fragen irgendwann, und manche setzen sich ein Leben lang damit auseinander, bis sie Antworten finden oder auch nicht. Aber helfen dir diese Fragen bei den Aufgaben, die vor dir liegen, bei den Entscheidungen, die du treffen musst? Wie du so gern betonst, haben wir nur noch wenige Sitzungen, und die würde ich gerne sinnvoll einsetzen.«

»Na gut«, gebe ich zurück. »Dann sagen Sie mir, was ich tun soll. Ich zerbreche mir die ganze Zeit den Kopf, und es ist völlig verrückt da draußen.«

»Entdecke dich neu.« Sie gibt mir mein rotes Heft zurück. »Finde heraus, was dir gefällt, was du vom Leben willst, ganz konkret. Über das Große und Ganze kannst du nur wenig bestimmen. Möchtest du wissen, was ich denke?«

Immer weniger.

»Der Unfall hat dir aufgezeigt, wie wenig Kontrolle du über das Leben hast, und jetzt hast du Angst, die Zügel wieder in die Hand zu nehmen. Du wünschtest, es würde jemand für dich entscheiden, du würdest gern an etwas glauben, das dir die Verantwortung abnimmt. Aber das solltest du nicht tun. Du bist ein ganz besonderer Mensch, Eden. Denk im Moment nicht über die großen Fragen nach. Setz einen Fuß vor den anderen. Schritt für Schritt.«

»Holz hacken, Wasser tragen«, sage ich. »Ja, ich weiß.«

Sie lehnt sich zurück. »Was dir das Leben hinwirft, kannst du nicht ändern, freier Wille hin oder her. Aber du entscheidest, was du daraus machst. Was willst du aus deinem Leben machen, Eden, einen Himmel oder eine Hölle?«

Ich versuche es mit dem Himmel,
auch wenn es sich wie die Hölle anfühlt.

Nach der Sitzung, in der ich Marlene doch noch erzählte, was ich im Koma erlebt habe, und sie mich überraschenderweise nicht sofort einweisen ließ, ging ich bei Joe vorbei, der bei Jasmine war.

Ich hielt ihre Hand, und er hielt meine und sah mich von der Seite an.

Und dann, so gern ich bei ihm geblieben wäre, um ihm zu zeigen, dass unsere Gleichung ein einfaches, lösbares Problem ist, kam ich hierher, ins Stadttheater von Cherryville, wo ich bei hundert Ballettaufführungen aufgetreten bin. Meine Eltern sind im Kulturausschuss von Cherryville, deswegen gehen sie zu jeder Premiere. Und wenn Tickets übrig sind, verteilen sie sie an alle Freunde. Es ist Tradition und bedeutet, dass selbst meine pleitesten Kumpels mich auf der Bühne sehen konnten.

Ich frage mich, welche Rolle ich in *Peter Pan* übernommen hätte. Wahrscheinlich Peter. Dann wäre ich geflogen. Im Foyer hängen Schwarzweißfotos von mir in *Giselle,* in *Schwanensee* und natürlich im *Nussknacker.* Ich will den Leuten zurufen: *Hey, das bin ich! Ich!*

Jetzt spiele ich die Rolle *Mädchen im Publikum.*

Wie tief kann man sinken.

Ich wünschte, ich hätte mit Marlene darüber geredet, aber wir hatten keine Zeit. Außerdem kann ich mir vorstellen, was sie gesagt hätte. Sie hätte gesagt, ich soll mein Heft vollschreiben, und dann hätte sie mir noch ein paar Binsenweisheiten mit auf den Weg gegeben, so was wie: *Du sollst aus dem Morast deines Lebens eine Übung des Entzückens und der Munterkeit machen. Jeder Augenblick ist eine Chance, Eden!* Das hätte sie gesagt. Wahrscheinlich.

Ich habe mich für den Anlass schick gemacht. Ich habe meine Springerstiefel poliert, habe Make-up aufgelegt, mir eine Fedora aufgesetzt und einen roten Schal um meinen Hals drapiert. Ich starre die Fotos von mir an und versuche, mich davon nicht runterziehen zu lassen.

»Wie läuft's, Red?« Reggie ist da. »Pass auf, dass du nicht in dein Ebenbild fällst und ertrinkst.«

»Ich habe mir die Fotos früher nie angesehen«, sage ich. »Ich war ganz schön gelenkig.«

»Tja«, sagt er, »du siehst gut aus, wenn du ein Tutu anhast.« Er mustert mich von oben bis unten. »Aber so auch.«

»Damit man die Löcher nicht sieht.«

Ich rücke den Schal zurecht. Er zupft an seinem Hemd. Auch er hat sich die Schuhe geputzt.

»Ich kann das Kompliment zurückgeben«, erkläre ich.

»Ah!« Mit ausgestreckten Armen kommt Mom auf uns zu und quetscht mich und Reggie zusammen. »Ist das nicht toll? Endlich kannst du dich mal im Publikum entspannen, Eden.« Sie tippt mir an die Hutkrempe. »Keine Verpflichtungen, kein Stress, was? Du siehst wunderschön aus.«

Manchmal redet meine Mutter echten Stuss. Ich glaube, bei

ihr legt sich ein Schalter um, wenn sie nervös ist, und dann schwallt sie nur noch Blech. So wie jetzt, weil sie nicht weiß, wie ich mit der Situation umgehen werde.

»Hast du schon gehört, dass Lucilles Vater kommt?«, fragt sie.

»Du erzählst mir überhaupt nichts«, beschwere ich mich bei Digby, der hinter ihr steht. Was vielleicht damit zu tun hat, dass ich so selten zu Hause bin. Nicht, dass zwischen uns wieder alles so wäre wie früher, als wir noch miteinander geredet haben.

»Ja!« Mom kramt in ihrer Tasche und putzt sich die Nase. »Es wird herrlich. Ich bin so gespannt, Lucilles Vater wiederzusehen und von seinen neuesten Abenteuern zu hören.«

»Abenteuer? Im Irrenhaus?«, frage ich. »Das Abenteuer, seine Kinder sitzenzulassen? Abenteuer im Vollrausch? Nein, ich hab's! Die Abenteuer eines vollkommen Planlosen.«

»Herrgott, Eden«, sagt Digby.

»Die Wahrheit wird euch frei machen«, sage ich. »Ich bilde mir kein Urteil, aber seien wir ehrlich.«

Dad sieht mich warnend an. Dann tippt ihm jemand auf die Schulter, und er schüttelt eine Hand.

Als die Türen aufgehen, ist der Saal grell erleuchtet, damit alle ihre Plätze finden. Nancy Clemens verteilt die Programme und sieht mich bedeutungsvoll an, als sie mir eins gibt, als wollte sie mir sagen, sie wisse, wie schwer das für mich sein muss.

»Grrr«, sage ich zu laut.

»Lucille kommt gleich«, sagt Digby, als würde ich mir Sorgen machen, als hätte ich keine anderen Probleme.

Habe ich aber.

Mein Problem ist, dass es sich falsch anfühlt, im Publikum zu sitzen. Nicht in jedem Theater, aber in diesem. Das ist meine Bühne. Viel lieber wäre ich jetzt hinter den Kulissen, wo die durchgesessenen Sofas stehen, mit dem leeren Snackautomaten und dem erbsgrünen Teppichboden, über den wir immer Witze machen. Er stammt aus den sechziger Jahren, als das Theater gebaut wurde. Man muss sich mal vorstellen, was für Keime da sprießen. So viele Schauspieler, so viele Tänzer. In fünfzig Jahren muss sich auf dem Teppich einiges abgespielt haben. Er ist widerlich, aber er gehört dazu, und wir lieben ihn.

Ich weiß genau, was in diesem Moment hinter der Bühne passiert. Alle versammeln sich. Sie nehmen sich an den Händen und drücken, bis die Energie durch den Kreis läuft und sie eins werden. Dann sagt Madame ein paar Worte. Auch wenn wir eine kleine Stadt sind, heißt das nicht, dass wir kleine Kunst machen, und wir werden den Mistkerlen da draußen zeigen, was wir draufhaben und so weiter. Am Ende wünscht sie jedem Einzelnen eine gute Aufführung und geht raus, um das Publikum zu begrüßen.

Wie gerufen, hüllt mich plötzlich ein vertrauter Duft ein. *Eau de Dictatrice.* Madame steht neben meinem Sitz und beugt sich zu mir.

»Hallo, süße Eden.« Sie küsst mich auf die Wange. Ihre Augen sind dramatisch schwarz umrandet, und ihre Lippen leuchten rot. »Danke, dass du gekommen bist. Hiermit verzeihe ich dir offiziell, dass du ein Koma vorgetäuscht hast, nur um nicht von der Decke schweben zu müssen.«

Mom lacht lauter als nötig.

»Ich könnte sie sogar verstehen«, sagt Madame zu meiner Mutter. »Wir sind alle irgendwann erschöpft, selbst von unseren Leidenschaften.«

Dann legt sie klickend die Fingernägel zusammen, wie eine Gottesanbeterin. »Hast du mein Geschenk aufgemacht, Eden?«

»Ja.« Sofort füllen sich meine hinterhältigen Augen. Was für ein schlechter Mensch ich bin. Kein Anruf. Kein Danke. Kein Wort. »Vielen Dank.«

»Aber nein«, sagt sie und richtet sich wieder auf. »Lass das. Keine Tränen.«

Sie will an den Platz gehen, wo sie immer während der Aufführung steht, aber ich greife nach ihrer Hand.

»Eden?«

»Ich will zurückkommen.« Ich ziehe sie in eine Ecke.

Leute gehen an uns vorbei und starren uns an. Es ist mir egal.

»Aber –«, sagt sie.

»Nein, bitte«, unterbreche ich sie. »Ich habe zu Hause geübt. Ich versuche es. Ich will. Werden Sie mir helfen?«

Sie zieht sich die Strickjacke enger um die Taille und wartet. Eine Ewigkeit vergeht.

»Es tut mir leid«, sage ich. »Ich weiß, dass ich beim Bolschoi versagt habe, ich weiß, dass ich Sie enttäuscht habe und dass ich –«

»Psst.« Sie winkt ab. »Du hast gar nichts getan. Das waren komplizierte, völlig unbekannte Übungen. Es war Quatsch. Du hättest die Schritte niemals kennen können, es sei denn, ich hätte sie dir beigebracht.« Sie hebt mein Kinn. »Was ich nicht getan habe. Deshalb war ich als Lehrerin für deine Er-

fahrung an dem Tag verantwortlich. Er sagt nichts über dich, über dein Talent oder deine Fähigkeiten.« Sie sieht mir in die Augen. »Oder über deine Zukunft. Du bist eine außergewöhnliche Tänzerin«, fährt sie fort. »Und ich werde dir auf jede erdenkliche Weise helfen.«

Im Hintergrund schwillt der Lärm des Publikums zu einem Dröhnen an, und in meiner Brust dröhnt es auch. Ich lebe, und Madame glaubt immer noch an mich. In mir: Jubel, Applaus, Ovationen.

ICH LEBE.

Madame wirft einen Blick auf ihre zierliche goldene Uhr und dann auf die Bühne. »Tut mir leid«, sagt sie. »Ich muss los. Du wirst nun die unangenehme Erfahrung machen, *Peter Pan* ohne dich zu sehen.«

Ich nicke.

»Eden«, sagt sie dann noch. »Montagmorgen um Viertel vor sechs. Für den Rest des Schuljahrs arbeiten wir jeden Tag vor der Schule. Ich akzeptiere keine Unpünktlichkeit und keine Faulheit. Keine Sorge, wir kriegen dich wieder in Form.«

Ich nicke wieder. Das bedeutet harte Arbeit vor der Schule und Physiotherapie nach der Schule. Lange Tage, und dazu noch die Frage nach dem College, meine Bewerbung, das Nachholen des Schulstoffs, um überhaupt den Abschluss zu schaffen.

Holz hacken. Wasser tragen. Schritt für Schritt.

»Deine Wimperntusche ist verschmiert«, sagt Mom, als ich wieder sitze. Sie rubbelt mir über das Gesicht.

»Alles klar?«, fragt Reggie, der zwei Plätze weiter sitzt.

Ich nicke.

»Oh, hallo!« Moms Stimme springt eine Oktave nach oben, als Digby, Lucille, Wren und ihr Vater sich in die Reihe schieben. »Eden! Sag Tony guten Tag!«

Ich winke ihm zu. Lucilles Vater Tony sieht ein bisschen vernachlässigt aus, aber niedlich, mit einem braunen Cordjackett über dem alten T-Shirt. Man sieht ihnen nicht an, dass dies ein besonderer Moment ist, nämlich das erste Mal seit seinem Nervenzusammenbruch, dass er mit seinen Töchtern ausgeht, außer dass er sich offensichtlich Mühe mit seiner Frisur gegeben hat. Er hat Gel benutzt und sich gekämmt.

»Toll, dass sie dich rausgelassen haben«, sagt Mom.

»Das hast du jetzt nicht gesagt«, flüsterte ich ihr zu.

»Es ist so schön, dich zu sehen!«, schiebt sie schnell hinterher und sieht sich ein bisschen verlegen um.

»Finde ich auch«, sagt Tony. »Toll, euch alle zu sehen. Ist eine Weile her.«

»O ja!«, sagt Mom. »Das stimmt. Na ja, wie das Leben so spielt! Man steckt nicht drin.«

»Janie«, sagt Dad in ihr Ohr. »Schatz. Halt dich ein bisschen zurück.«

Reggie hält sich die Hand vor dem Mund. Ich bin mir sicher, dass er lacht.

Ein paar Tage später
habe ich wieder einen Traum.

JASMINE FLIEGT.

Wir fallen zusammen, rauschen durch die Luft, aber ich habe keine Angst. Sie hüllt mich ein in ihre Blütenflügel, und ich rieche den Blumenduft, spüre Jasmines muskulöse Arme um meinen Rücken. Unsere Nasen sind so nah beieinander, dass sie sich fast gegenseitig plattdrücken. Jasmine bewegt die Lippen. Ich kann sie immer noch nicht hören.

Doch als ich aufwache, weiß ich, was sie gesagt hat.

Komm zu mir.

Tagelang analysiere ich den Traum.

Nach langem Grübeln gelange ich zu dem Schluss, dass der einzige Weg, sie in der Luft zu treffen – falls sie das überhaupt meint –, ist, aus einem Flugzeug zu springen. Und gleichzeitig sehe ich ein, dass ich endgültig den Verstand verloren habe.

Zuerst versuche ich, das Thema zu vermeiden, wenn ich mit Joe zusammen bin, auch wenn es mir unter den Nägeln brennt. Wir gehen spazieren, wir gärtnern, wir hängen mit seinen Eltern rum, wir verkaufen Blumen, wir besuchen Jasmine, wir lassen die Scheiben beschlagen. Doch der Traum verblasst nicht. Er wird stärker und lauter. Überall sind schwarze Blumen, die ganze Zeit. Irgendwann hilft keine Ablenkung mehr.

Am Samstagmorgen rufe ich Joe an.

Das Gespräch läuft so:

Ich: Äh ... hallo?

Joe (verschlafen klingend): Hallo.

Ich: Wollen wir aus einem Flugzeug springen?

Joe:

Ich:

Joe:

Ich: Joe?

Joe (weniger verschlafen klingend): Okay.
Ich: Okay?
Joe: Ja, okay.
Ich: Oh.
Joe: Ich muss nur anrufen. Hol mich in einer Stunde ab.
Ich (erschrocken): Oh. Jetzt?!
Joe: Jetzt. Okay, bis gleich.
Ich: Okay. Bis gleich.
Ich (zu mir): Was habe ich getan?

Ich glaube zwar nicht, dass Marlene Gat das meinte, als sie sagte, ich solle mein Leben in die Hand nehmen und aktiv werden, aber ich steige in den Bus nach Warrenton, trinke eine Tasse Kaffee mit Norma und Bill, die mich inzwischen wie eine willkommene Ergänzung ihrer Kücheneinrichtung behandeln, und dann fahren wir los.

Erst als wir in Joes rumpelndem Truck sitzen, fange ich an nachzudenken.

Ich bin labil.

Mein Körper ist noch nicht so weit.

Was passiert, wenn der Fallschirm nicht aufgeht?

Tja, Eden. Wenn er nicht aufgeht, klatschst du auf den Boden wie ein blutiger Pfannkuchen. Das Gute ist, was danach kommt, ist ziemlich cool, also reg dich nicht auf.

Joe ist fast unbeschwert, anscheinend ganz ohne dunkle Gedanken, in Jacke, Mütze, Handschuhe eingepackt und bestens gelaunt im Vergleich zu seiner normalen, zurückhaltenden Art. Er wirkt geradezu aufgekratzt.

»Keine Angst«, sagt er. »Das Wetter ist perfekt. Und falls du es dir anders überlegst … Ich meine, bist du dir sicher, dass du das darfst? Du hast doch Spock gefragt, oder?«

Nein, habe ich nicht.

»Ich überlege es mir nicht anders.« Ich verschränke die Arme und starre auf die Straße.

Draußen gleitet New Jersey vorbei, und ich denke, wie lang meine Tage geworden sind, seit ich aufgewacht bin, oder eigentlich, seit ich Joe kenne, jeder Tag so lang wie ein ganzes Leben. Vielleicht weil so viel Neues passiert statt dem alten Trott; aufwachen, Schule, tanzen, schlafen. Spülen. Schleudern. Wiederholen.

Ich rutsche näher zu Joe, lege den Kopf auf seine Schulter. Inzwischen fällt es mir leicht, ihn zu berühren, obwohl ich ihn noch nicht lange kenne. Aber die Sache selbst ist nicht leichter geworden. Was immer es ist, was da für Joe in mir wächst – es hat Zähne. Es will. Näher sein, küssen, die Welt durch seine Augen sehen. Es reicht nie, neben ihm zu sitzen, aber ich bin schlau, ich weiß, dass ich nicht näher herankomme. Das meine ich mit Zähnen. Es fühlt sich an, als wäre nichts genug, und das hier, die Tatsache, dass der Moment vergänglich ist, ich ihn nicht festhalten kann – das Joe-wollende Monster in mir kämpft gegen die Zeit und wie sie verrinnt.

»Du bist süß, Joe«, sage ich.

Komisch, wie das, was aus meinem Mund kommt, immer nur ein Schnipsel der Wahrheit ist.

»Du bist auch süß«, sagt er.

Jasmine findet mich in der Luft.

Es kommt völlig überraschend. Ich hatte es gehofft und trotzdem nicht damit gerechnet, doch sie war sofort da. Etwa drei Sekunden nach dem Absprung, als ich noch versuche, meine Eingeweide zu behalten und nicht völlig auszurasten, verschwindet der Fallschirmlehrer, und Jasmine platzt in meinen Luftraum. Bevor ich weiß, was ich tue, klinke ich mich bei ihr ein. Sobald ich ihre Wärme spüre, ist alles gut, als wäre sie immer da gewesen, als würde sie immer bei mir sein, und ich entspanne mich vollkommen und schmiege mich an sie. Sie ist so stark, ich verstehe, warum Joe sich an sie angelehnt hat. Selbst mitten in der Luft ist sie wie ein Fels in der Brandung.

Sie hält mich und flüstert mir ins Ohr.

Hörst du mich?, fragt sie mit dem aufgeregten Wispern eines kleinen Mädchens. *Eden, hörst du mich?*

Ich blinzele und blinzele wieder. Sie ist immer noch da. Ich nicke.

Warum?, denke ich. *Wie geht das?*

Wir sind in der Luft, erklärt sie. *Neutraler Raum.*

Ich umarme sie und drücke sie fest. *Jasmine, sag mir, was ich tun soll. Warum kommst du nicht zurück? Mach einfach die Augen auf.*

Sie schüttelt den Kopf.

Cami und Peanut, sagt sie. *Richte Joe das aus: Cami und Peanut.*

Ich nicke, während die Luft ohrenbetäubend um uns herum braust.

Und jetzt lass mich gehen, sagt sie.

Ich schließe die Augen, wappne mich gegen den Schmerz, halte sie noch fest. Wenn sie mich loslässt, stürze ich ab und bin Matsch. Diesmal werde ich nicht aufwachen. Diesmal gehe ich an den anderen Ort, weil es keinen Körper mehr geben wird, in den ich zurückkehren kann. Ist es das, was ich will?

Nein.

Joe ist hinter mir, er fällt auch. Ich will nicht auf dem Boden aufschlagen und meinen Körper verlieren. Ja, es ist eine Falle. Ja, die Schwerkraft ist eine Fessel, der ich gerne entkommen würde, meistens zumindest. Ja, es ist schwer, ein Mensch zu sein. Manchmal kommt es mir unmöglich vor, Holz zu hacken, Wasser zu tragen.

Aber ich will nicht sterben.

Ich will leben.

Jasmine ist fort. Der Fallschirmlehrer zeigt auf die Lasche, und da fällt es mir wieder ein. Ich ziehe.

Und dann ist da Wind, kalter Wind, und ich fliege. Nichts reißt mich hoch, und nichts zerrt mich nach unten.

Das ist der Klang der Stille.

Das ist der Klang des Meeres, wenn es sich teilt, des Samens, wenn er sprießt, eines Herzens, das bricht und wieder heilt. Tänzer, die Hände und Füße strecken, sich dehnen. Ozeane, die gegen sich selbst anstürmen, Berge, die Wache halten.

Kschhhh.

Frieden.

Ein ewiges Ausatmen.

Schhhh.

Das ist was zwischen mir und den mächtigen Kräften, welche auch immer hier am Werk sind.

Ich breite die Arme weit aus und lasse alles los.

Ich habe keine Angst mehr.

Als wir landen, kann ich die Schnallen und Riemen nicht schnell genug lösen. Ich lache und renne zu Joe. Ich werfe mich in seine Arme.

»Klasse Sprung«, sagt er. »Gut gemacht, Freckles.«

Ich wickele die Arme, die Beine um ihn, mein ganzes Ich.

»Das war so …«, sagt er.

Er kann nicht weiterreden, weil …

So viele Küsse.

Ich muss Joe von Jasmine erzählen.

Ich weiß, dass ich es tun muss. Ich hätte ihm gleich, als wir gelandet waren, davon erzählen müssen oder vielleicht auf der Rückfahrt oder danach beim Essen oder sonst wann. Aber es ist so unglaublich, und ich weiß, ich kann Joe nicht erklären, wie phantastisch es Jasmine ging, dass es gut war, sie zu sehen. Und was, wenn ich es mir nur eingebildet habe?

Aber ich kann es ihm nicht verheimlichen. Jasmine hat mir eine Botschaft für ihn mitgegeben, die in meinem Kopf herumschwirrt, auf meiner Zunge tanzt. Ich habe geübt auszusprechen, was sie gesagt hat. *Cami und Peanut. Cami und Peanut.* Vielleicht sollte ich es einfach ganz schnell sagen und dann verschwinden, damit ich die Wirkung nicht miterlebe.

»Ich will noch nicht gehen«, sage ich, als wir fast zu Hause sind. Ich muss mit ihm reden, unter vier Augen.

»Habe ich schon mal erwähnt, dass du in einer ziemlich feinen Gegend wohnst, Freckles?« Lächelnd lässt er den Blick durch die Vorgärten gleiten, als wir in unsere Sackgasse einbiegen.

Seit unserem Sprung wirkt er fröhlicher, als ich ihn je erlebt habe, als hätte er seine Sorgen um Jasmine auf die Wolken abgeladen.

»Sieh dir diese Villen an.« Er schaltet herunter. »Was macht dein Vater noch mal?«

»Er ist Architekt. Meine Mutter hat einen Partyservice. Sie backt Kuchen und organisiert die Feiern anderer Leuten. Crazy Cakes. So heißt ihre Firma.«

»Anscheinend kaufen mehr Leute Kuchen als Blumen«, sagt er. »Und Häuser.«

»Vielleicht.«

Ich habe über unsere Wohngegend nie richtig nachgedacht, aber jetzt sehe ich sie durch seine Augen. Die Häuser sind makellos. Zurzeit ist noch alles winterlich braun, aber im Frühling ist überall der Rasen gemäht, selbst die Hunde duften, und die Bürgersteige glänzen wie neu.

Die Sonne plant einen dramatischen Untergang. Ich weiß genau, wo die beste Stelle für uns ist.

»Fahr da lang«, sage ich. »Folge der Straße.«

»Hier?«

Ich zeige nach rechts.

»Ein Friedhof?«

Der Friedhof ist der höchste Punkt von Cherryville. Manchmal kommen Lucille und Dig und Reggie und die anderen zum Biertrinken her, und früher habe ich hier geraucht, wenn ich mies drauf war und die Stadt von oben sehen wollte. Aber jetzt ist niemand da, genau wie ich dachte. Bei Parker ist mal wieder eine Party. Alle sind mit anderen Dingen beschäftigt.

»Ja«, sage ich. »Sieben Generationen Jones' sind hier begraben. Vier Generationen Cassidys. Ein Haufen meiner irischen Verwandten auf beiden Seiten. Eigentlich müsste ich mich hier wie zu Hause fühlen. Jedenfalls ist es ein guter Ort, wenn man seine Ruhe haben will.«

»Weil alle tot sind.«

»Die Toten sind oft eine bessere Gesellschaft als die Lebenden.« Ich öffne die Autotür. »Wollen wir einen Rundgang machen? Ich stelle dir meine Familie vor. Da drüben liegen sie. Ich zeige dir die Grabsteine.« Ich zeige nach links. »Die Spanische Grippe hat besonders viele dahingerafft. Viele Babys. Aber dafür hat man eine tolle Aussicht. Die Lichter der Stadt und so weiter.«

Er kommt um den Truck. »Ist dir kalt?«

»Ein bisschen.«

Ehrlich gesagt, kriege ich vom Wetter nicht viel mit, wenn ich mit Joe zusammen bin. Entweder liegt es an ihm, oder das Wetter ist besser, seit ich ihn kenne. Vielleicht ist Joe am Klimawandel schuld. Er legt den Arm um mich, beschützt mich mit seiner großen Armeejacke.

»Wir könnten tanzen.« Er schunkelt ein bisschen.

»Tanzen?«

Er dreht mich im Kreis.

»Du tanzt?«, frage ich.

»Das war schon alles, was ich drauf habe«, sagt er. »Ich gehe nicht oft in Clubs, wenn du das meinst. Schon das Licht macht mich verrückt.« Er grinst. »Aber ich könnte dich zum Abschlussball führen und ein paar Pirouetten mit dir drehen.«

Abschlussball. Noch so eine Vorstellung, die ich früher verachtet habe und jetzt nicht mehr so schlimm finde. Mit dem

Jungen hier an meinem Arm zum Beispiel. Vielleicht wachsen bis dahin meine Haare nach. Vielleicht sehe ich wunderschön aus. Joe bestimmt.

Er lächelt schüchtern. »Darf ich mal sehen? Ich meine, zeigst du mir was?«

»Was?«

»Wie du tanzt?« Er tritt einen Schritt zurück. »Tanz mir was vor.«

»Hier?« Ich bin besser geworden. Ich habe sogar wieder ein bisschen Hornhaut.

»Ja, hier«, sagt er. »Zeig mal, was du draufhast. Also – ich meine, falls du kannst?«

»Nicht so wie früher, aber ja, ich kann.«

Und dann mache ich eine *Cabriole,* einen schnellen Sprung durch die Luft. Es ist eine meiner Lieblingsfiguren.

»Was?« Er grinst breit. »Das ist unglaublich. Als hättest du geheime Superkräfte.«

Das Glück überkommt mich, schüttelt mich durch wie ein Sturm, reißt mich mit wie ein Fluss, spinnt mich in Seide ein. Meine Lunge ist größer und kleiner, und meine Beine pulsieren bis hinauf in die Handgelenke, und ich kann nicht atmen, und ich atme Licht, Schnee, Schmerz, Ballett, Versagen, aus Flugzeugen springen, Hände halten, die Haut unter seinem T-Shirt.

Er zieht mich an sich, schiebt mein T-Shirt hoch, so dass sich unsere Haut berührt, als wir uns umarmen.

»Das hätte ich nicht tun sollen«, sage ich.

Und dann küssen wir uns, und ich sterbe und drehe die Zeit

zurück und erfinde neu, was es bedeutet, jemanden zu küssen, jemandes Atem atmen zu wollen, alle Tage deines Lebens zu einem einzudampfen.

»Eden«, sagt Joe wie eine Frage.

Meine Lippen werden taub, bitzeln.

Eine Blume wächst aus seinem Hals. Ich streiche darüber, und das Dazwischen ist wieder da.

Die Sonne ist fast ganz untergegangen, und es wird kalt, also steigen wir wieder in den Wagen.

Ich wünschte, der Moment wäre ewig, er und ich zusammen, keine Sorge um Jasmine, sein Lächeln nur für mich, aber das wäre nicht echt. Es wäre Flucht.

Ich kann es nicht länger hinauszögern. Ich muss alles kaputtmachen. Jetzt gleich.

»Ich muss dir was sagen«, fange ich an.

»Du bist heimlich Astrophysikerin?« Er beugt sich zu mir, will mich küssen, doch ich schiebe ihn weg.

»Nein«, sage ich. »Ich bin keine Astrophysikerin.«

Das Lächeln verschwindet. »O nein. Was Ernstes. Was?«, sagt er. »Was ist los?«

Ich küsse ihn, und er schmeckt salzig, obwohl keiner von uns weint. Ich möchte mich an ihn drücken, die Linien zwischen uns verschwimmen lassen, so dass man uns nicht mehr trennen kann. Mit dem Finger fahre ich seinen Hals nach, seinen Arm, dann halte ich ihn ein Stück weg, um ihn anzusehen.

»Ich habe Jasmine wieder gesehen«, sage ich. »Als wir Fallschirm gesprungen sind. Sie hat etwas gesagt, und ich habe es endlich verstanden.«

»Was?« Seine Stimme klingt weit weg.

»Ich soll dir was ausrichten.«

Seine Hände liegen auf meinen Schultern, fast schüttelt er mich. »Warum hast du nicht … egal, schon gut. Was hat sie gesagt?«

»Vielleicht hat es nichts zu bedeuten.« Der Gedanke kommt mir erst jetzt. »Wenn es nichts bedeutet, bin ich wahrscheinlich einfach nur verrückt. Aber ich will nicht verrückt sein. Und falls es was bedeutet, bist du vielleicht sauer.«

Wir sehen einander an. Mir ist kalt.

»Vielleicht«, zwinge ich mich zu sagen, »willst du mich dann nicht mehr.«

»Sag es«, verlangt er.

Plötzlich ist der Boden unter unseren Füßen rutschig.

»Vielleicht ist es sehr, sehr wichtig, dass du es mir sagst.«

»Ich habe es nicht verstanden«, sage ich. »Was sie gesagt hat.«

»Eden, bitte.«

Dann platze ich heraus: »Sie hat *Cami und Peanut* gesagt.«

Joe weicht zurück. Bis zum Fenster, und seine Lippen werden weiß.

»Joe?«, sage ich.

»Du hast sie gesehen.« Er wischt sich über die Wangen. »Sie war es wirklich. Ach, du Scheiße.«

»Hat das was zu bedeuten? Weißt du, was das heißt?«

»Ihre Geschwister. Peanut, Cami. Sie sind in dem Feuer gestorben, in dem Jasmine ihre ganze Familie verloren hat. Wenn sie traurig war, hat sie immer gesagt, sie wolle bei ihnen sein.

Wir haben uns manchmal darüber gestritten. Ich glaube, deswegen ist sie immer so schnell gefahren. Die Dumme.«

»Joe …«

Die Luft im Auto ist so dick geworden, dass die Fenster beschlagen. Schneeflocken landen auf der Windschutzscheibe.

»Ich fahre dich nach Hause«, sagt Joe.

»Tut mir leid, dass ich es nicht gleich gesagt habe. Ich hatte Angst.«

Er fährt los, ohne mich anzusehen. Redet mit sich selbst, nicht mit mir.

»Ich hätte bei ihr sein sollen«, sagt er. »Die ganze Zeit. Ich hätte jeden Tag an ihrem Bett sitzen sollen, nicht hier, von morgens bis abends, damit sie weiß, dass sie zurückkommen muss.«

Nicht hier. Er meint mich.

»Ich muss nachdenken«, sagt er. »Was ich tun soll. Das hier ist so ein Mist.«

»Mit ›das hier‹«, ich kann einfach die Klappe nicht halten, »meinst du dich und mich.«

Es ist gut, will ich sagen. *Wir leben. Es ist nicht egoistisch zu leben.* Digby und Lucille haben weitergelebt, und meine Eltern auch. Und sie hatten jedes Recht dazu. Du hast das Recht, deine Zeit auf dem Planeten Erde so zu verbringen, wie es dir richtig erscheint. Die Erde dreht sich weiter, und nur, weil jemandes Leben aussetzt oder endet, heißt das nicht, dass es bei uns auch so sein muss.

»Hier«, ich zeige auf unsere Straße. »Links.«

»Ich weiß«, sagt Joe. »Ich war schon mal bei dir.«

»Stimmt.« Es scheint so lange her zu sein. Ewigkeiten. »Du

hast Blumen gebracht, als ich aus dem Krankenhaus kam. Ich habe mich nie dafür bedankt.«

»Ja«, sagt er. »Gern geschehen.«

Er hält in der Einfahrt.

»Warum hast du mir damals die Blumen gebracht?«, frage ich, hauptsächlich, weil ich noch nicht aussteigen will, denn wenn ich jetzt aussteige, weiß ich nicht, ob ich je wieder hier sitzen werde, neben ihm.

»Ich habe den Kuchen gegessen«, sagt er. »Die Schoko-Käsesahnetorte, wie du gesagt hast. Ich habe sie gegessen, und danach ging es mir besser. Dafür wollte ich mich bedanken.«

»Oh.«

»Das war jedenfalls meine Ausrede. Aber ganz ehrlich? Du hast mich für einen Moment alles Schlechte vergessen lassen. Im Krankenhaus. Meine Mutter. Jaz. Als ich mit dir geredet habe, konnte ich alles andere vergessen. Und irgendwie bin ich gierig geworden. Ich wollte mehr davon.« Seine Augen glänzen. »Außerdem sahst du aus, als hättest du Blumen dringend nötig.«

Joe verschwindet vor meinen Augen.

»Bestimmung«, sage ich und versuche, ihn festzuhalten. »Oder Schicksal.«

Er lässt mich wegschrumpfen. »Nur eine nette Geste.«

Als mir klar wird, dass es nichts nutzt, dass ich nichts tun kann, um Joe zurückzuholen, öffne ich die Tür.

»Das war's, oder?«, frage ich. »Es ist vorbei?«

Er seufzt, als wäre ich eine Last, als wäre meine Frage absurd, aber beim Ausatmen zittert er. »Eden, ich muss nachdenken. Allein. Ich muss so viele Entscheidungen treffen, und das kann ich nicht, wenn ich in diesen Irrsinn verstrickt bin.«

Irrsinn. Er hat es gesagt. Er meint mich.

»Eden, hat sie sonst noch was gesagt?«, fragt er, als ich zur Tür schrumpfe. »Ist da noch irgendwas? Du musst mir alles sagen, okay?«

»Ja.« Ich schaffe es kaum, die Worte rauszubringen. »Sie hat gesagt: *Jetzt lass mich gehen.*«

Digby hat den Kopfhörer auf.

Er sitzt am Küchentisch und macht Hausaufgaben oder so was. Als er mich sieht, klappt er den Laptop zu und zieht sich die Stöpsel aus den Ohren. Die Bässe wummern weiter, bis er die Musik abstellt. Ich zittere, und ich kann Digby sowieso nichts vormachen, aber ich versuche es trotzdem.

»Was machst du hier?«, frage ich mit meiner Zickige-Zwillingsschwester-Stimme. Vielleicht hält ihn das Zickige von meinem Herzen fern. »Vernachlässigst du nicht deine ehelichen Pflichten?«

Er trommelt auf den Tisch. Meine Taktik funktioniert nicht. Gleich bohrt er los, das sehe ich an den angespannten Klammern um seinen Mund. Ich will alles gestehen, wirklich. Und es ist nicht so, dass ich nicht geübt hätte, die Worte laut auszusprechen. Deswegen weiß ich so gut, dass ich nicht die Wahrheit sagen kann – jedenfalls nicht meine Wahrheit –, ohne zu klingen, als hätte ich einen echten Sprung in der Schüssel. Nicht mal zu meinem Bruder. Vor allem nicht zu meinem Bruder. Man könnte meinen, Zwillingschaft hilft. Aber Digby ist ein Junge. Er bleibt ein Junge, der für alles eine praktische Lösung finden will. Nur dass es für mich keine praktische Lösung gibt.

»Eden«, sagt Digby.

Ich hole die Suppe von gestern aus dem Kühlschrank. »Willst du welche?«, frage ich.

Er sieht mich nachdenklich an, während ich versuche, unverfängliche Gedanken in seine Richtung zu schicken.

»Auf jeden Fall«, sagt er schließlich. »Moms Bohnensuppe ist die Beste.«

»Bei Mom ist alles das Beste«, sage ich. »Brot?«

Ich nehme das dick geschnittene Sauerteigbrot aus dem Schrank, dankbar, dass ich meine Hände benutzen kann, um eine simple Aufgabe zu verrichten, wie etwas zu essen machen. Brot toasten. Warum habe ich bloß all die Jahre auf Brot verzichtet? Die knusprige Kruste, die kühle Butter, der Hefegeschmack.

»So was kannst du essen?«, fragt Digby.

»Ich übe«, antworte ich. »Ich muss langsam kauen, aber das macht nichts. So schmecke ich alles viel intensiver. Und wenn ich richtig kaue, klappt es auch meistens mit dem Schlucken.«

»Dann ja, Toast und Butter.«

»Gut.« Ich stecke das Brot in den Toaster und warte. »Wo ist sie?«

»Mom? Sie hat einen Notruf bekommen. Bei der Party der Carsons ist irgendwas schiefgelaufen. Sie ist sofort losgestürmt. Dad liegt schon im Bett.«

»Und Lucille?«

»Fred's.« Das Restaurant, wo sie kellnert.

»Ach so«, sage ich. Lucille serviert in Latexklamotten Burritos, was viel Geld, aber wenig Freizeit bedeutet.

Ich fülle unsere Teller mit heißer Suppe, während Digby die Brote schmiert, und gebe ihm einen Löffel.

Ich habe seit dem Frühstück nichts mehr gegessen, und heute Morgen war ich so nervös, dass ich kaum die Haferflocken runtergekriegt habe.

Digby taucht das Brot in die Suppe und beobachtet mich, während ich jeden Bissen zwanzigmal kaue.

»Warum bist du nicht bei Parker?«, frage ich. »Ist bei ihm nicht wieder eine Party?«

»Nicht so wichtig«, sagt er. »Ich wollte sehen, wie es dir geht. Ich wusste, dass du nicht hingehst.«

»Warum nicht?« Es ist das erste Mal, dass die Vorstellung einer Party, eines Haufens Heranwachsender, die Bier trinken und Billard spielen, mich nicht total abturnt. Eigentlich klingt es sogar ganz lustig. »Wäre es dir recht, wenn ich mitkomme?« Meine Lippen zittern, und plötzlich tut mein Hals weh. Mist.

»Was? Klar! Natürlich will ich, dass du mitkommst.« Er starrt auf den Teller. »Ich fände es gut, wenn es Lucille und mich und dich und mich gibt, nicht das eine oder das andere. Wir sind Zwillinge, Eden. Wir haben uns eine Gebärmutter geteilt. Und das Einzige, was ich will, ist, Lucille klarzumachen, dass ich sie nicht verlasse.«

»Im Gegensatz zu allen anderen Leuten in ihrem Leben«, sage ich. »Einschließlich mir.«

»Das ist okay«, sagt er. »Ich weiß, dass dir was Extremes passiert ist. Es ist nur das erste Mal, dass ich nicht mehr zu dir durchdringe, dass ich nicht weiß, was bei dir los ist, wer du bist, was du willst, wozu du fähig bist, worauf du stehst. Aber ich versuche, mich daran zu gewöhnen.«

»Ich habe euch gesehen«, sage ich. »Als ich weg war.«

Er hört zu essen auf.

»Was? Du meinst, als du im Koma lagst?«

Ich nicke.

»Quatsch.«

»Du beschwerst dich, dass du nicht weißt, was in mir vorgeht, aber wenn ich es dir erzählen will, sagst du *Quatsch.* Genau deswegen halte ich die Klappe. Ist besser so.«

»Schon gut«, sagt er. »Erzähl mir alles. Ich verspreche, dass ich zuhöre.«

Plötzlich ist die Tür zwischen uns wieder einen Spalt offen, und ich weiß gar nicht mehr, warum es so schwer war, mit ihm zu reden. Digby akzeptiert mich, egal was passiert. Er ist meine andere Hälfte. »Ihr habt in meinem Bett geschlafen.« Ich spüle die Feststellung mit einem Löffel Suppe herunter.

Es dauert ein paar Sekunden, bis ich aufsehe, und dann strömt alles aus mir heraus, die Dinge, die ich so lange für mich behalten habe. Digby weiß genau, wovon ich rede.

»Ihr lagt in meinem Bett«, wiederhole ich sicherer. »Du und Lucille. Du hattest den Arm um ihre Taille, und erst habe ich nur eure Haare gesehen, wie ein Sonnenuntergang auf dem Kissen.« Ich trinke einen Schluck Wasser. »Ihr wart niedlich.«

Sein Blick ist wachsam, er sucht nach Zeichen echten Wahnsinns in meinem Gesicht.

»Auf dem Nachttisch lag eine Schachtel Kopfschmerztabletten. Du hattest ein rotes T-Shirt an. Lucille hatte irgendein Sweatshirt von mir an. Deine Hand lag auf ihrem Bauch.«

»Okay, okay!«, sagt er. »Ich glaube dir!«

»Mom habe ich auch gesehen«, sage ich. »Sie lag unten im

Bett und hat geweint. Ich habe einfach geblinzelt, und schon war ich da. Und ich hatte das Gefühl, Mom wusste, dass ich bei ihr war.«

»Lucille hat dich gespürt«, sagt Digby. »Sie hat es mir erzählt. Deswegen war sie so sicher, dass du zurückkommst. Sie hat gesagt, du hättest gelächelt.«

»An das Lächeln erinnere ich mich nicht.«

Digby lehnt sich zurück und verschränkt die Arme. »Mann. Das ist so was von cool.«

»Was?«

»Jetzt müssen wir uns nicht mehr fragen, was nach dem Tod kommt. Das ist cool.«

Wie Spock gesagt hat. Ich schätze, das ist wirklich cool.

»Na ja, es gibt noch ein paar Rätsel«, sage ich. »Ich bin nicht besonders weit gekommen.«

»Nicht wichtig. Aber da kommt noch was. Man liegt nicht einfach tot in der Kiste, wie Mom und Dad immer sagen.«

»Ja, da kommt was«, sage ich. »Aber die Gesetze dort sind anders, als wir denken. Ich weiß nicht – ich habe trotzdem das Gefühl, wir haben keine Zeit zu verschwenden.«

»Du bleibst doch, oder?«, sagt Digby plötzlich.

»Bleiben?«

»Ja«, sagt mein Bruder. »Lass mich nicht hier auf diesem einsamen Planeten zurück. Ich bin dein Zwilling. Und das will ich bleiben.«

»Ich auch«, sage ich, aber als ich die Hand nach ihm ausstrecke, steht er auf und nimmt die Suppenteller mit.

Er lässt sich viel Zeit beim Spülen.

Draußen ist es stockfinster.

»Willst du laufen?«, frage ich. »Wir könnten zu Parkers Party laufen.«

Früher sind wir immer zusammen gelaufen. Er als Basketballtraining, ich wegen der Ausdauer fürs Ballett, und um lange, dünne Beine zu bekommen.

»Oder wir fahren«, sagt er.

»Ich kann das.« Ich zeige ihm meinen traurigen kleinen Bizeps. »Ich bin stark.« Ich denke an Joe, an Jasmine im Krankenhaus. »Komm, es sind nur drei Kilometer.«

»Na gut.« Digby dehnt die Beine. »Dann laufen wir rüber.« Er grinst. »Aber ich denk nicht dran, auf dich zu warten.«

Ich lächele. »O doch, das tust du.«

Bei Parker
ist die Hölle los.

Die gesamte zwölfte Jahrgangsstufe der South High ist versammelt, und ich freue mich, dass jemand in den elterlichen Garten kotzt, damit auch das abgehakt ist. Die Musik ist laut, aber nicht so laut, dass die Polizei kommt, überall liegen leere Plastikbecher herum, und es riecht nach Gras. Parker steht nervös am Bierfass in der Ecke.

Das Leben geht weiter.

»Red, komm und setz dich zu deinem alten Kumpel!«, ruft Reggie von der Couch.

»Ich hole was zu trinken«, sagt Digby. »Willst du was?«

»Nein danke«, sage ich. »Ich muss morgen früh aufstehen.«

»Du bist verschwitzt und stinkst«, stellt Reggie fest, als ich mich neben ihn fallen lasse.

»Danke, Schatz«, sage ich. »Das hört man gern.«

Reggie sieht mich prüfend an. »Warum so gut gelaunt?«

Ich blicke mich um. Ich mag die Leute hier. Ich hasse sie nicht mehr, und sie machen mir auch keine Angst mehr. Das sind Dinge, die mir gute Laune machen.

»Weiß nicht«, antworte ich. »Mir geht's besser.«

»Ts-ts«, gibt er zurück. »Erzähl dem alten Reggie keine Märchen.«

»Wirklich! Ich tanze wieder.«

Maggie Balthorn landet auf uns, und wir rollen sie runter und sehen zu, wie sie lachend auf dem Boden herumkugelt.

»Die macht sich gleich in die Hose«, sagt Reggie. Dann hebt er schnüffelnd die Nase.

»Was ist?«, sage ich. »Dass ich stinke, hast du mir schon gesagt.«

»Ja«, gibt er zurück. »Nach Lust.« Er schnüffelt wieder. »Nach *Liebe!*« Er prustet los. »O Gott, Eden, du bist verliebt. Du bist verliebt«, singt er. »Diese Lippen wurden von jemandem geküsst, der wusste, was er tut. Wer ist der Glückliche? Oder sie? Wo? Wo?«

»Du spinnst wohl!«, sage ich. »Halt bloß die Klappe.«

Zufrieden lehnt er sich zurück. »Dachte ich's mir doch.«

Digby steht neben uns, ein Bier in der Hand. »Worüber reden wir?«

»Über nichts«, sage ich. »Maggie muss aufs Klo.«

Weil ich nicht verliebt bin. Ich darf nicht. In jemanden, der nichts von mir will? Zu kompliziert. Zu schmutzig. Zu alles.

Aus

Fast tot: Wahre Geschichten aus dem Jenseits

Es war ein ganz normaler Nullachtfünfzehn-Herzinfarkt. Zu viel Eis und so weiter. Zu viel Stress vor allem. Mitten im Klassenzimmer, ein paar Tage vor meiner Pensionierung. Solange man kein Dokument dabeihat, auf dem andere Anweisungen stehen, versuchen die Sanitäter alles, um einen wiederzubeleben. Selbst wenn es siebenunddreißig Minuten dauert wie bei mir. Selbst wenn man danach nur noch Gemüse ist, was Gott sei Dank bei mir nicht der Fall war.

Ob ich mich an etwas erinnere? O ja.

Ich sah meinen Körper von oben, als sie mich wiederbelebten, und die Schüler drumherum, und dann fühlte ich so ein … ich kann es nur als Liebe beschreiben. Und Akzeptanz. Ich war vollkommen überzeugt, ich könnte die Arme um allen Schmerz der Welt legen und mit meiner Liebe alles wiedergutmachen, so viel hatte ich davon, so stark fühlte sich die Liebe an. Das hatte ich nie wieder. Dieses Gefühl.

Und ich habe eine Frau gesehen. Ich kannte sie nicht. Sie hatte nichts mit meiner Vergangenheit oder mit meiner Familie zu tun. Sie bestand aus Licht, und ihre Umarmung war das Schönste, was ich je erlebt habe. Vielleicht war sie ein Engel. Ich weiß es nicht.

Siebenunddreißig Minuten sind eine lange Zeit. Aber ich kam zurück. Und ich bin immer noch hier.

Vera Geldoff, 70, pensionierte Lehrerin

Schlaflosigkeit ist Quälerei.

Ich bekam kein Auge zu, weil ich ständig an Joe denken musste, daran, was er fühlt oder denkt, über mich, über Jasmine. Um drei Uhr morgens war mir klar, dass ich Joe nicht einfach aus meinem Leben verschwinden lassen kann, dass an uns beiden mehr dran ist als Komas und Jasmine – ganz gleich, was Jasmine passiert ist, er und ich sind noch am Anfang, nicht am Ende. Ich muss herausfinden, was als Nächstes kommt. Ich verfasste sogar einen Schwur, während ich sehnsüchtig halb betrunken durchs Fenster den Mond anstarrte. Ich kritzelte ihn auf ein Blatt Papier.

Dir gelobe ich mein Schwert, mein Wort, meine Treue. Für dich werfe ich mich vor Züge, lass mich erschießen, bekämpfe Schatten und Dämonen. Wenn du mich brauchst, falte ich mich um dich, ein Ozean, der dich über jeden Schmerz tröstet. Es tut mir leid, was deiner Freundin passiert. Es tut mir leid, wie wir uns kennengelernt haben. Ich verspreche dir, wir lassen das hinter uns. Ich verspreche dir, die beste Version meiner selbst für dich zu sein.

Im Licht eines leicht verkaterten Tages kommt mir mein nächtlicher Schwur pathetisch vor, aber ich bleibe bei meinem Plan, ins Krankenhaus zu fahren, Joe zu finden, mich ihm zu erklären und an seiner Seite zu stehen, komme, was da wolle. Denn das ist das Leben. Wir müssen uns zueinander bekennen.

Mein Kopf tut weh von zwei Bechern wässrigem Bier, die ich auf der Party getrunken habe, also dusche ich, um klar zu werden, dann bettele ich Digby an, dass er mich bringt. Sonntags fahren keine Busse, und ich muss nach Warrenton. Ich schaffe es, Lucille und ihn zu überreden, auch wenn ich weder Physio- noch Psychotherapie habe. Einen Plan habe ich nicht, nur dass ich Joe finden muss, und dann sehen wir zusammen weiter.

Natürlich ist es schwer für ihn, dass *wir* passiert sind. Keiner hatte so was geplant.

Also fahren wir nach Warrenton, Digby, Lucille, Wren und ich. Mein Mund ist trocken, und in meinem Innern toben böse Drachen, aber ansonsten ist es eine ganz normale Fahrt auf einer hübschen Landstraße an einem schönen Tag.

»Ich bin gleich wieder da«, sage ich, als wir auf dem Parkplatz stehen. Ich hoffe, dass Joe da ist und wir reden können. Dann können die anderen nach Hause fahren.

»Zeig's ihnen, Kleine«, sagt Wren, als ich die Tür zuschlage.

Ich warte nicht auf den Fahrstuhl. Im Kopf liege ich schon in Joes Armen, spüre seine Haut auf meiner, nehme mir vor, ihn nicht zu zerdrücken, wenn ich bei ihm bin.

Dann stehe ich vor Jasmines Fenster, und das Zimmer ist leer. Kein Joe. Keine Jasmine. Das Bett abgezogen, die Vorhänge offen, hinter einen Stuhl geklemmt. Die Blumen sind fort. Der Nachttisch ist leer. Keine Geräte. Nichts ringelt sich, nichts piept. Nichts.

»Ist sie wach?«, rufe ich in den Flur. »Ist Jasmine aufgewacht?«

Aber ich kenne die Antwort. Man wacht nicht aus dem Koma auf und springt aus dem Bett, wird innerhalb von Stunden entlassen. So funktioniert das nicht. Mir wird klar, dass es auch mit Joe vorbei ist. Er wird mich niemals ansehen können, ohne an seine tote beste Freundin zu denken, ohne zu denken, dass es irgendwie meine Schuld ist.

Ich drücke die Stirn an die Scheibe.

»Nein«, sage ich.

»Hey.« Sally legt mir die Hand auf den Rücken.

»Hallo«, sage ich. »Ist sie tot?«

»Es tut mir leid«, antwortet sie. »Sie ist gestern gestorben.«

Ich rutsche auf den Fußboden, strecke die Beine aus. Sally zieht sich den Kittel zurecht und quetscht sich neben mich. Es ist meine Schuld. War Joe gestern hier, verwirrt von dem, was ich ihm erzählt habe, und hat den Stecker ziehen lassen?

»Gestern Nachmittag fingen ihre Organe an zu versagen, eins nach dem anderen. Sie hat noch durchgehalten, bis Joseph am Abend kam, und ungefähr zehn Minuten später ist sie von uns gegangen. Rita sagt, sie ist friedlich gestorben. Und es war ein Segen, dass sie den Zeitpunkt selbst bestimmt hat. Ich glaube, der Junge hätte es niemals tun können. Er hätte sie nicht gehen lassen.«

Mir wird eiskalt, als stünde Jasmine neben mir und atmete mir in den Nacken.

»Ich war nicht da«, sage ich.

Für Joe. Er war ganz allein hier.

»Ach, Schätzchen«, seufzt Sally. »Jasmine war schon lange

weg. Es wäre nicht viel von ihr übrig gewesen, selbst wenn sie jetzt noch aufgewacht wäre. Nach allem, was ich von ihr weiß, hätte sie das nicht gewollt.«

»Trotzdem«, sage ich.

»Es ist immer schwer, wenn jemand stirbt.« Sie tätschelt meinen Arm. »Wie war das mit euch beiden?«, fragt sie. »Du hast sie nicht gekannt, oder?«

»Nein«, sage ich. »Und ja.«

Wie kann ich erklären, was für eine Verbindung wir hatten? Ich kann es nicht, und ich will es nicht.

»Ich fühle mich nicht gut.«

»Natürlich nicht«, sagt Sally. »Wir haben alle so gehofft, dass es anders ausgeht.« Sie reibt mir den Rücken. »Es ist okay«, sagt sie. »Es ist okay.«

Ich frage mich, wo Jasmine jetzt ist. Was kommt nach dem Dazwischen?

Zwischen Leben und Tod. Zwischen Wachsein und Schlafen. Zwischen Mögen und Lieben. Zwischen schwarzen Blumen und weißen. Was dann?

»Sie hatte nicht vor zurückzukommen«, sagt Sally. »Ich wusste es, als sie eingeliefert wurde. Manche Patienten haben einen starken Willen, und den spürt man.«

»Selbst im Koma?«

»Selbst im Koma. Manche bewegen sich. Zucken. Öffnen die Augen. Sie geben uns Zeichen, dass wir die Geräte nicht abstellen sollen. Man kann sich natürlich nicht darauf verlassen. Man darf nie allein nach der Intuition entscheiden. Aber sie ist trotzdem da«, sagt sie. »Die Intuition, meine ich. Ich sage dir, ich wusste in dem Moment, als Jasmine hier reingebracht wurde, dass sie nicht mehr aufwacht.« Sie tippt mir ans Kinn. »Und genauso habe ich bei dir gewusst, dass du zurückkommst.«

»Wirklich?«, sage ich. »Macht dich das nicht traurig?«

»Nein«, erklärt sie. »Warum? Wir haben alle unseren Weg. Und du hast Feuer hier hereingebracht.«

»Höllenfeuer«, sagte ich.

»Lebensfeuer.« Sie stützt sich beim Aufstehen auf mein Knie, dann sieht sie mich gebieterisch von oben an. »Jetzt hast du keinen Grund mehr herzukommen«, sagt sie.

»Ich komme trotzdem«, entgegne ich. »Ich halte es ohne euch nicht aus. Ich will wissen, wie es mit Jake weitergeht.«

»Rhonda ist schwanger«, sagt Sally. »Das ist alles, was sie geschrieben hat. Sonst gibt es nichts Neues.«

»Du würdest mir fehlen«, sage ich.

»Das ist nicht gut. Ich habe zu viel zu tun, du lenkst mich nur von der Arbeit ab. Und Spock auch. Und Rita.« Ihre Stimme zittert. »Wir wären dir alle dankbar, wenn du uns ab jetzt in Ruhe lässt.«

»Das ist nicht nett.« Ich stehe auf.

Sally rümpft die Nase. »Nett sein wird überbewertet.«

»Na dann, tschüs«, sage ich.

»Tschüs.«

Ich umarme sie. »Ich weiß, dass du mich lieb hast«, murmele ich in ihr T-Shirt.

»Darum geht's nicht«, sagt Sally. »Du bist eine schreckliche Ablenkung.«

»Ja«, sage ich, »du auch. Ich bin froh, wenn ich dich los bin.«

»Ich auch«, sagt sie.

Am Blumenstand schenkt Norma mir eine Nelke. Ich sehe Digbys Truck draußen auf dem Parkplatz, spüre mein Telefon vibrieren.

»Ich wollte es dir sagen, als du reinkamst«, erklärt Norma. »Das mit Jaz. Aber du warst so schnell vorbei.«

»Danke.« Ich versuche, nicht heulend zusammenzubrechen. Es ist nicht an mir zu weinen. »Für die Blume. Sie ist wunderschön.«

»Die Beerdigung ist am Samstag«, sagt Norma. »Eine kleine Gedenkfeier im Restaurant. Sie ist schon verbrannt worden.« Sie seufzt. »Ich weiß nicht, warum Joe dich nicht angerufen hat.«

»Ja«, sage ich.

Verbrannt, so schnell. Puff. Einfach so. Kein Körper mehr.

»Die Feier ist um eins. Komm doch.«

Ich stelle mir Joe gestern Abend vor. Ich weiß, wie schlecht es ihm im Moment gehen muss. Er sagte, er brauche Zeit ohne mich. Was ist, wenn er nicht will, dass ich komme? Wenn er mich fortschickt? Das könnte ich nicht ertragen. Ich würde eingehen.

»Ich kann nicht«, sage ich. »Aber danke.«

»Danach wird er bei Gigi ihr Zimmer ausräumen. Falls du dabei sein willst. Für Joe.«

»Ich glaube, er will mich nicht sehen, Norma.« Meine Kehle ist so eng, dass ich kaum sprechen kann.

Sie dreht eine Lilie zwischen den Fingern, beobachtet mich.

»Wusstest du, dass ich Joe kenne, seit er fünf war?«, sagt sie. »Als seine Mom krank wurde, kam sein Vater immer mit ihm in den Laden, um Blumen für sie zu kaufen. Meine Mutter und ich, wir fanden ihn so süß. Gigi auch. Wir haben uns alle in den Jungen verliebt.«

Joe. Mein Joe, denke ich. Ich bin eifersüchtig auf jeden, der ihm je nah gewesen ist.

»Er war ein einsamer Wolf, hat Gigi immer gesagt. Sie sagte, sie hat sein Krafttier neben ihm hergehen sehen.«

Was ist mein Krafttier?, frage ich mich. Anscheinend eins, das von Wölfen gefressen wird.

»Wir haben Joe und Jasmine zusammengebracht, als seine Mutter starb. Die beiden armen Kinder. Jaz war natürlich völlig traumatisiert nach dem Brand.« Norma sieht mich an. »Du hast doch von dem Brand gehört, oder?«

»Ja.«

»Sie waren unzertrennlich«, erzählt sie. »Seitdem. Und dann kamst du. Außer ihr bist du die einzige Freundin, die er je mitgebracht hat, und etwas an dir hat seinen Kummer abgeschliffen. Gib ihn nicht auf«, sagt sie. »Ihr seid so ein schönes Paar.«

»Ja«, murmele ich.

Wenn zwischen Madame und mir eine Glasscheibe war, ist das hier eine Backsteinmauer. Die Chinesische Mauer.

»Bis bald«, sage ich.

Als ich zum Truck gehe, springt Lucille heraus.

»Alles klar?«, fragt sie. »Hast du erledigt, was du machen wolltest?«

»Ja«, sage ich. »Wir können jetzt nach Hause fahren.«

Zeit, mich um den Schrein zu kümmern.

Der Himmel draußen ist klar, und heute Morgen ist auch mein Kopf klar, weil ich weiß, was ich tun muss, damit mein Leben wieder Form annimmt.

Ich habe den Tag im Dunkeln begonnen, mit Madame, Schweiß, brennenden Muskeln. An der Barre, dehnen, bis die Bänder schreien, warmlaufen, bis die Tränen strömen.

Trotzdem, es ist so befriedigend. Hinterher, nicht währenddessen. Das Einzige, was mich von Joe ablenkt. Mehr Schmerz.

Und jetzt Schule.

Seit dem ersten Tag, als ich die ganzen Bilder gesehen habe, habe ich einen Bogen um meinen Spind gemacht. Ich kam mir vor wie ein Geist, als wäre ich tot und ginge im Schulflur um, ohne es zu merken. Seitdem habe ich die Bücher mit mir rumgeschleppt, statt sie einzuschließen, habe alles getan, um die Fototapete meines alten Ichs nicht sehen zu müssen, die an der Stahltür klebt.

Aber jetzt geht es mir anders, und der Schrein fühlt sich an, als würden mich die alten Fotos an ein Vorher fesseln, obwohl es Zeit für das Nachher ist.

N.K. Nach dem Koma. Gefällt mir.

Zurück zu Anfängen und Enden, eine Liste:

- Joe hat sich gestern nicht gemeldet, obwohl ich ewig gewartet habe. Ende.
- Peter Pan war auch ein Ende. Das Ende des Selbstmitleids.
- Aus dem Flugzeug springen, auf dem Friedhof tanzen, auf die Party gehen. Anfang, Anfang, Anfang.
- Mit Madame zurück an die Stange. Anfang. Und Ende. Das Ende der lethargischen Eden, der verrückten Eden, der Nicht-ganz-unter-den-Lebenden-Eden.

Inzwischen ist mir klar, dass niemand außer mir die Spindtapete entsorgen wird. Das traut sich keiner. Verständlich. Alle versuchen umsichtig oder respektvoll zu sein oder so was. Also krempele ich die Ärmel hoch.

Da sind Fotos von mir beim Ballett, das letzte offizielle Schulfoto, auf dem ich einen Pony habe, Zeitungsartikel über den Unfall, Fotos von Digby und mir, von Lucille und mir, alle mit Tesafilm an die Spindtür geklebt. Die Fotos sind schmuddelig und eingerissen, man sieht ihnen an, wie brüchig und alt sie sind.

»Schönen Montag, Schwester.«

Reggie taucht hinter mir auf, umringt von unserer Clique. Er lehnt an Lucilles Spind und beobachtet die vorbeigehenden Leute. »Ich glaube nicht, dass ich die Schule vermisse, wenn es vorbei ist.«

»Langsam wirken wir verdächtig, wenn wir auf dem Grundschulhof rumhängen«, sage ich, als ein paar Neuntklässler vorbeizotteln.

»Aber echt«, sagt Reggie. »Ich freue mich schon auf einen Sommer, in dem mir keiner sagt, was ich tun soll, wo ich hinsoll. Freiheit!«, ruft er. »Wir kommen!«

»Aber auch irgendwie traurig, oder?«, bemerkt Parker. »Wir gehen alle getrennte Wege.«

»Nee, Leute«, entgegne ich. »Lasst uns jetzt nicht damit anfangen. Es liegen noch Monate vor uns. Es ist noch nicht so weit. Hebt euch die Reden für Juni auf.«

Aber auch ich spüre es jetzt schon.

»Warum starrst du deinen Spind an?«, fragt Parker.

»Ich weiß nicht«, sage ich. »Ich glaube, ich versuche rauszufinden, wie es mir dabei geht.«

»Am Anfang war da noch viel mehr«, sagt Lucille. »Die Leute haben sogar Kerzen angezündet, was total verboten ist. Es war echt krass.« Sie isst einen Apfel und lehnt den Kopf an Digbys Schulter. »Als du aufgewacht bist, hat der Hausmeister einen Teil weggeräumt«, erklärt sie. »Aber die Fotos hat er hängen lassen, wahrscheinlich damit du nicht denkst, man hätte dich vergessen oder so was.«

Reggie, der alle überragt, Parker mit seinem Parker-Gesicht. Lucille und Digby, die aussehen wie Lugby oder Ducille, je nach Geschmack. Meine Freunde, in guten wie in schlechten Zeiten.

Ich schiebe den Fingernagel unter ein Foto am Rand und reiße mit einer Bewegung die ganze Collage ab. Dann drehe ich mich zu meinen Freunden um.

Reggie legt den Arm um mich. »Gut so«, sagt er. »Reinen Tisch machen. Hab ich dir eigentlich schon gesagt, dass ich echt froh bin, dass du es geschafft hast?«, fragt er. »Im Ernst, Red. Du hast mir richtig Angst gemacht, als du so dalagst wie tot; als würdest du dich jeden Moment aufbäumen, herumzucken, aus dem Bett kriechen und mir die Seele aus dem Mund saugen.« Er zischt durch die Zähne, dann reißt er den Mund auf und wedelt mit Zombiearmen herum.

»Davon träumst du«, sage ich, als es klingelt.

»Wir sehen uns beim Essen«, sagt Digby zu Lucille.

»Ja«, sagt sie. »Der einzige Weg aus dem Feuer ist mittendurch. Ich fürchte keine Elaine. Bis gleich.«

Er küsst sie zehn Sekunden länger, als anständig ist. Ich muss wegsehen, wegen Joe.

»Eden.« Lucille schiebt den Arm unter meinen, als ich die alten Fotos in den nächsten Papierkorb werfe. »Alles in Ordnung?«

Sie beißt sich auf die Lippe, was sie so oft tut, dass ihre Unterlippe röter ist und einen bleibenden Zahnabdruck hat.

Ich bin fast gestorben, und dann habe ich ein totes Mädchen kennengelernt und mich in einen lebendigen Jungen verliebt, und jetzt kommt mir die Welt so komisch vor, würde ich gern sagen.

»Alles gut«, sage ich.

Patient: Eden Jones

Patientin macht erhebliche Fortschritte.

Sie zeigt Interesse an Schule und Ballett und hat wieder einen positiven Blick auf das Leben.

Sie öffnet sich. Fortsetzung der Therapie empfohlen, aber nicht zwingend notwendig.

Meine Mutter liegt im Bett.

Sie macht Mittagsschlaf, nachdem sie Überstunden eingelegt hat, um Mokkamoussetorten, Schokoladenerdbeeren, Herzkekse und Meersalztrüffeln zu machen und besondere Menüs zu kreieren, weil bald Valentinstag ist.

Sie liegt in der gleichen Position wie damals, als ich im Dazwischen war, mit Jeans und Pullover auf der Decke, das Gesicht tief in den Kissen vergraben. Aber sie weint nicht, und ich bin kein Geist.

Ich lege mich zu ihr, behutsam, um sie nicht aufzuwecken, und schmiege mich an ihre Wärme, an ihren Merinopullover.

»Hallo, Liebes.« Im Halbschlaf streichelt sie meinen Arm und dreht sich zu mir um.

Ich sehe die feinen Linien in ihrer weicher werdenden Haut.

»Hallo, Mama.«

»Brauchst du was, Schatz?«, fragt sie. »Einen Shake?«

»Nein«, sage ich. »Die trinke ich nicht mehr.«

»Ach ja«, sagt sie, mehr schlafend als wach. »Gott sei Dank.«

»Ich wollte nur bei dir sein«, sage ich.

»Oh«, sagt sie. »Das ist schön.«

»Mom«, sage ich.

»Mhm?«

»Ich glaube, mein Herz ist gebrochen.«

Sie breitet die Arme aus, und ich kuschele mich an sie. »Mein Baby«, murmelt sie. »Erzähl mir alles.«

Ich schüttele den Kopf. Ich kann nicht. Joe ist eine tiefe Wunde, nicht genäht, nicht verheilt, die immer noch bis auf den Knochen klafft.

Mom hält mich noch fester. »Ich bin hier«, sagt sie. »Wenn du mich brauchst.«

»Ich habe solches Glück, eine Mutter wie dich zu haben«, flüstere ich fast lautlos. *»Du bist die Beste.«*

Mom drückt mich, aber sie sagt kein Wort.

Ich schlafe ein, während ich mich an ihr festhalte, wie früher, als ich klein war.

Als ich aufwache, ist sie fort, und ich liege unter einer flauschigen weißen Decke, in die sie mich eingeschlagen hat, damit ich warm und sicher bin.

Eingemummelt wie ein Küken im Nest.

Es ist ein Mordstag
für die Beerdigung einer Lederjacke.

Der Lederjacke, mit der ich den Unfall hatte. Lucille fand, es würde mir guttun, mich von meinem früheren Ich offiziell zu verabschieden, und dann kam sie auf die Idee, dass alles mit der Lederjacke zusammenhing, die ich früher immer anhatte, und Wren war sofort Feuer und Flamme, und plötzlich mutierte das Ganze zu einer Art Heimwerker- / Kochprojekt, und ich musste mitmachen, auch wenn es nur noch wenig mit mir zu tun hatte.

Es heißt, ein Schneesturm würde aufziehen, dabei fühlt es sich wie ein Frühlingstag an, nicht wie Winter.

Nicht weit von hier findet eine echte Beerdigung eines echten Mädchens statt.

Aber hier spielen wir nur, und ich versuche, mir einzureden, es sei besser so, es gehe gar nicht anders, weil Joe mich sowieso nicht dabeihaben wolle. Es war eine schwere Woche. Ich schaffe es zwar nicht, mich zu überzeugen, dass er ohne mich glücklicher ist, aber auf jeden Fall hat er weniger Sorgen. Außerdem fällt mir auf, dass man manche Leute nicht loswird, egal, wie sehr man es versucht, und mit anderen ist man nur durch eine dünne Schnur verbunden, die mit einem Ruck abreißen kann. Dann haben eure Leben nichts mehr miteinander zu tun, und man sieht sich nie wieder. Das Leben geht weiter, als hätte der andere nie existiert. Nur dass einem dieses Schnurende aus der Brust hängt. Und was passiert mit seinem Ende der Schnur? Was passiert mit seinem Stück von mir?

Vielleicht ist es doch nicht mit einem Ruck erledigt.

Ab morgen kann Joe wieder der Typ sein, der mit dem Rucksack durch die Welt reist, der sich aus Prinzip an keinen Menschen bindet. Ab morgen kann er frei sein.

Bei mir weiß ich nicht, wie lange es dauert, bis ich über ihn hinweg bin, darüber, wie grün die Welt mit ihm war. Im Moment würde ich sagen, bis ans Ende meiner Tage.

Aber das Leben geht weiter, oder? Die Zeit heilt alle Wunden und so.

Also bereiten wir im Garten die Feier vor. Alle kommen. Meine Eltern, Digby, Parker und Reggie. Madame und Benita und sogar Marlene Gat. Marlene Gat ist ganz aus dem Häuschen.

Tu es für sie.

»Ich weiß wirklich nicht, was du dir beim Anziehen denkst«, sagt Lucille zu Wren. »Du solltest ein bisschen Respekt vor dem Anlass zeigen. Anscheinend nimmst du die Sache nicht ernst genug.«

Wren, in ihrer Lieblingsglitzerjeans und einem neongrünen Langarm-T-Shirt, schnaubt. »Es ist keine echte Beerdigung«, sagt sie. »Wir vergraben bloß eine Jacke.« Sie redet ganz langsam, betont jede Silbe. »Keiner ist gestorben.«

»Keiner ist gestorben«, wiederholt Lucille, dann sieht sie mich an. »Wie man's nimmt.«

Lucille ist voll Erde, weil sie die Grube in der Ecke des Gartens ausgehoben hat, und trägt eine Latzhose mit Farbklecksen.

»Du hast recht, Wrenny«, sage ich. »Es ist bescheuert. Können wir nicht einfach grillen? So tun, als wäre Frühling? Und du, mecker nicht an ihr rum«, warne ich Lucille. »Schau dich an. Du hast dich auch nicht gerade schick gemacht.«

»Was?«, gibt sie zurück. »Du hast wohl meinen englischen Hut vergessen!« Sie tippt sich an den schwarzen Glockenhut mit dem Schleier, den sie aufhat. »Nimm das sofort zurück.«

»Eigentlich bin ich die Einzige hier, die passend gekleidet ist«, sage ich.

»Ha!« Lucille stützt sich auf die Schaufel. »Das ist unfair. Nur weil du auf einen Goth machst, du musstest dich ja nicht mal umziehen.«

Wren hat mir gestern Abend die Fingernägel schwarz und Silber lackiert. Ich leiste meinen Beitrag.

Aus irgendeinem Grund ist die Grube, die Lucille gegraben hat, groß genug, um ein Pferd zu beerdigen. Lucille ist in Fahrt, und nach dem sie sich kräftig die Hände geschrubbt hat, deckt sie den Picknicktisch für den Leichenschmaus.

»Brauchst du für die Jacke eine Kiste?«, fragt Digby, der um die Ecke trabt. »Oder verscharren wir sie einfach so?«

»Wir legen sie so in die Erde«, sage ich. »Staub zu Staub.«

»Eine Kiste!«, verlangt Wren. »Das ist wie ein Sarg.«

»Hast du neuerdings eine morbide Ader?«, fragt Lucille.

»Wenn dir morbid nicht passt, solltest du keine Beerdigungen organisieren. Außerdem könnte ich die Kiste bunt anmalen«, gibt Wren zurück, »und mit Pailletten bekleben.«

»Und ich dachte schon, du wirst erwachsen«, sage ich.

»Ich *werde* erwachsen«, erklärt sie, »aber Pailletten und Glitzer kann man immer tragen.«

»Es wäre ja schön, wenn du die Kiste mit Glitzer aufpeppst, aber ich fürchte, dafür haben wir keine Zeit mehr.«

»Warum nicht?«

»Weil die Gäste kommen«, sage ich. »Aber du kannst Filzstifte holen. Ich habe gehört, Zeichnen beruhigt.«

»Hier.« Digby hat die Filzstifte schon dabei. »Lucille will ein Banner malen, es ist alles da.« Er seufzt. »Meine Herzensdame steht auf Banner.«

Wren nimmt die leere Kiste, und wir legen los.

»Da ist sie.« Mom bringt, was von meiner Lederjacke übrig ist.

Sie sieht aus wie eine eingeschrumpelte Rosine.

An unserem dreizehnten Geburtstag rief Mom in der Schule an und meldete uns krank. Sie belog Barb, die alte Schulsekretärin, die über alles schaltete und waltete. Mom sagte, Digby und ich hätten diese fiese 24-Stunden-Grippe, aber am nächsten Morgen seien wir sicher wieder fit. Wir waren platt, dass sie einfach so die Regeln brach. Und Barb anlog, die einen mit einem Fingerschnippen vernichten konnte. So hatten wir unsere Mom noch nie erlebt.

Dann stiegen Mom, Digby und ich in den Zug und fuhren nach New York. Dad konnte nicht mitkommen; er hatte eine Präsentation, die wichtig war, weil wegen der Krise die Geschäfte schlecht liefen. Wir nahmen es ihm nicht übel. Wir waren es gewohnt, zu dritt zu sein, und ich glaube, wir fühlten alle das Gleiche: die große Freiheit.

Mittags aßen wir italienisch. Ich bestellte Hühnchen, Digby Leber. Später setzten wir uns auf eine Bank und sahen den Models nach, schlugen die Zeit tot, bis die Broadway-Show begann, für die wir am Nachmittag Tickets hatten.

Und da entdeckte ich sie. Im Fenster eines Secondhand-Ladens in Greenwich Village. Es war, als würde sie mich mit dem Zeigefinger heranwinken. Ich konnte nicht widerstehen. Als ich in dem Laden in die Jacke schlüpfte, fühlte ich mich zum ersten Mal in meinem Leben wie ich selbst.

An diesem Tag beschloss ich, dass New York meine große Liebe war und nichts und niemand zwischen uns käme. Ich würde New York treu sein und für diese Treue belohnt werden. Eines Tages würde ich dort leben. In New York würde ich berühmt werden, eine Wohnung haben, meinen Traum leben. Ja, ich weiß. Viele Leute haben diesen Traum. Er ist weder neu noch originell, aber es war meiner, und er schien zum Greifen nah, sobald ich in die Jacke geschlüpft war und den Reißverschluss hochgezogen hatte.

Dann war der Blick nach oben nicht mehr ganz so furchterregend.

»Und ob ich auch wanderte im finstern Tal, ich fürchte kein Unglück; denn du bist bei mir, dein Stecken und Stab trösten mich«, sagt Lucille. Sie wartet, dann flüstert sie: »Los, mach.«

»Woher kannst du das?«, frage ich zurück.

»Google«, flüstert sie.

Es ist mir ein bisschen peinlich. Madame und Benita, Parker, Reggie, Lucille, Digby, Wren, meine Eltern, Marlene, alle stehen um diesen Erdhaufen herum. Warum?

»Eden«, sagt Digby, und obwohl ich genau weiß, wie unglaublich albern die ganze Sache ist, muss Digby mein Handgelenk nehmen und schütteln, damit ich die Schachtel loslasse, sie in die Grube fallen lasse, wo ertrunkene Lederjacken zum Sterben gebettet werden.

Lucille reicht mir ein Marmeladenglas mit Erde.

»Tu es«, sagt sie.

Aber ich kann nicht, und ich weiß nicht, warum. Ich fange an zu lachen. Es ist kein nettes Lachen. Es ist ein langes, schrilles, hässliches Wiehern. Ich will Joe. Ich will mich an ihn schmiegen, das wollene Kratzen seiner Armeejacke an der Wange spüren.

Nicht, weil ich einsam bin. Ich bin gern allein, ehrlich. Sondern, weil Joe wie meine blöde tote Jacke ist, nur dass er lebt und leuchtet und so was von echt ist, und es tut weh, dass er all diese Dinge ist, aber nicht bei mir. Mit ihm fühle ich mich am meisten wie ich.

»Alles ist gut«, sagt Lucille.

Ich sinke auf meinen Hintern, und das hysterische Lachen wird zu hysterischen Tränen. Je mehr ich sie kontrollieren will, desto weniger schaffe ich es. Ich halte abwehrend die Hände hoch, als die anderen näher rücken wie bei einem Footballspiel. Alle sagen meinen Namen. *Eden, Edes, Red.* Niemand sagt *Freckles,* den einzigen Namen, den ich hören will. Wo sind die Blumen hin? Wo ist mein Zauber?

Ich will weg hier, ins Haus. Ich brauche einen Panikraum,

einen Ort, an dem ich mich verstecken kann, bis alles wieder einen Sinn hat. Gerade, als ich dachte, mein Leben sei wieder normal, merke ich, dass ich es so nicht mehr will.

Die anderen sind so gut und halten die Klappe, als ich zusammenbreche. Als meine Atmung wieder normal ist, legt mir Lucille die Hände auf die Schultern, wie sie es immer tut, und dann sind wir allein, sie und ich, im Garten meiner Mutter, in meinem Garten, und sie sieht mich mit den liebevollsten Augen an.

»Das ist keine Witzbeerdigung«, sagt sie. »Du warst diese Jacke.«

»Gut.« Ich schüttele sie ab und hole tief Luft. »Mir geht's gut.«

Dann stehe ich auf und rede zur Erde.

»Liebes Leder«, sage ich so ernst, wie ich kann. »Du hast mir gut gedient, und ich werde dich vermissen. Mögest du in deinem prachtvollen ledernen Nachleben treulich die Erde schützen und glücklich machen, so wie du es im Diesseits für mich getan hast.«

Ich streue die Erde aus dem Glas über die Kiste.

»Gut gemacht«, sagt Digby und nimmt sich eine Handvoll Erde von dem Haufen neben der Grube. »Jetzt bin ich dran.«

Es ist unhöflich,
die eigene Beerdigung zu verlassen.

Aber ich muss gehen. Ich muss allein sein. Ich muss runter zum Fluss.

Während die anderen sich mit Hamburgern und Kartoffelsalat die Bäuche vollschlagen, schleiche ich mich davon und marschiere den Berg hinunter. Ich kehre zurück zum Ort des Geschehens, zu der Stelle, an der ich gestürzt bin. Seit ich aufgewacht bin, war ich nicht mehr da.

Auf der Union Street mache ich einen Bogen um die Leute, die ihre Hunde ausführen. Frauen unterhalten sich, trinken Kaffee. Alles ist so schrecklich nett. Ich will weg von hier, will zum Wasser, schnell.

Auf der Bellamy Street hole ich tief Luft, mehr, als in meine Lungen passt, dann stoße ich auf den Leinpfad, wandere knirschend durch den schmutzigen Schnee an den Stellen, wo die Sonne nie hinfällt, lasse die Stadt hinter mir. Im Sommer machen Familien hier Radtouren, Mütter schieben Kinderwagen, überall sind Hunde, aber jetzt ist keiner da. Es ist so still wie auf einem verlassenen Planeten, nicht mal der Wind oder ein Vogel regt sich.

Der Fels hält mich auf. Hier bin ich mit dem Kopf aufgeschlagen.

Wenn ich lange genug hier warte, kommt das Ich, das diesen Ort nie verlassen hat, der Teil von mir, den ich nicht mehr finde, durchs Gebüsch geschlendert wie ein Hologramm, ahnungslos, was passieren wird. Wenn Lucille kommt und über meinen Bruder weint, tröstet dieses Ich sie, so gut es kann. Es versucht, keine Angst vor dem Leben zu haben, dass sich vor uns entfaltet. Es versucht, Lucille zu überzeugen, sich zusammenzureißen, vernünftig zu sein. Wir trinken Tequila. Mein Ich steht auf, streckt sich, versucht, die Traurigkeit abzuschütteln, und dann …

Angst.

Ich stolpere. Mein Schädel schlägt auf den Stein. Ich bemerke den Fehler, schnappe nach Luft, verliere das Bewusstsein, treibe rücklings zwischen Eisschollen. Lucille rennt ins Wasser, ertrinkt fast selbst, zieht mich heraus. Ich sehe sie schreien, ihr blondes Haar klebt an ihrer Wange. Sie drückt mir auf die Brust. Rennt.

Ich überlebe.

Ich habe überlebt.

Aber das hier ist nicht nur der Ort meines Sturzes. Es ist viel mehr. Wir haben die Stelle entdeckt, als Digby und ich sechs waren und Mom aus schlechtem Gewissen einen Ausflug mit uns machte, weil sie gerade ihre Firma gründete und fand, sie hatte zu wenig Zeit für uns.

Daher schleppte sie uns ständig auf Spaziergänge, was macht man sonst mit zwei Kindern, die nicht freiwillig vor die Tür wollen? Digby hatte Angst vor dem alten Eisenbahnwaggon und klammerte sich an meine Hand, wie immer, wenn er nervös war, die Knöchel in meine gebohrt, sein Unbehagen fühlbar. Er wollte nicht ins Wasser, obwohl es brütend heiß war, weil er auch vor dem Fluss Angst hatte, vor dem Rauschen.

Ich nicht. Ich war hingerissen.

Die Weiden. Mein Reich. Wasser plätschert über Steine, ich bin wie hypnotisiert. Alles fällt, tropft von meinen Füßen und sinkt zum Grund des Flusses. Ich stehe auf meinem Stein, schließe die Augen, werfe die Hände in die Luft, biete mich den Elementen an. Diesmal falle ich nicht. Wurzeln wachsen aus meinen Füßen und sprengen den Stein darunter.

Eine Eule schreit am helllichten Tag.

Und dann ist sie hier. Jasmine. Immer noch in dem schmutzig weißen Hemd und den Jeans-Shorts. Ich bewege mich nicht.

»Wovor hast du Angst?«, fragt sie.

»Du«, sage ich. »Bist du echt?«

Sie scharrt im Laub. »So echt, wie die Toten sind.«

»Wirst du es vermissen?«, frage ich.

»Das könnte ich dich auch fragen«, sagt sie und schüttelt den Kopf. »Ich liebe meinen Jungen, weißt du.«

»Joe.« Seinen Namen auszusprechen, tut weh, von Kopf bis Fuß.

»Du musst dich entscheiden.« Sie reibt sich über den kahlen Kopf. »Was willst du? Du musst eine Entscheidung treffen, wie in dem Gedicht mit den zwei Wegen, von dem man einen wählen muss.«

»Robert Frost?«

»Ja!« Ihre Miene hellt sich auf, und sie klatscht in die Hände. Sie wirkt lebendiger als die meisten Menschen. »Entscheide dich, und entscheide dich wieder. Aber falls du dich für Joe entscheidest, dann bleib dabei. Er braucht keine halben Sachen.«

Das sitzt. Joe könnte bei mir sein. Das meint sie.

»Und wenn du ihm weh tust, dann suche ich dich heim, bis dir Hören und Sehen vergeht«, warnt sie. »Denk an Poltergeist, nicht an Bettlaken mit Löchern. Ich werde dich das Fürchten lehren.«

Ich berühre ihre Schultern. Sie ist so zart wie ein Blütenblatt.

»Fragst du dich immer noch, ob ich echt bin?«

»Jasmine«, sage ich. »Warum kannst du hier mit mir reden, nach all den anderen Orten?«

»Du weißt es«, sagt sie. »Wir haben uns berührt.«

So. Wir halten uns an den Händen.

Iris: grün und braun und blau.

Pupillen: anormal wachsend und schrumpfend.

Wimpern: durchsichtig, nichtexistent.

Lider: dünn.

Sclera: fast verschwunden.

Atme, sagen wir, und Blüten blühen aus unseren Mündern.

Und dann ist sie fort.

Jasmines Zimmer.

Joe kniet zwischen Kisten. Nach den Tagen des Kummers wirkt er ausgezehrt. Überall hängen Bilder. Bilder von schwarzen Blüten. Ich wusste nicht, dass Knie buchstäblich weich werden können, aber meine tun es, und ich sinke zu Boden.

»O Gott«, sage ich.

»Du hast die Beerdigung verpasst.« Er faltet die Decke zusammen. »Ich dachte, du würdest vielleicht kommen. Es waren nicht viele da. Gigi. Aber du nicht.«

»Du hast nicht angerufen und auch keine Nachricht geschickt. Nach dem, was du gesagt hast, dachte ich, du wolltest mich nicht dabeihaben.«

»Ich hatte keine Kraft, dich zu bitten.« Er reibt sich die Augen. »Es war eine lange Woche.«

»Ja, das stimmt.« Ich sehe mich um. »Willst du was Verrücktes hören?«

»Erzähl«, sagt er.

»Seit ich aus dem Koma aufgewacht bin, habe ich diese Blumen überall gesehen. Weißt du noch, als ich dir nicht sagen wollte, was ich sehe? Es waren diese Blumen. Dabei sind sie echt. Wenigstens die hier. Du siehst sie doch auch, oder?«

Er berührt die Bilder. »Die?« Er kommt rüber und setzt sich

neben mich. »Das sind Jasmines Lieblingsblumen. Sie wachsen im Winter. Sie fand sie romantisch. Sie sagte, sie stehen für Liebe und Stärke und Tapferkeit. Ich könnte welche ziehen. Jetzt erst recht.«

»Tut mir leid, dass ich nicht für dich da war, Joe.«

Er legt den Arm um mich, küsst mich zart und süß, genau wie ich es vermisst habe, jede Berührung die langsame Drehung einer Töpferscheibe, auf der er mich wiederherstellt.

»Es gibt viele schlimme Dinge«, sage ich, als wir uns wieder loslassen und ich in seine geschwollenen Augen sehe.

»Das stimmt«, sagt Joe.

»Und das Leben ist gefährlich. Die Welt ist gefährlich.«

»Das stimmt«, sagt er wieder, die Hände an meiner Taille.

»Aber es gibt auch viele gute Dinge.«

Joe berührt meine Lippen mit seinen, als würde er etwas Neues, Kostbares erforschen.

»Joe«, sage ich. »Ich weiß, du hast gesagt, Jasmine war dein Lebensmensch –«

»Ich meinte nicht –«

»Nein«, sage ich. »Ich weiß. Ich … du bist meiner. Du bist mein Lebensmensch. Das Beste, was ich je hatte. Okay?«

Wir atmen beide schneller. Mein Herz klopft in meinen Ohren, meinem Hals.

»Ja«, sagt er. »Okay.«

Dann drehe ich ihn zu mir, und wir knutschen ungefähr neun Stunden lang. Wir fallen nicht von einem Felsen.

Ein Ozean seidiger schwarzer Blumen umgibt uns.

Sie wogen im Hintergrund.

Wenn ich sterbe, werde ich nicht
die Erde vermissen, die Flora und Fauna,
die Federn und Farben, die Jahreszeiten.

Nicht Springerstiefel oder Lederjacken oder perfekte Häuser. Nicht KlamottenFernsehenKissenbezügeFlüsseBergeComputer SmartphonesModeTöpfernnichtmalMusiknichtmalTanzennichtmalWolkenaneinemfaulenNachmittagnichtmaldieSonne. Ich werde nicht mal die Sonne vermissen oder die Sterne oder den Krieger-Supermond. Sondern die Menschen, die Tiere, die lebendigen Dinge, die sich berühren. Nicht ihre Körper, sondern das, was dahintersteckt, das Leuchten.

Mir ist egal, was man sagt.

Dass es keine Seele gebe, dass alles nur Einbildung sei.

Vielleicht stimmt es.

Nein, es stimmt nicht. Es ist ein Irrtum. Das weiß ich.

Was ich damit sagen will: Wir sind nicht nur unsere Geschichte.

Ich bin nicht das verwöhnte Mädchen aus dem Vorort oder die begabte Ballerina oder die gescheiterte Ballerina. Ich bin nicht das schlaue Mädchen oder das dumme Mädchen oder das Mädchen, das gern Leder und Spitze trägt.

Und Joe ist kein Opfer, er ist nicht der traurige Kerl, der seine Mutter und seine beste Freundin verloren hat. Er ist nicht mal der Gärtner und erst recht kein Prinz oder Ritter auf einem weißen Pferd.

Wir tragen die Verantwortung für uns selbst, auch wenn wir uns gern an anderen festhalten. Doch wir sind nicht hier, um uns gegenseitig zu retten. Wir haben Mängel, wir verändern uns. Wir sind nicht eine Sache. Wir sind auch nicht zwei. Wir sind tausend. Wir sind Millionen. Wir sind Facetten. Sternenlicht. Was hinter unserer Geschichte ist, darunter, das ist es, was ich vermissen werde.

Aber noch sitze ich hier in einem Zimmer voller schwarzer Blüten mit Joe, und wir sind beide echt und lebendig, und das ist viel.

Und heißt das nicht – egal, ob es ein Jenseits gibt, eine Seele, Lebensmenschen, einen lieben oder einen bösen Gott, ob es Zauberei gibt oder Hexerei oder nichts als rohen Schmerz, ob es die Reinkarnation gibt oder lauter Jungfrauen, die im Himmel warten –, heißt das nicht, dass ich leben *muss*?

Rilke hat gesagt: *Man muss Geduld haben mit dem Ungelösten im Herzen, und versuchen, die Fragen selbst zu lieben.*

Das kann ich. Ich glaube, das kann ich jetzt.

»Joe?« Er liegt neben mir, unsere Hände berühren sich.

»Ja?«

»Nichts. Ich wollte nur nachsehen, ob du echt bist. Du bist doch echt, oder?«

»So echt, wie ein lebendiger Mensch sein kann«, sagt er.

Es gibt viele Arten zu sterben. Aber fürs Erste wähle ich das Leben.

Patient: Eden Jones

Glasgow-Koma-Skala

Augen öffnen: *spontan*	[4]
Sprache: *Verständigung möglich, orientiert*	[5]
Motorik: *gezielte Bewegung gemäß Aufforderung*	[6]
Punkte gesamt:	[15]
Prognose:	*optimal (bestmögliche Reaktion)*

Danach

Handschriftlicher Eintrag am Ende von Fast tot: Wahre Geschichten aus dem Jenseits

Ich bin ausgerutscht und mit dem Kopf auf einen Stein gefallen. Ich saß mit meiner besten Freundin draußen, und alles war vereist. Ich war mit den Gedanken bei unwichtigen Dingen, habe nicht aufgepasst. Dann stürzte ich ins Wasser und ging unter, und es war, als würde ich mein Leben vor mir ablaufen sehen, oder besser, als würde ich in die Vergangenheit gehen. Ich sah noch ein paar seltsame Dinge, und als ich wieder aufwachte, war ein Monat vorbei.

Es dauerte lange, bis ich das Gefühl hatte, ich wäre wieder ganz da. Eine Weile war es, als wäre ich an keinem Ort ganz.

Ehrlich gesagt, macht mir nicht das Angst, was passiert ist, sondern das, was passiert wäre, wenn es nicht passiert wäre.

Hätte ich den Unfall nicht gehabt, würde ich nicht dieses Leben leben und wüsste die Dinge nicht, die ich jetzt weiß. Alles wäre anders. Ich hätte keine Ahnung. Also, ja, ich schätze, ich glaube an das Schicksal, und ich glaube, das war mein Schicksal, zumindest der Anfang davon.

Manchmal schreibe ich Zitate an meine Zimmerdecke, die mich daran erinnern, wer ich bin oder wer ich sein möchte.

Im Moment ist es ein Gedicht von Charles Bukowski: Das lachende Herz. Ich finde, es erklärt besser als ich, was ich zu sagen versuche. Ich hoffe es wenigstens. Ich hoffe, es hilft zu verstehen, was ich meine. Denn das Leben ist schwer, die Menschen sind verrückt, sie tun einander ständig weh und laugen einander aus. Das Leben ist geheimnisvoll und unheimlich und frustrierend. Aber es ist auch wunderschön und leuchtend und voller Zauber. Und es ist dein Leben. Nimm es an. Ich meine, warum nicht?

dein leben ist dein leben.
denk daran, solange du es hast.
du bist wunderbar
die götter warten,
sich an dir zu freuen.

Eden Austen Jones, 18, Tänzerin

Danksagung

Zuerst danke ich meiner Verlagsfamilie bei Houghton Mifflin Harcourt: Mary Wilcox und Betsy Groban, mit denen ich arbeiten durfte; Lisa DeSarro, Amanda Acevedo, Ann Dye, Rachel Wasdyke und allen anderen, die mich mit unterstützt, mir Mut gemacht und für mein Buch gekämpft haben; meiner Korrektorin Ana Deboo und den tollen Designern. Ganz besonderer Dank gilt meiner Super-Luxus-Lektorin Elizabeth Bewley. Mit dir würde ich jeden Tag verbringen, egal aus welchem Grund. Du bist brillant und supercool.

Ich danke der unvergleichlich genialen Martine Leavitt: Noch einmal, ohne deine Unterstützung gäbe es diesen Roman nicht. Kein Wort. Danke für die netten und die strengen Kommentare, und vor allem für den Satz: *Du kannst das.*

Und natürlich meiner Agentin Emily van Beek: Dich auf meiner Seite zu haben ist so ein Segen. Du bist stark, feinfühlig und unglaublich kreativ. Eine Million Hochs auf dich.

Danke an Molly Jaffa bei Folio, Expertin in allen Auslandsdingen, und auch an alle anderen bei Folio Literary Management. Es tut gut, meine Karriere in den Händen der Gerechtigkeitsliga zu wissen.

An alle ausländischen Verlage, die so wunderbar waren, und

an alle Leser, Bibliothekare und Buchhändler, die ich kennenlernen durfte, ob per E-Mail oder auf anderen Wegen: Ihr seid die Besten. Ich weiß, dass alle sagen, ihr seid der wahre Grund für das Schreiben, und das unterschreibe ich sofort.

Großen Dank an die wunderbare Ballerina Camille Cooper, die immer wieder ihren vollen Stundenplan unterbrochen hat, um meine Hilfeschreie zu erhören; Dr. Mary Seiler für ihre Auskunft über Komas; meiner lieben Sunny Moore für ihren grünen Daumen. Und den vielen Menschen, die mir, ob in E-Mails oder beim Kaffee, erzählt haben, wie es sich angefühlt hat, fast zu sterben: Ich weiß, es war nicht leicht, und ich danke euch für euer Vertrauen.

Danke an Laine Overley und meinen Bruder Chris Eagleton, die sich fraglos um meine Kinder kümmern, wenn ich wegmuss: Ohne euch könnte ich nicht tun, was ich tue, und ich bin euch sehr dankbar.

An die Taos-Mamas (ihr wisst, wer gemeint ist): Ihr seid wie ein Schwarm liebevoller und doch kantiger Schmetterlinge, die mich hochhalten, und ich danke euch.

Stuart, mein lieber Freund: Du bist stark und wirst es bleiben.

Danke an meinen Sohn Bodhi, der manchmal neben mir sitzt und seine eigenen Geschichten schreibt, und an meine Tochter Lilu, deren Gesang, Mumm und Lachen Sonne in jeden Tag bringt – eure Mom!

Chris, du bist ein unglaubliches, sternscheinendes Wunder. All die Unterstützung, und dann noch deine Hand in meiner. Jeden Tag kann ich das Glück nicht fassen, das ich habe.

Dieser Roman entstand nach dem Verlust dreier großartiger Menschen. Cinnamon Martinez, die auf Wildlederstiefel und schnelle Autos stand und ein unglaubliches Lächeln hatte; Javon Orion, die wie Jasmine ständig in Bewegung war, bis sie sich plötzlich nicht mehr bewegte. Und schließlich meiner Freundin Tanya Feher, fünfundzwanzig Jahre eine meiner großen Lieben und die wichtigste Lektion, die ich gelernt habe. Du bist nicht aufgewacht. Deine Abwesenheit schmerzt jeden Tag. Ich hoffe, ihr seid frei und wohlbehalten und schwebt irgendwo auf Blumen.

Hat dir
›Während ich vom Leben träumte‹
gefallen?

Dann solltest du
›Gegen das Glück hat das Schicksal keine Chance‹
nicht verpassen!

Leseprobe

TAG 14

Mom sollte gestern wiederkommen. Nach zwei Wochen. Vierzehn Tagen. Sie sagte, sie brauche mal eine Pause von allem (also: von uns) und dass sie vor dem ersten Schultag wieder da sei. Ich habe geahnt, dass sie nicht aufkreuzen würde – wegen dem, was gestern im Briefkasten lag –, und doch habe ich die ganze Nacht auf sie gewartet, habe gehofft, gehofft, dass ich Gespenster sehe, dass mein Bauch, der eigentlich nie danebenliegt, sich diesmal aus irgendeinem blöden Grund geirrt hat. Aber die Tür hat nicht in den Angeln gequietscht, die Dielen haben nicht geknarrt, und dann ging die Sonne an der Wand auf, und ich wusste es tief drin: Wir sind allein, Wrenny und ich. Fürs Erste zumindest. Wren und Lucille. Lucille und Wren. Ich tue, was ich tun muss. Keiner darf uns trennen. Das heißt, so normal wie möglich weitermachen. So tun als ob. Auch wenn nichts weiter weg von normal sein könnte.

Normal ist mit Dad verschwunden.

Mit einem merkwürdig flauen Gefühl habe ich Wren Zöpfe geflochten, die ihr zu straff waren, habe Kaffee, Frühstück und Schulbrote gemacht, ihr die Kleider und den Ranzen hingelegt, dann habe ich sie zum ersten Schultag in der vierten Klasse gebracht, die Nachbarn auf der Straße gegrüßt und versucht, jedem auszuweichen, der auf die Idee kommen könnte zu fragen, wo zum Teufel meine Mutter ist. Aber ich habe alles falsch gemacht, versteht ihr? Alles verkehrt.

Zuerst müsste ich den Kaffee kochen und mich selbst fertig machen. Wren darf sich erst nach dem Frühstück anziehen und nicht vorher, weil sie sich immer vollkleckert. Seit heute mag sie keinen Thunfisch mehr (»sieht aus wie Kotze«), obwohl er gestern noch ihr Lieblingsessen war, aber das sagt sie mir erst, als ich ihr Mittagessen schon eingepackt habe und wir zur Tür rausgehen. Ich habe die Wäsche gefaltet, Moms Kleider aufgehängt und Wrens Sachen ordentlich in ihre Kommode gelegt, aber dann stellt sich raus, dass ihr nichts mehr passt. Wie kann man in vierzehn Tagen so viel wachsen? Vielleicht weil die zwei Wochen so unendlich lang waren.

All das hat Mom immer erledigt, ohne dass es jemand gemerkt hat. Jetzt merke ich es. Ich merke ihr Nichtdasein. Ich merke ihr Nichtgemachthaben. Ich will Wren ausfragen, will wissen, warum sie nicht fragt, wo Mom an ihrem ersten Schultag ist, warum Mom nicht da ist. Wusste sie tief drin schon immer, dass so was passieren würde, dass die Nacht, als die Polizei kam, nur der Anfang war und das hier die zwingende, unausweichliche Folge?

Manches weiß man einfach.

Jedenfalls habe ich alles getan, was Mom tun würde. Habe es zumindest versucht. Das Universum weiß genau, dass ich schummele, dass ich nur so tue, als hätte ich einen Plan. Dabei habe ich keinen. Trotzdem hüpft Wren fröhlich durchs Schultor, nachdem ich ihr einen Abschiedskuss auf ihr glattes dunkles Haar gegeben habe. Das ist doch was wert.

Der Morgen ist warm. Der Sommer weiß noch nicht, dass er bald zu Ende ist, und ich gehe im Stechschritt zur Highschool, die neun Straßen entfernt ist. Als ich die Schultür aufdrücke, bin ich ganz verschwitzt.

Und jetzt bin ich hier. Im Klassenraum. Das Lied, das Wren auf dem Schulweg gesungen hat, irgendein Popsong, wummert in mir nach wie ein dumpfer, langweiliger Kopfschmerz. Ich komme ein bisschen zu spät zu Englisch, aber so geht es am ersten Schultag den meisten. Bald wissen wir, wann wir wo sein müssen und wo wir sitzen. Bald sind wir brave Schülerschafe.

Eden ist da, immer pünktlich, früh genug, um den Platz zu besetzen, auf dem sie sitzen will, den Arm um den leeren Nachbarstuhl gelegt, bis sie mich sieht und ihn freigibt. In diesem Jahr haben wir nur Englisch zusammen, was ätzend ist. Zum ersten Mal. Früher hatten wir immer dieselben Kurse und sind gemeinsam durch den Tag gegangen. Wenigstens sind unsere Schließfächer nebeneinander.

Eden ist cool, auf ihre ureigene Eden-Art. Es ist nicht die Art von cool, die für andere interessant sein soll. Edens Coolness beobachtet, wartet ab und sieht alles – eine denkende Art von cool. Ihr dickes flammend rotes Haar fließt über die Stuhllehne, und sie hat ihre Lederjackenrüstung angelegt, die im September für Cherryville in New Jersey eigentlich zu warm ist. Aber die Klimaanlage verwandelt die Schule in einen Kühlschrank, und ich wünschte, ich hätte auch eine Jacke dabei und hätte Wren eine Strickjacke eingepackt, wobei ich hoffe, dass es an der Grundschule nicht so schlimm ist. Ich glaube, die Highschool-Verwaltung denkt, sie könnte unsere aufmüpfigen Hormone mit Minusgraden in Schach halten oder so was.

Ein Irrtum.

Mr Liebowitz wirft mir einen strengen Blick zu, als ich mich setze. Ich habe seinen üblichen Jahresanfangssermon unterbrochen, von wegen, diesmal würde er uns nicht alles durchgehen lassen, und nur weil wir bald den Abschluss machten, hätten wir keinen Freifahrtschein für jeden Mist. Oder vielleicht sieht er mich so an, weil er von Dad gehört hat. Alle tuscheln über mich, aber es ist, als würden die Geräusche an Eden und ihrer Lederjacke abprallen. Solange ich Eden habe, geht es mir gut. Mit den anderen habe ich sowieso nicht viel zu tun. Digby ist ihr Zwillingsbruder, aber ich bin ihre Seelenverwandte.

Mr Liebowitz sieht aus wie ein lieber Fernsehonkel, also kann er sich auf den Kopf stellen und meckern, so viel er will, er macht keinen Eindruck. Wir wissen, dass er ein totaler Softie ist und sich jetzt schon darauf freut, später nach Hause zu gehen, in Strickjacke und Pantoffeln zu schlüpfen und sich um seine Zimmerpflanzen zu kümmern, denen er Frank Sinatra vorsingt oder so was. Er beruhigt sich schon wieder. So fängt er das Jahr immer an. Und wer will es ihm übelnehmen? Die Highschool ist ein Irrenhaus. Eigentlich müssten die Fenster vergittert sein und draußen Wachen stehen. Aber das würden sie natürlich nie tun.

Eden tritt mir ans Schienbein und holt mich in die Gegenwart zurück. Mir gefällt die Gegenwart nicht, also trete ich zurück und frage mich, ob Fußgerangel mit meiner besten Freundin als schlechtes Benehmen zählt.

»Abendessen«, flüstert sie.

»Wren«, flüstere ich zurück. Zucke die Achseln.

Meine Augen erzählen ihr von Mom, ohne dass ich es will.

Sie schüttelt den Kopf. Dann: »Miststück«, geflüstert.

Ich zucke wieder die Schultern, versuche, ihrem Blick auszuweichen.

»Bring Wren mit. Meine Mom füttert alle durch.«

Ich nicke.

»Digby ist auch da.« Sie tritt mir wieder gegen den Fuß.

Ich halte still. Starre Mr Liebowitz an, dessen schmale weißliche Lippen Worte formen.

»Klar, er wohnt ja auch bei euch«, sage ich. Lahme Antwort.

»Meine Damen«, mahnt Mr Liebowitz mit warnendem Singsang. »Heute ist der erste Schultag. Ich will euch nicht trennen müssen.«

Viel Glück, will ich sagen. *Niemand kann uns trennen. Geh nach Hause in dein Sesamstraßenhaus, und zieh dir deine Strickjacke und Pantoffeln an. Kümmer dich um deine Fische und Blumen, und lass mich in Frieden.*

Als Wren und ich mit Moms schrottigem Corolla vor dem Haus halten, in dem Eden mit ihrer Familie lebt, spielen Digby und sein Vater John in der Einfahrt Basketball. Ich will so schnell wie möglich an ihnen vorbei, weil ich sonst den ganzen Tag hier sitze und glotze. Einen Vater mit seinem Kind Ball spielen zu sehen, wie es sich für Väter und Kinder gehört, versetzt mir einen Stich. Es ist so echt, ich würde Wren am liebsten die Augen zuhalten, damit sie nicht sieht, was sie verpasst.

Was mich an etwas erinnert. »Wren.«

»Ja?« Sie wischt sich die Hand am T-Shirt ab, liest das Buch, das sie auf dem Schoß hat, und sieht ein bisschen schmuddelig aus. Ihre Haare sind fettig und ungekämmt, trotz meiner Anstrengungen heute Morgen. Irgendwann haben sich die Zöpfe gelöst, und jetzt sieht sie wieder aus wie eine Wilde.

»Du weißt doch, dass Mom in letzter Zeit nicht da ist?«

Wren hört auf zu lesen. Versteinert. »Ja.«

»Also … wir wollen niemandem davon erzählen, okay? Nicht mal Janie und Eden und Digby und John.«

»Aber Mom ist im Urlaub. Sie erholt sich. Und dann kommt sie zurück.«

»Ja, das stimmt«, sage ich, »aber trotzdem. Wir wollen nicht darüber reden, weil die anderen es vielleicht falsch verstehen. Vielleicht machen sie sich unnötig Sorgen.«

»Du meinst, dass Mom nicht wiederkommt?« In Wrennys Kopf passiert so viel, dass ich nie weiß, was sie denkt.

»Vielleicht. Oder dass sie länger wegbleibt, als sie sollte.« Ich greife zur Tür, weil ich Wren nicht ansehen kann. »Vielleicht denkt das jemand.«

»Aber das tut sie nicht«, sagt Wren. »Sie ist unsere Mom.«

»Natürlich tut sie so was nicht.« Lüge.

»Warum ist es wichtig, was andere denken?«

»Wren – red einfach nicht drüber, okay?«

»Okay.«

»Manche Sachen gehen niemanden was an.« Ich mache die Tür auf, dann beuge ich mich zu Wren nach hinten und reibe vergeblich an ihrem T-Shirt herum. »Dass Mom verreist ist zum Beispiel. Okay?«

»Ich habe okay gesagt, okay?« Sie steigt aus dem Wagen und wartet auf mich, wobei sie mich anstarrt, als wäre ich die größte Nervensäge der Welt. »Hey, Lu?«

»Ja«, antworte ich hellhörig.

»Deine Mutter ist so fett, sie ist in High Heels losgegangen und in Flipflops wiedergekommen.«

Eigentlich will ich ihr sagen, dass ich ihre neue Angewohnheit, Deine-Mutter-Witze zu erzählen, nicht leiden kann, aber jetzt habe ich es eilig, also lache ich halbherzig, und wir gehen los. Ich will ins Haus, und zwar schnell, weil da noch die andere Sache ist. Mit »andere« meine ich das, was mich zum Schwitzen bringt, wenn ich nur rumstehe. Und mit »Sache« meine ich Digby, den ich kenne, seit ich sieben bin, und der mich in letzter Zeit in einen schwachköpfigen Schwachkopf verwandelt, in einen vollkommenen Volltrottel. Frag mich nach meinem Namen, wenn er dabei ist, und wahrscheinlich wüsste ich die Antwort nicht. Ich würde nur »Lll…lllu…« stammeln, und dann müsste mir jemand die Spucke vom Kinn wischen.

Ich weiß. Schön ist das nicht.

Aber mal ehrlich. Groß und nassgeschwitzt und *oben ohne*, so dass jeder seine Muskeln sehen kann. Wenigstens glänzt er nicht, weil er weißer als weiß ist, denn statt braun zu werden, kriegt er Sommersprossen, und nach einem langen Sommer ist er jetzt voll von ihnen. Doch wenn ich ihn so sehe – die feuchten Haare, die ihm an der Stirn kleben, seinen langen, sehnigen Körper, als er seinen Vater umtänzelt, um einen Korb zu werfen –, würde ich am liebsten auf Knien den Schöpfer preisen, ihn malen und in Sonetten verewigen und die kleine Kurve anbeten, wo sein Hals in die Schultern übergeht, die so, so vollkommen ist.

Er ist schön.

Weswegen ich im Vorbeigehen, als er hallo sagt, kaum mit dem kleinen Finger zucke. Es gibt zwei große Probleme, abgesehen davon, dass er Edens Zwillingsbruder ist, was ziemlich schräg ist. Erstens hat Digby seit Urzeiten eine Freundin. Die beiden sind wie Pech und Schwefel, sie trägt seine Jacke, und ihre Heiratsurkunde ist so gut wie unterschrieben. Ihr Bund ist im Himmel gemacht und von Engeln gesegnet. Und zweitens: Falls ich je eine Chance bei ihm hätte, und er würde mich küssen oder so was, würde ich auf der Stelle implodieren und tot umfallen. Ich weiß, ich klinge wie eine Zwölfjährige, die einen Rockstar anhimmelt, und nicht wie die außerordentlich beherrschte junge Frau, die ich bin, aber irgendwas hat Digby an sich, das mich völlig durchdrehen lässt. Die Art, wie er sich bewegt, die Art, wie er *er* ist – raubt mir vollkommen den Verstand. Also hoffe ich, dass er mich niemals küsst. Das wäre die totale Katastrophe. Niemand soll erleben, wie ich mich in meine Bestandteile zerlege. Am wenigsten er.

Na ja, noch weniger ich selbst.

Edens Mutter Janie hat Spaghetti mit Fleischklößchen gemacht. Sie leitet einen Catering- und Partyservice, deshalb weiß sie nicht, wie man für nur vier Leute kocht, oder für sechs, und der Kühlschrank ist immer voll mit den Resten von irgendwelchen Büfetts. Wenn sie kocht, kocht sie viel. Man riecht, dass die Fleischklößchen den ganzen Tag in der Soße geschmort haben. Das ganze Haus ist mit Fleischklößchenduft gesättigt.

Ich beobachte sie einen Moment, Eden und Janie. Zwei Rotschöpfe, die zusammen an der Theke der riesigen nagelneuen offenen Küche stehen, mit dem Rücken zu uns. Alles stimmt in ihrem Bilderbuchhaus, alles ist genauso, wie sie es haben wollten, deshalb wirkt die Küche wie die Verlängerung von Janies Körper. Eden und ihre Mutter sehen einander so ähnlich, nur dass Janie gezähmter wirkt als Eden, die ihr Ballettzeug trägt wie immer, wenn sie nicht in der Schule ist, als würde sie in ihre eigene Haut zurückschlüpfen. Janie gibt Eden einen Schubs mit dem Po. Eden schubst zurück. Po-Gerangel. Bei Eden gibt es immer Körperkontakt. Sie schneiden Gemüse für den Salat, beide sehnig und tüchtig, ein Team. Ich lege den Arm um Wren und drücke sie an mich, als uns Beaver Cleaver anspringt, die Golden-Retriever-Pudel-Kreuzung, und Janie uns entdeckt.

»Hallo, Mädels«, begrüßt sie uns.

»Hallo, Janie«, ruft Wren und wirft sich sofort mit Beaver Cleaver auf den Boden.

Ich winke.

»Es riecht so lecker«, sagt Wren unter dem weißen Hundefell. »Gibt es Wodka-Soße?«

Janie lächelt. »Wodka-Soße? Ein bisschen fortgeschritten, meinst du nicht?«

»Der Kochkanal«, erklärt Wren und springt auf die Füße. »Und bei Gino gibt es auch gute Wodka-Soße.«

»Aha.« Janie zeigt zur Vitrine im Wohnzimmer, und ich hole das Geschirr heraus. »Sehr beeindruckend, Wren. Nein, es gibt keine Wodka-Soße. Es ist eine einfache Marinara, aber sie wird dir hoffentlich trotzdem schmecken.«

»Bestimmt«, sagt Wren. »Bei uns gibt es seit Wochen nur Tiefkühlpizza.«

»Gar nicht wahr«, protestiere ich. Eine maßlose Übertreibung.

»Alles, was Lucille kocht, kommt aus der Packung.«

Es waren eben noch viele Pizzen in der Tiefkühltruhe.

»Was ist mit eurer Mom?«, fragt Janie. »Sie kann gut kochen.«

»Sie ist nicht da«, sagt Wren und schaut mich mit einem Was-soll-ich-denn-sonst-sagen-Schulterzucken an. »Weil sie im Urlaub ist«, schiebt sie nach.

»Ach ja.« Janie runzelt die Stirn.

»Vielleicht willst du fernsehen, bis das Essen fertig ist?«, schlägt Eden vor und stellt sich zwischen Janie und Wren.

»Zehn Minuten.« Widerwillig wendet sich Janie wieder der Küche zu. »Und ihr deckt den Tisch, Mädchen.« Es tut gut, Anweisungen zu bekommen.

»Weißt du«, erklärt Eden, »ich finde es echt sexistisch und falsch, dass wir hier drin kochen und uns wie Nutzvieh benehmen müssen, während die Jungs draußen Basketball spielen.«

»Herrgott, Eden«, sagt Janie, als sie die Salatsoße in eine große Holzschüssel gibt. »Kochen macht mir Spaß.«

»Seine Hoheit könnte wenigstens den Tisch decken.« Gläser klirren.

»Ich finde, er soll ein bisschen Zeit mit Dad verbringen.«

»Kann er ja. Beim Tischdecken. Irgendwas, wobei sie nicht gerade ihre Neandertaler-Stärken demonstrieren müssen. Du unterstützt paternalistische Privilegien und schreibst sie fort, verstehst du das nicht?«

»Eden, es macht mir Spaß, für meine Familie zu kochen.« Janie seufzt laut. »Dafür muss ich mich nicht rechtfertigen. Es ist kein Verbrechen, die beiden ab und zu Basketball spielen zu lassen.«

»Ja, aber wann dürfen wir mal spielen, Mom? Das ist doch die Frage.«

Meine Augen werden feucht. Mein Atem stockt. Sie sind so dumm, über so was zu streiten. Sie haben keine Ahnung. Einfach keine Ahnung.

»Lucille«, sagt Janie über Edens Kopf, »tust du mir einen Gefallen und rufst die Jungs rein? Das Essen ist so gut wie fertig.«

Verflixt.

Wie kann ein Mensch, der nie mehr war als Beiwerk in dem Haus, das dein Leben ist – ein hübscher Tisch vielleicht –, plötzlich zum Fundament, zu den Leitungen, zur tragenden Säule werden, ohne die das ganze Gebäude einstürzen würde? Wie wird aus einem Stern, den du kaum bemerkst, deine ganz persönliche Sonne?

Wie kommt es, dass Digby gestern nur Edens zugegebenermaßen süßer Bruder war und mir heute den Atem raubt, mich erzittern lässt und mein Innerstes nach außen krempelt? Sind es die Hormone? Ein Fehler in der Matrix? Das Produkt aus innerer Verzweiflung und meinem unterentwickelten Ich?

Wie oft habe ich versucht, den Augenblick zu bestimmen, als er so lebenswichtig wurde, aber es gelingt mir nicht. Ich weiß nur, dass meine blöden, lästigen Gefühle meine Fähigkeit lahmlegen, in seiner Gegenwart zu funktionieren. Ich will nur noch den Raum zwischen uns überwinden und mich mit beiden Beinen um ihn wickeln. Ich glaube, dann erst könnte mein Innerstes aufatmen. Vollkommen gestört.

Deswegen starre ich wie gebannt auf meinen Teller. Ich esse mein Fleischklößchen (mehr als eins kriege ich nicht runter), während Eden und Digby sich Sprüche zuwerfen. Keinem fällt es auf, und ich traue mich nicht aufzusehen, weil Digby mir direkt gegenübersitzt.

Wren stopft sich mit Fleischklößchen voll. Soße tropft auf ihr T-Shirt.

»Mmmh«, macht sie und sagt zu Janie: »Du bist ein kulinarisches Genie!«

Aus dem Augenwinkel sehe ich, wie Janie strahlt.

»Du kannst zum Essen kommen, wann du willst«, sagt sie. »Du bist offiziell mein Lieblingsgast.« Sie spießt ein paar Spargelstücke auf und sagt lächelnd: »Kulinarisch.« Dann schüttelt sie den Kopf. »Und, Lucille, wie lange ist eure Mutter noch weg?«

Für immer. »Sie müsste in den nächsten Tagen zurückkommen.«

»Geht es ihr gut?« *Seit der Sache*, will sie sagen. *Nach der Sache.* Janie hat diesen eindringlichen Blick.

Wren neigt den Kopf zu mir, und ich werde wieder lebendig.

»Kommt ihr allein zurecht?«, hakt Janie nach.

»Ja, absolut«, sage ich und greife nach dem Spargel. »Mom kommt zurück.«

Alles stoppt. Jede Bewegung am Tisch erstarrt.

»Natürlich«, sagt Janie. Ihre Gabel tickt an den Teller. »Natürlich kommt sie zurück.« Sie schiebt sich einen Bissen in den Mund und kaut. »Ich habe ihr ein paar Nachrichten hinterlassen, weißt du. Um zu hören, ob sie was braucht. Sie hat nicht zurückgerufen.« Ja, ich weiß. Es ist immer direkt die Mailbox dran. »Die Auszeit tut ihr sicher gut. So was hat sie gebraucht.« Doch etwas in Janies Tonfall kommt in ihrem Gesicht nicht an.

Ich zwinge mich, ihr in die Augen zu sehen. Nicke. Lächele höflich. Auf dem Rückweg zu meinem Teller bleiben meine treulosen Augen an Digby hängen, und Achterbahnfahrt Nummer 892 beginnt. Er weicht meinem Blick aus, wickelt mit der Gabel Spaghetti auf und konzentriert sich auf seine Mom und das, was sie jetzt von der Hochzeit erzählt, für die sie am Wochenende das Catering macht.

Unter dem Tisch trete ich nach Eden. Wütendes Fußgerangel.

Er weiß von meiner Mutter.

Digby weiß Bescheid.

»Alles wirklich Böse beginnt in Unschuld«, sagt Eden.

Janie backt irgendwelche Kekse mit Wren, und wir sind nach dem Essen in Edens Zimmer, wo sie Dehnübungen macht, von denen mir übel wird, weil ein menschlicher Körper für so was nicht gemacht ist. Außerdem sind ihre Füße ekelhaft, und ich muss wegsehen, als sie mir einen ins Gesicht hält, nicht mit Absicht, sondern weil sie mitten in einer ihrer grotesken Verrenkungen steckt.

»Abartig«, sage ich zu einem Hühnerauge, einem blauen, eingerissenen Nagel, einem blutigen Stück Haut.

»Hemingway«, sagt sie, und ihr Fuß flattert durch die Luft.

»Im Ernst, das solltest du behandeln lassen. Es sieht entzündet aus.«

»Papperlapapp«, entgegnet sie. »Hörst du mir zu?«

»Hemingway«, wiederhole ich und frage mich, wie mir das helfen soll.

»Niemand legt es darauf an, fies zu sein, geschweige denn böse.«

»Serienmörder?«

»Nicht mal die, wette ich. Persönlichkeitsstörungen machen meine Theorie komplizierter, aber du musst dir vorstellen, dass auch sie irgendwann niedliche Babys waren. Sie können nichts dafür, dass sie bei der Genverteilung zu kurz gekommen sind. Hab Mitgefühl«, sagt sie.

»Du hast sie selber Miststück genannt.«

»Genau das meine ich.«

»Dass meine Mutter böse ist?« Manchmal wünschte ich, Eden würde Klartext reden, statt mich zu zwingen mitzudenken.

»Nein. Nicht dass *sie* böse ist. Nur ihr Verhalten. Dass es mit Unschuld angefangen hat …«

»Trotzdem ist sie eine fiese Kuh.«

»Und ein Miststück.«

»Nett«, sage ich, als wäre es nicht nett, was es nicht ist.

»Aber sie tut mir trotzdem leid«, sagt sie. »Es ist bestimmt nicht leicht für sie. Und jetzt zu dir.«

»Zu mir.« In meinem Kopf tanzen Zahlen.

Ich starre an die Decke, auf die Stelle über Edens Bett. *Sei auf der Hut, edler Ritter*, steht auf dem Zettel, der dort klebt. *Kein Ungeheuer ist größer als die Vernunft.*

»Glaub's ruhig«, sagt sie und zeigt mit einem besonders hässlichen Zeh nach oben.

»Ich muss aufs Klo«, sage ich.

»Cormac McCarthy«, erklärt sie, als ich rausgehe.

Und fast in Digby hineinlaufe, der mir im Flur entgegenkommt, nass, in einem sauberen T-Shirt und Shorts, was sich seltsam intim anfühlt. Vor wenigen Minuten war er nackt.

Er greift nach mir. Zuerst hängt seine Hand herunter, dann wird sie wach und fasst mich an. Er berührt meine Schulter, streicht mir über den Arm und lässt die Finger über meine Hand gleiten. Dann ist er weg. Geht einfach weiter. Hat mich nicht mal angesehen.

Ich taumele gegen ein Familienfoto. Wundere mich, dass das Erdbeben nicht die ganze Bilderwand zum Einsturz bringt. Meine Haut brennt. Das Blut in meinem Körper schießt an die Stelle, die er berührt hat.

Krieg.

Todeskampf.

Manchmal, denke ich, während ich wie ein Zombie ins

dampfige Bad wanke, *passiert etwas Langsames schnell, und du begreifst den Augenblick nicht, weißt nicht, ob er wichtig war, ob er überhaupt passiert ist oder du ihn nur erfunden hast.* So weit ist es schon mit mir. Hat er das eben wirklich getan? Hat er mich angefasst? Wirklich? Darf er das? Und, verdammt, doppelt verdammt, wenn so was nach der Berührung seines kleinen Fingers passiert, dann nehmt das, was ich vorhin über den Kuss gesagt habe, und multipliziert es mit einer Zillion.

Auf meinem Arm bildet sich eine Narbe, wo er mich berührt hat. Sie wirft die Haut auf, wässrig blau schimmernd, wie eine glänzende Brandwunde. Wie verbrannte Haut, die gleichzeitig neu und für immer kaputt ist.

Ich bin so dramatisch.

Spülen. Waschen. Gehen.

Eden.

»Was ist denn mit dir los?«, fragt sie, während sie mit Beaver schmust, der sich aufs Bett geworfen hat und hechelnd auf ihrem Schoß liegt.

Ich werfe ihr einen Blick zu.

»Bist du high? Bist du auf einem Trip hängengeblieben?«

Was ist, wenn Digby uns hört?

»Kekse!«, ruft Wren aus der Küche und klingt glücklich.

Als wir wieder am Esstisch sitzen und uns über die Chocolate-Chip-Haferflocken-Kekse hermachen (alle außer Eden, die Süßigkeiten nicht anrührt), schleicht Digby vorbei. Er sieht mich immer noch nicht an. Es gibt keine geheime Verbindung zwischen uns. Er schnappt sich den Ball, der neben der Tür liegt, nickt in die Runde und ist weg.

Es ist vier Uhr morgens. Mein Bauch verdaut das einzelne Fleischklößchen, zu viel Sprudelwasser und mehrere Kekse. Natürlich kann ich nicht schlafen.

In der rechten Hand halte ich ein Bündel Papier. Auf den Seiten stehen Zahlen. Rechnungen. Strom. Öl. Autoversicherung. Die Vierteljahresabrechnungen, die seit letzter Woche eintrudeln. Wasser. Müll. Und Handy. Das auch noch. Das muss gezahlt werden. Falls Mom beschließt anzurufen, muss das Telefon funktionieren. Wir brauchen Essen, und Wrenny braucht neue Kleider, und ich übrigens auch, was ich wohl komplett vergessen kann.

Meine rechte Hand zittert stärker.

In der linken – ja, meine Damen und Herren, Jungs und Mädchen, in der linken Hand – halte ich einen nagelneuen Hundert-Dollar-Schein. Er kam gestern mit der Post. Daher weiß ich, dass meine Mutter noch lebt. Sie hat keinen Schlag auf den Kopf bekommen. Sie hat nicht das Gedächtnis verloren. Sie liegt nicht tot in irgendeinem Graben. Sie ist einfach nur nicht hier. Sie ist woanders. Hundert Dollar in einem Umschlag ohne Absender mit einem Poststempel aus Kalifornien. Dort muss sie sein, bei alten Freunden aus alten Zeiten, wo sie vielleicht ihre Vergangenheit wiederentdeckt oder so was. Und eine Nachricht: *Ich tue mein Bestes. Hab euch lieb, Mom.* Das ist alles. Mehr hat sie nicht zu sagen, Leute.

Was soll das heißen, sie tut ihr Bestes? Um zu uns zurückzukommen? Um sich zu erholen? Um einen Job zu finden? Oder will sie nur verhindern, dass wir das FBI einschalten? Kein schlechter Trick. Ich wünschte, in meinen letzten Erinnerungen wäre sie noch die Mom, die ich kannte, deren Verhalten ich einschätzen konnte. Am liebsten würde ich mich vor ihr aufbauen, die Hände in die Hüften stemmen und sagen: »Das Beste ist manchmal nicht gut genug, junge Dame.«

Toll, Mom. Ich tue auch mein Bestes.

Ich halte mir den Geldschein vors Gesicht, lasse ihn meine Wimpern kitzeln. Es gab eine Zeit, als hundert Dollar eine aufregende Sache waren, die Verheißung unendlicher Freuden im Spielwarenladen, Geld, das man gut aufhob für einen besonderen Moment.

Doch nicht jetzt. Jetzt sind hundert Dollar Teil einer großen Gleichung, bei der ich vollkommen verarscht rauskomme. Ich weiß, dass sie eigentlich wiederkommen wollte. Sonst hätte sie mir doch eine Bankkarte oder Schecks oder so was dagelassen. Das hätte sie getan, wenn sie gewusst hätte, dass sie für immer geht. Sie ist kein böser Mensch, zumindest hat sie nicht böse angefangen. Trotzdem ist sie nicht da, und ich bin für diese Aufgabe nicht gerüstet. Das Einzige, was sie mir dagelassen hat, sind ihr Auto und das Haus.

Und Wren.

Meine linke Hand ist eine Faust.

Erschienen bei FISCHER KJB

Die amerikanische Originalausgabe erschien 2015
unter dem Titel ›This Raging Light‹ bei
Houghton Mifflin Harcourt, New York, USA

Dieses Werk wurde vermittelt durch die
Literarische Agentur Thomas Schlück GmbH, Garbsen
ISBN 978-3-7373-5326-7